真相

雪宿

草灯大人／著

爱与恨

罪与罚

一念之差

不为人知的故事

中国出版集团公司
中国民主法制出版社
全国百佳图书出版单位

图书在版编目（CIP）数据

雪宿 / 草灯大人著 .—北京：中国民主法制出版社，2019.8

ISBN 978-7-5162-1900-3

Ⅰ . ①雪…　Ⅱ . ①草…　Ⅲ . ①长篇小说－中国－当代

Ⅳ . ① I247.5

中国版本图书馆 CIP 数据核字（2018）第 228908 号

图书出品人：刘海涛
图 书 策 划：谭　军
文 案 统 筹：高文鹏　崔　一
责 任 编 辑：翟琰萍　王　宜

书 名 / 雪宿
作 者 / 草灯大人 著

出 版 · 发 行 / 中国民主法制出版社
地 址 / 北京市丰台区右安门外玉林里 7 号（100069）
电 话 / 010-63055259（总编室） 010-63057714（营销中心）
传 真 / 010-63055259
http: //www.npcpub.com
E-mail: mzfz@ npcpub.com
经 销 / 新华书店
开 本 / 32 开　880mm × 1230mm
印 张 / 8.125　**字数** / 202 千字
版 本 / 2019 年 8 月第 1 版　2019 年 8 月第 1 次印刷
印 刷 / 北京天宇万达印刷有限公司

书 号 / ISBN 978-7-5162-1900-3
定 价 / 39.00 元

目 录

第一章

这是今年冬天的第一场雪，从早晨就感觉到四面八方都充斥着暖洋洋的空气，比起前些天的寒冷，这样的暖意才是猝不及防，这是要变天了的信号。

言雪摊开手掌，任凭棉絮一般的雪飘落至掌心。她远眺前方，驻足不去。犹豫了片刻，言雪抛去近情情怯的小女儿心态，大步流星地朝前走去。

暖黄色的路灯照亮前方的路，将苍白的雪色映出一片白光，恍若白昼。她要去的地方是某个废旧公寓单间房，里头有她要找的人，找了三年的男人。

终于要见面了吗？

言雪变得局促起来，一想到记忆中已变得恍惚的男人面孔，心底某处开始发酸发胀，膨胀之后，莫名的情愫肆意泛滥。要不是她和同学大学毕业旅游时被生拉硬拽去了酒吧，可能还遇不到这个男人。虽只是不经意的一瞥，但她能肯定，这个男人一定是她从小依赖的邻家哥哥——唐泽。

于是，她只身来到这里，多方打听，终于查到了男人的住址。她朝思暮想的人，很快就要跟她重逢了……

言雪按响了门铃，许久也不见有人开门。

她后退一步，环顾四周，确定外面的确挂着生活起居所用的衣物，这才平复了心情，再次按下门铃——叮咚。

门上没有猫眼，所以想要查看来人，必须开门。

言雪甚至在庆幸他住处简陋，没有识别陌生人的装置，这样见面的概率就会大上很多。也可以说，她下意识地觉得，他在避着她，尽管事实的确如此。

“吱呀”一声，门被拉开一道小缝。

“嗯？”男人在门后发出浑厚低沉的鼻音，像是感冒了，精神状态不太好。

言雪没说话，只将半个肩膀卡在门处，微微一笑：“是我。”

男人想推搡她出门，却来不及了——言雪身材矮小，早已挤身进入了房间。

言雪睁大双眼，仔仔细细打地量着男人的五官——下巴都是胡茬，深一根浅一根的，连接到腭骨。他的眼睛微微眯起，眼瞳黝黑有神，在阴影处，更突显出笔挺的鼻梁，整体看去虽很憔悴，却依旧有着某种令人着迷的韵味……最重要的是，她能认出他是谁。他是唐泽，她的哥哥，这一点千真万确。

“唐泽哥。”言雪低低唤了一声。

唐泽没吭声，转身懒散地走进屋内，倚靠在沙发上继续补眠。

他不理她，这也是言雪意料之中的。

言雪走到他的身边蹲下身子，开始收拾桌上被压扁的啤酒罐，以及烟灰缸里四散的烟蒂，还有一线烟未灭，一直徐徐缭绕到灯罩里，刺激着那些细小的飞虫。她一手拿着报纸，回忆过往：她和他究竟是为什么发展到了今天这个地步？

应该是那一场变故所导致的。

三年前的冬天，唐泽妈妈在缉毒任务中殉职，原本宠爱她的唐泽哥哥变得沉默寡言，也不知是哪一天，他突然离家出走，一走就是三年……

“你来做什么？”沙发上的唐泽出声问道。

“我一直在找你。”

“找我？”唐泽僵硬地扯了扯嘴角，目视天花板，说道，“我不是和你说清楚了吗？”

“我……”言雪想说什么，喉咙却好像被无形的手扼住，一句话都说不出来。

唐泽一字一句，咬牙切齿地说：“我说过，我再也不想见到你了。”

言雪几乎是在瞬息之间想起了那个画面——唐泽在雨中推开她，撕心裂肺地大声斥责她：“如果不是为了给你爸报仇，我妈不会死，也不会参加这个任务。都是你害的，你无时无刻不在提醒她，让她愧疚。她的死，和你脱不了干系。我讨厌你，但不会伤害你，所以你走吧，不要让我再看见你了。”

言雪并没有忘记，她的父亲和唐泽的母亲是同事，都是缉毒警察，在任务中，她爸舍身替唐泽妈妈挡下了一枚子弹，也正是那一枚子弹让她变得漂泊无依，最终寄养在唐泽家里，拥有曾经对她千依百顺的唐泽哥哥。

她本以为这样的幸福会一直持续下去，要不是唐泽妈妈一意孤行，想为她爸报仇，也不会刻意加入缉毒行动，更不会牺牲……

唐泽自嘲一笑：“行了，我人你也看见了，满意了吗？该走了。”

“我不走了，我想在这边找一份工作，正好能每天都看见你。唐叔叔去年结婚了，不过他还是很惦记你，要是知道你在这里，一定会很高兴……”

“够了！”唐泽忽地站起身，凑近两步，居高临下地说道，“我说了，我不想看见你。无论过多久都是一样，你给我滚，滚得越远越好！”

“哥……”

“别喊我哥！”

言雪轻咬下唇，梗着脖子说：“我不想走，既然找到你了，怎么赶我我都不会走。”

唐泽皱眉，眼中的寒意更甚："我最后说一次，给我滚！"

"不滚！"

他冷笑一声，忽地用蛮力拽住言雪的手腕，将她整个人推到沙发上，另一手却垫住她的后脑，防止撞伤。

言雪被吓了一跳，整个人犹如一只受惊的小兔子，瞪着一双瞬间红了的无辜的眼睛，嘴唇颤颤出声："哥？"

"别喊我哥，我和你没有血缘关系，我也不是你哥！你不是不想走吗？那就留下来陪我，千万别走。"唐泽的指尖发颤，他闭上眼，抚上言雪的脖颈，又用双腿挟制住她的下半身，不让她肆意逃窜。

"唐泽……"言雪忍不住浑身战栗，这才反应过来，急忙拽住襟口，咬住了那只为所欲为的手。

"咝……"

趁唐泽吃痛之际，言雪手足无措地挣开他的怀抱，如遇猛兽一般，闯出门去。

风雪从门缝间卷入，冻得唐泽一个战栗。他顺势关上门，以背抵住门板，徐徐滑坐至地——是被吓到了吗？

吓到也好，他自嘲地一笑。

由于之前和言雪的拉扯，他背部的伤口又淌出鲜血。虽然疼，但唐泽也在庆幸，幸好没有被她发现。这是他昨晚为了融入他们而"献身"的痕迹，不真的出点血，怕是瞒不过去。毕竟刘哥收人，不找点能打的，别人也不会信服。

他隐姓埋名了整整三年，秘密受训了整整三年。好不容易有机会咬住那块肉，不狠狠撕扯下一部分，怎么可能甘心松口呢？

只是她怎么来了？

唐泽的意识又变得模糊了，手间还残留着那一点滑腻的质感——她还是那么娇小，在他面前就没有半点抵抗的力量，这怎么行？

算了，也不是想这种事情的时候。

唐泽用牙齿咬住上衣，用酒精消毒受伤位置，再涂上防止发炎的药，包好伤口。他松了一口气，想从冰箱里拿一听啤酒出来，又缩回了手。桌上的啤酒罐已经被清理了，她不喜欢酒味，再让她看见了也不好。虽然唐泽也知道，她经受了那样的惊吓，也不太可能回来了。

这时，门外突然响起了敲门声。

唐泽气喘吁吁地问："谁？"

"是我，哥。"言雪在门外急促地道，"快开门，下雪了，好冷。"

"滚回去。"他刻意压低了声音，心头窜起难言的惊喜，却很快被自己压制住，冷冰冰地道，"快点回家去。"

"不回，哥，真的冷，快点开门。"外头响起了跺脚的声音，这是言雪的小动作，她一冷就习惯原地踏步。

唐泽一声不吭，迟疑了几秒钟，还是打开了门。

言雪像一只身姿矫健的猫，风一般地钻进屋里。她的脸颊被冻出干裂的痕迹，泛着一点红，看着让人心疼。

"你怎么回来了？"唐泽不知该说些什么好，只觉得这姑娘还是"一如既往"地缺心眼。

"我给你买夜宵啊，我看你桌上只有烟和酒，没什么便当盒子，猜你晚上肯定没吃饭。"言雪乖巧地笑了笑，献宝一般将手上的塑料袋举起来，"我给你买了馄饨，你爱吃馄饨，我没放香菜。我还是吃水饺，香菜和紫菜都放了，那家店还有虾片，就是圆形的那种，你要吃，我待会儿给你夹一点。"

唐泽将门锁好，又把窗帘都放下，好像不希望有人看到屋里发生的事情。他心里在庆幸刚才没喝酒，却又不想给她好脸色看，脑中念头百转千回，想着怎样才能让她讨厌自己。可掀翻她特意买回来的夜宵，这种事好像也做不出来。更何况，按照言雪的性格，极有可能装作不在意的样子，然后小跑出门，再买一份。她向来没什么脾气，又乖巧又懂事，很省心。所以，唐泽只能选择乖乖地吃馄饨，尽量不说话，保持缄默。

言雪从热气腾腾的圆形纸碗里抬起头，笑眯眯地问："味道怎么样？你那碗我没加醋，我的加了。"

唐泽蹙眉，又咬了一口馄饨，点头，示意味道还可以。

言雪心里满意，透过昏暗的灯光看着眼前的男人——他的吃相还是这样不疾不徐，从未有急躁到狼吞虎咽的时候。本着食不言寝不语的习惯，喜欢吃就点点头，不爱吃就不动筷子。虽然瘦了很多，但那双眼还是清亮有神，应该没有她想象中的那么惨。

唐泽吃完了，用纸巾擦去了嘴角的油，生硬地说："你该走了。"

"我绝对不可能走，你想都不要想了。"言雪露出一个势在必得的微笑，"哥，我太了解你了。你没有讨厌我，不然你不会放我进来的，更不会吃我买的夜宵。"

唐泽啧了一声，似乎意识到了问题的棘手程度。实际上他有很多种方式可以赶走言雪，只是内心深处从来没想过要这样做而已。如果他再狠心一点，把小姑娘丢到门外，让她在外头吃苦受冻，或许她就会学乖了，能识相地卷铺盖走人。

言雪说道："看你的样子，应该也不想我天天上门吧？不然也不会把门锁上，又拉上窗帘了。唐泽哥，你究竟在做什么？连我都不能说吗？为什么一走了之？"

"理由已经说过了。"

"你觉得我会信吗？要真这样说，真正该怨恨的不是我吗？"言雪偏执地说道，"当初，是我爸帮你妈拦下了那枚子弹，原本该死的是她。你不感恩，反而还要讨厌我吗？"

唐泽看了她一眼，平摊在膝盖上的手掌渐渐收紧，蜷曲成拳。

"我没有讨厌过你，因为我不会不识好歹，贺颜阿姨收留我，你照顾我的起居。至于我爸的死，我只觉得那是他的命，我从来没有讨厌过你们之间的任何一个人。可你凭什么因为贺颜阿姨的死就讨厌我？凭什么丢下我？凭什么一走了之？你知道我找你找得多辛苦吗？唐泽！”言雪揪住唐泽的衣襟，说着说着竟委屈起来，鼻腔发酸，眼眶一下就红了。

唐泽挤不出别的话，只能认输一般，低语一句：“危险，你离开。”

“危险？”言雪不明白，但也大概了解了他想要做什么。

“你如果不离开，我就会换一个地方，让你再也找不到我。”

“这有必要吗？”

唐泽异常认真地说道：“这一点至关重要，我已经暴露了，如果再把你牵扯进来，那我就会一个人离开。至于我在做什么，无可奉告。”

言雪从他的脸色上能判断出，这并不是假话。恐怕她再逼近一步，唐泽就会像蜥蜴遇险选择断尾逃生一样，消失在茫茫人海之中。她再怎么不甘心，也知道自己不能轻举妄动了。

言雪抿唇，不甘地说：“那我走了，你不要离开。”

“可以，但你绝对不能再接近我，也不能再来这个住址，否则我会人间蒸发，这句话不是夸张的说法，你应该懂我的意思。”

“唐泽哥，你要小心。”

“快走吧。”唐泽之前演了那么久的戏，以为能甩掉这个从小到大跟在他身后的小尾巴，却没料到，居然在一碗馄饨面前破了功，他自嘲地一笑，催促道，“快走，不要回来了。”

言雪点点头，退出门去。

唐泽细心地用纸巾抹去她握在门把手上的指印，然后，毫无留恋地关上了门。

实际上，言雪并未走远，她在楼下凝视了一会儿那间破旧的老公寓。

由于雪越下越大，压垮了电线，导致这一段的电路瘫痪，周围陷入了绝对的黑暗之中。

她总觉得唐泽隐藏着什么秘密，就跟眼前无边无际的黑暗一样，这样危机四伏的处境，是会将他活生生地拽入地狱的。她想救他，又或者说，她想帮他，即使是堕入无边地狱。

言雪住的宾馆就在这附近，她几乎把该带的行李都带上了，就为了和唐泽打长期的消耗战。

她翻开行李箱，从收纳盒里掏出两件小饰品，一件是兔子形状的发夹，一件是珍珠耳钉。这都是在她生日前夕，匿名送来的礼物，但直觉告诉她这是唐泽送的，只有他这么清楚地知道她的喜好，也从未离开过她的生活。

她的唐泽哥哥。

言雪嘴角噙笑，抱住暖和的被子，陷入了黑甜的梦里。

隔天，言雪还是没有离开这里，而是准备在暗处跟踪唐泽。她知道唐泽有多么小心谨慎，所以不会傻到一大早就尾随他，这样被发现的概率很大。所幸昨晚下了一夜的雪，足以留下一行鞋印，她可以从中分辨唐泽的去向，获取一些对自己有利的线索。

言雪根据公寓楼下的行迹朝前走，地上的脚印又浮上了一层松软的雪絮，显然是唐泽离开之后又下了雪。算算时间，大概是一小时之前，那时候飘过一场小雪。看着白皑皑的世界，言雪心生温暖，此刻她最珍爱的人离她这么近，近在咫尺。她小步跟上，到了一家面馆门前，门前脚印太过杂乱，唐泽的脚印混在其中难以分辨。

看来，唐泽哥去这间面馆吃面了。

她进门打听，店里的服务员是个漂亮的女孩子，面孔稚嫩，看起来或许只有十八岁。

服务员朝她礼貌一笑，招呼道："你好，想吃些什么？"

"有菜单吗？"言雪问。

"这里。"

言雪点了一份肉丝雪菜手擀面，说是在店里吃，然后有一搭没一搭地和女孩闲聊：“早上有个高高瘦瘦的年轻人来过这里吗？”

“你是说阿泽哥？”

“阿泽？哥？”言雪有点吃味，居然有除了她以外的人喊唐泽“哥”，“好像是他，我注意他很久了，但一直不敢上前说话，所以就不知不觉地跟着他来了这间店。你有什么关于阿泽哥的消息吗？譬如他的日常喜好，是哪里人之类的……”

言雪似宣示所有权一般，故意将唐泽说成了自己的暗恋对象，想着这个服务员也不会死皮赖脸地对唐泽再抱有隐秘的好感了。

服务员倒没注意那么多，只浅浅一笑说道：“阿泽哥是个很好的人，平时话也不多，但每天早上都会来这里吃面。”

“他的工作呢？这么早起来，又是固定的时间来店里，应该有工作吧？”

“这个我倒是不知道了，偶尔问过两次，只说是无业游民，这年头工作的确不好找，”服务员低吟一声，像是想到了什么，警惕地打量四周后对着言雪小声道，“不过他可能不是什么好男人，这样说也不知道对不对，他是个好人，但作为男朋友可能不太合适。”

“怎么说？”

“我有同学在夜店里看见过他，他那时候和一些不三不四的人玩在一起，可能他的工作也是这种，类似打手。一般这种人都很会玩，可能会很渣。”

那是你不了解他。言雪很想这么说，但她忍住了，只是轻声问：“他是什么时候开始一直在这家店里吃面的？”

“有一段时间了，半年前开始的吧。”

言雪又问：“还知道一些别的事情吗？”

“别的我就不知道了。”

“那个夜店的名字能告诉我一下吗？”

“你还真的要去找他啊？”

“总要看一下，我不相信他是这样的男人。”

“你这是不撞南墙心不死，行吧，我告诉你，叫银座，晚上九点才开门。”

言雪笑了笑：“谢谢。”

“不客气。”服务员给她端来了面，“好吃的话下次再来，你是生客吧？平时也没见过你。”

“头次来，对了，别把我的事情告诉阿泽哥。”

服务员狡黠地眨眨眼，示意这个秘密你知我知，绝对不会告诉第三个人。

言雪将现在所知的信息都联系到一起：唐泽半年前来了这个地方，频繁出现在面馆里，无业游民，会在夜店出现，还和一些不三不四的人混在一起。最重要的是，他说有危险，而其中内容无可奉告。

唐泽是那种容易堕落的人吗？是怕被她看到现在这副穷困潦倒的样子，才要她离开的吗？又或者说，他现在要做的，就是频繁地出现在众人面前，刷存在感，然后融入这里呢？按理说，如果是秘密行事，应该会更加小心，不暴露自己的信息。但唐泽没有，他落落大方地在这里生活，虽刻意不接触旁人，但也在极力融入这里的生活。他究竟抱有什么目的呢？这是他计划里面至关重要的一步吗？

言雪还是打算去夜店看看。

大约晚上九点，夜色朦胧。

言雪跟出租车司机报了个位置，很快就到了银座酒吧门前。酒吧位置很偏僻，四周都是暗到伸手不见五指的巷弄。现在酒吧管制都很严格，很少能有人在里面作乱，某些交易都是在酒吧外进行，龙蛇混杂的酒吧不过是媒介。

出于女性独有的直觉，言雪往一侧的巷弄里拐。她的听力一贯强于常人，或许是听到了被风声捎过来的谈话声，还真让她找到了唐泽。

他站在一堆人里，手指清点着什么，像是一沓钞票。觉得没有问题后，他将手里的纸袋递送过去，转身打算走人。

唐泽一抬眸，视线正好跟言雪撞了个正着。他背对着那些人，用口型无声地告诉言雪——快跑。可惜已经太迟了，早有人先她一步，喊："被人看见了？"

唐泽低声说："可能是哪个醉鬼喝醉了，误闯进来了，大晚上黑灯瞎火，能看到什么。哦，不过就是个小姑娘，随意打发了就好了。"

为首的那个男人轻笑一声："喝醉了？小姑娘我看挺标致的，总要堵住嘴才好，带过来给我看看。今晚做成买卖我也挺开心的，不想杀生，正好也带小姑娘开心开心。"

唐泽皮笑肉不笑："刘哥，这不太好吧？"

"有什么不好？你不过就是我的一条狗，还敢朝主子吠？你别忘记是谁救了你，是我，我是你的救命恩人，就叫你带个姑娘来玩玩，吵什么吵，快点！"

唐泽深吸一口气，眼神凛冽地望着言雪，仿佛在责备她的鲁莽冲动，最终还是朝前走了一步，抓住瑟瑟发抖的言雪，往刘哥的方向带。

言雪怕极了，怎么也没想到自己会变成牺牲品，急忙往后缩，死也不肯再朝前一步。"我什么都没看到，真的……"她的声音越发柔弱，她也知道这种场合下不能硬碰硬，可即使这样，她也未必能逃得了。

"你别怕，我不伤你。刘哥我最疼爱小姑娘了，咱俩就聊聊天，喝几杯酒怎么样？"刘哥说话声虽柔，眼底却透出贪婪的光，其中深意不言而喻，令人作呕。

唐泽不适地皱起眉头，右手紧攥成拳，像是在权衡利弊，最终他泄气一般叹了口气，有力的臂膀将言雪拦到身后，低沉出声，嗓音冷得能掉冰渣："刘哥，这姑娘我看上了，你看，能不能让给我？"

“阿泽，你疯了吧？和刘哥抢人！”脖颈上文有蜥蜴刺青的男人怒斥一声道。

唐泽依旧目不斜视，坚定道：“我说了，这姑娘是我的人。我要了。”

刘哥讽刺地笑了一声，抬起一根手指，这是要动刀子的信号。

见那些凶神恶煞的男人纷纷掏出家伙，剑拔弩张的样子，言雪紧闭上眼，只觉得这下要把命搭在这儿了。

可就在这时，巷弄里外突然涌入了缉毒警察，动作迅猛地扑了上来，三下五除二地咬住这一行人。刘哥这帮人还没来得及反抗，就被训练有素的缉毒警察抓捕了。

几乎是在瞬间，唐泽和蜥蜴低下头，很有默契地一齐套上报纸，遮住脸先上了警车。这是为了面部不被人认出的特殊手段，毕竟卧底这一行，面生才好混。虽然他们这番模样，略显滑稽。

蜥蜴刺青的男人叹了一口气，有些遗憾地说道：“太早收网了，没逮住几个。本来按照原计划，应该是我叛变，让阿泽保护刘哥，取得信任，混到更深的水里去。这下倒好，半路杀出个程咬金，失败了。”

张队长拍了拍蜥蜴的肩膀，安慰道：“本来我们就觉得在这里行事会出很多偶发性事件，早就做好了准备，何况能逮住刘哥，已经超出我们的预料了。混到上头的事情就再说吧，没那么简单，那些老狐狸可不会这么没戒心。”

唐泽点头：“比原计划快了一步，但我们也尽力了。”

蜥蜴瞪了言雪一眼，咬牙切齿地道：“都怪你，一个小姑娘添什么乱？高中生吧？你爸妈没教你大晚上不能来酒吧玩？”

唐泽拧了拧眉心，不悦道：“是我教的，她从小到大都是由我来教的，她是我妹。”

第二章

言雪被带回了黄山区地方禁毒局。

她绞着手指，窥视了一眼脸色铁青的唐泽，又深深垂下头。

“没什么想说的？”唐泽很主动地出声询问，他也没想到言雪的胆子能大成这样，更没料到，她还会和他耍心眼，玩跟踪这一套。幸亏今天正好是收网的日子，但凡张队长来迟一步，唐泽就算拼死抵抗，也未必能保得住人，甚至连胳膊都可能被刘哥给卸下来。

言雪愧疚地说道：“唐泽哥工作辛苦了，是我妨碍了你们的缉毒工作。我也没想到你从事这样危险的工作，所以没考虑后果，处事不当。”

“就这些？”

“我的认错态度是百分百诚心诚意的，没有半点掺假。”

“不止这些。”

“还有……”言雪没想出来。

“为什么不听我的话？”

言雪也不傻，梗着脖子说：“我要真走了，可能下半辈子都见不到你了。”

唐泽头疼地揉额，一副恨铁不成钢的生气样。

这时，审讯室的门开了，缉毒队的张队长端了两杯奶茶进来，笑着说道：“小姑娘吓到了吧？来，喝点东西暖暖身子。下雪了，天可冷了。”

言雪点头道谢，捧着奶茶喝了一口，舒服地叹出声。

张队长像是对她极有兴趣，问："你是唐泽的妹妹？他不是独生子吗？"

"不是亲生的妹妹，我爸是他妈妈的同事。"

"同事？你爸叫什么名字？"

"言淮。"

"小淮？"张队长像是想起了什么陈年旧事，惆怅地叹了一口气，"难怪了。"

"您认识他？"

"当时都是一个队的，我是他哥，认的，同生共死的那种。"张队长笑了笑，眼角泛起一丝皱纹，岁月真的不饶人。

言雪默不作声，她不想回忆起那么多往事。

"你大学是什么专业的？"

"金融。"

"有兴趣参加我们的工作吗？"张队长刚问完，见唐泽反应很大，企图拒绝他的提议，赶忙摆了摆手，示意唐泽先别说话。

"我？我不是警校毕业的，怎么参加你们的工作？"

"如果我没记错的话，沈薄是你舅舅？"

言雪越听越离奇了："表舅舅？"

唐泽堵住张队长的嘴，接过话："这种工作不太适合阿雪，还是让她离开比较好。"

"你看阿雪的样子是想离开的？我刚才旁听了那么几句，与其让她跟着你添乱，还不如给她指一条明路，何况具体工作也在她面前暴露了，不如干脆一点，让她加入特情工作。反正刑侦局也需要在金融、证券、保险这些案件多发行业和领域架网布线，你表舅也是这一行里的人，有他带着，出不了错。阿雪是新人，正好能插入新公司提供消息。"

"她不合适。"

言雪沉吟一会儿，说道："我合适。"

唐泽瞪了她一眼，怪她脾气越来越倔。

张队长说:“具体得看她愿不愿意加入工作,现在正是招人的时候,我也就是随便一提,何况你和蜥蜴的脸被她认出来了。说句不好听的,这是比较麻烦的事情，不如把人掌控在我们手里当线人。”

言雪抿了抿唇，说道:“唐泽哥想查贺颜阿姨的死，我也想查我爸的死。我们的目标是一致的，不找到开枪的那个人，我是不会善罢甘休的。我想留下来，请让我为缉毒工作提供有关违法行为的线索。”

唐泽觉得头更疼了。

言雪总算知道了唐泽的身份，他从高中毕业就人间蒸发，现在看来应该是去了警校，而卧底人员很多是从警员中挑选的，因为这样的人脸生，不容易被认出来。唐泽母亲是缉毒警察，他从小受家庭环境熏陶，对这方面的了解多一些。更何况，唐泽母亲死于毒贩之手这件事就是梗在他心里的一根刺，加入之后必定会全身心地投入工作，这正是一棵“好苗子”，值得培养。至于他跟言雪的决裂，大概也是害怕被小姑娘发现行踪。他想保护她，所以逼不得已，要离开她。

唐泽近期没任务，和言雪一起被转移到另一个地区的公寓里，等待上头的安排。

言雪很享受能和唐泽独处的时光，以至于连睡觉都想要在唐泽的房间里打地铺，要盯着他的一举一动才安心。唐泽忍无可忍，提着小姑娘的衣领把她“甩”出门外，上了锁。

世界终于清静了。

可没过多久，门边就响起了窸窸窣窣的抠门声，像是猫儿在摩挲爪子，把光滑的房门当作猫抓板来使。

唐泽开门，问:“不想睡?”

“还想和哥聊两句，很久没见你了。”

“行吧，你进来，”唐泽开了一罐啤酒，坐在阳台边上，“正好也想和你聊一点事。”

“什么事？”

“你想给言叔叔报仇，这句话的真假成分有多少？”

言雪也是挺简单的一个人，歪了歪头，天真地道：“如果你不报仇，那我就忘了这些事，和你回家，毕竟活着的人也要好好生活。但如果你想要复仇，并且要豁出性命的话，我也陪你。”

“你不怕？”

言雪笑了起来，她的笑容有一种难以言喻的魔力，似能蛊惑人心，她轻声道：“唐泽哥，我不怕。即便是地狱，我也会陪你，不管发生什么事情，我都会陪你，绝对不会背叛你。”

唐泽凝视了一会儿她深褐色的双眸，方才的阴沉像是他的错觉一样，早已消失不见。他没深想那么多，继续道：“是同一个人，杀死我妈和你爸的毒贩，是同一个人。”

言雪皱眉，问：“这么巧？”

“可能他们是被盯上了，那些人是来寻仇的，他们就成了那些人报复的对象。我只知道有关那个人的某一样特征——他的胸口有刺青，是一条类似蛇一样的刺青。”

“有面部特写吗？”

“没有，他戴着口罩，认不出脸。只能知道他还在行动，这么多年了，还活在这个世上。”

言雪低吟一声，说道：“所以你处心积虑，就是为了找出这个人？”

“杀了他，这是我毕生的愿望。”

“那我帮你，”言雪微微一笑，“唐泽哥只是想借助警方的力量，找出这个人，对吗？”

唐泽沉默不语。

“我帮你，即使是杀人，我也会帮你。如果这是你唯一生存下去的目的，那我就跟你一起达成这个目标。”她没有半点畏惧之意，反倒像是在陈述一件司空见惯的小事。

唐泽捏瘪了手里的易拉罐，轻描淡写地揭过去："别想那么多了，早点休息，等上头的吩咐吧。"

言雪经过了一系列复杂而严格的审核流程，总算如愿以偿地加入了这个隶属于禁毒局的特情侦查部门。

而另一边，刘哥在警方的审讯下，终于熬不住了。想来也是，警方要保障嫌疑人的人权，虽然不会刑讯逼供，但日复一日、夜复一夜地重复询问着同一个问题，也是一种强大的心理击溃法。

狭窄而昏暗的审讯室里，四周都是纯白色的墙，没有任何可以集中视线的有趣之物，甚至连笔和纸这些琐碎的东西都没有。嫌疑人只能全神贯注地盯着审讯的警察，看着他们如鹰般锐利的双眸，心中的恐惧被无限放大……

叮——刘哥脑中的某根弦到了极限，终于崩断了。他仿佛精神失常，假意说要画出接头地点，趁警方不备，一口吞下笔盖，卡住喉管。警方迅速把人送去医院，结果半路他还是因窒息而身亡。

刘哥到死都没说出什么有用的信息，也可以说，他宁愿死都不肯暴露背后的人。看来，背后那人比死还要令他畏惧，让人闻风丧胆。

言雪想越过众人去看刘哥的脸，却被唐泽用手捂住双眼。实际上她并不惧怕尸体，可能生性就如此冷漠。但她享受被唐泽庇护的感觉，所以只能伪装成瑟瑟发抖的样子，好博取同情。

言雪的意识略微模糊，紧拽着唐泽的衣下摆，像小时候一样，她贪恋地嗅着那股独属男人的冷冽薄荷味，把那个味道深深吸入肺腔，在胸腔内不断挤压，循环呼吸。

还没等她追忆完，张队长就找了唐泽和蜥蜴问话。刘哥死了，他们只能靠之前对他的监视拼凑这一张信息不全的地图。

张队长严肃道："刘某曾经在这里和一个女人接过头，有没有交易毒品，我还不太清楚，不过通过跟踪这个女人，我们发现她是一家名叫 C 记的汉堡店的会计。所以我们怀疑这家店可能是和这条贩毒链相关的洗钱餐厅，会计从刘某那里接收贩毒得到的黑钱，做两份账，一份是日常收益，是对外的账本，另一份是黑账。她把黑钱的金额记录到黑账里，在汇款时和正常收益额一起汇到上头的账户里，如有必要，还可以谎报收益额，然后再层层递交给上层。这是比较简单的洗钱方式，却也最实际。先从这里挖下去，看看能不能挖出什么。”

言雪明白了张队长的意思，他是想让自己潜入这家餐饮店，从中挖到点什么信息，譬如，收集会计手中的两本账，交给警方。她迟疑了一会儿，问：“您是要我混进去？”

“你这个年龄最好，大学刚毕业，正好是找工作的时候，去当个兼职也不错。”

言雪无异议，只要能和唐泽站在同一条线上，让她做什么都行，于是点点头：“行，没问题。”

谈完事刚过一天，言雪就去了 C 记汉堡店。她点了一份炸鸡排加芝士汉堡，津津有味地吃着。环顾四周，她发现这里的生意并不差，偶尔忙起来，连午休时间都没有，服务员只能不停轮班。

她吮了一下指尖，舔去指腹上残留的沙拉酱，走到收银台边笑眯眯地对服务员说道：“你们这里的汉堡很好吃。”

服务员客套地笑了笑：“你喜欢就好，请问还要点什么吗？”

“不用点什么，我想在你们店里工作。”她大大咧咧地开口，像个涉世未深的高中生。

服务员的笑容一下子僵在嘴角，犹豫道：“不好意思，店里最近不招人。”

言雪霸占着收银台的位置，后面等待点餐的人已经开始不耐烦，隐隐有些骚动。

服务员尴尬地说："如果您不想点餐的话，麻烦让一让好吗？后面还有人想点餐……"

"那我点一份薯条，还有两个炸鸡汉堡。"

"一份薯条，两个炸鸡汉堡！"服务员朝后喊道。

"不好意思，我好像还忘记带钱了，你们这里有洗碗代金的选项吗？要不你喊一下店长，我想和她谈一谈。"言雪开了代金洗碗的玩笑，这样挑衅的行为正是为了激怒脸皮薄的服务员。

服务员觉得她在戏弄自己，语气顿时也冷了下来，和旁边的清洁人员说了一句："去喊李姐过来，这里出了点问题。"

很快，就有一个女人从后门位置走出来。她的妆容很淡，素雅却精致，看上去应该有三十多岁，保养甚好。言雪视线下移，落到她的手腕处——明明是三十几岁的人，手腕上还佩戴着一只凯蒂猫腕表，与成熟的外表不甚相符。

被喊李姐的女人微微一笑，伸手揽在言雪脊背处，看似亲昵，实际上手间动力，把她朝一旁带。其实与其说是带，还不如说是在借力推她走，至少不要在前台闹事。李姐带言雪来了茶水间，客客气气地问她："你好，请问有什么需要吗？"

"不好意思，刚才给你们添麻烦了。我是想做一个有关餐饮店打工的直播，在此之前，我做过很多行业的直播视频了。这是我在网站的 ID。"言雪点开一个账号，里面真的是各种有关工作的实况视频，不过主播都不是她，这只是临时找来应付李姐用的，她接着说道，"我知道 C 记近期并不招工，但很多粉丝向我推荐 C 记的汉堡，想看有关这里的打工实况，所以我才出此下策，希望能和店长聊聊。我是真心实意地想在店里工作，就算只是打两天临时工也好，希望你能同意。"

李姐皱眉，觉得这种事情颇有些棘手和匪夷所思，但也没过多较真。现在的年轻人，哪个没有点特殊的爱好，她知道现在的网络红人，专门爱做一些稀奇古怪的事情吸引人眼球，不过要是能借此宣传一下

C记，也算是省去了广告钱。

李姐只想甩掉她这个大麻烦，摆摆手，不耐烦地道："行了，不过是临时工，就让你工作几天。但关于网络直播这方面，我希望你不要刻意找C记的碴儿，抹黑C记，否则，我会采取法律措施。明天把你的个人信息还有证件复印一份交给我，我需要登记一下。"

"好的，谢谢李姐。"

言雪也能猜到李姐是想留后手，要是言雪做出什么极端的事情，李姐也会采取相应手段，譬如，曝光她的个人信息，让她混不下去。但在此之前，她一定会先揪住李姐的小尾巴。

言雪还是点了两份汉堡，以及两杯可乐。她掏出裤子后口袋的钱，抱歉地笑笑："不好意思，刚才没注意看，原来我有带钱。不用找了，就当请你喝一杯咖啡。那么明天见，明天我们就是同事了。"不等服务员回话，言雪就提着东西，急匆匆地走出店门，消失在茫茫雪海里。

这几日，雪一直没停。

鹅毛似的雪絮落地时，伴随着窸窸窣窣的细响，并不安静。这种情况下，跟踪一个人，应该很容易被发现吧？

但她必须要做啊……

言雪不知想到了什么，嘴角勾起若有似无的笑——这一切都是为了她和唐泽哥哥的幸福，得尽快结束这一切，不择手段地结束。在复仇以后，一切都会回归原点，她会像从前那样，牵着唐泽的手，亲昵地依偎在他怀里，和这个对她关怀备至的男人并肩一同看雪。

言雪的心中涌起强烈的幸福感，那种细腻的情愫逐渐将她包裹、淹没，甚至是掩埋在那密不透风的暖意之中。这时，她的视线逐渐变得清晰，路尽头，浮现出一个男人的身影——是唐泽在等她。

"事情办好了？"唐泽问她，他现在终于能光明正大地和言雪相处，不需要再像以前那样，将隐秘的心思藏在心中，对她冷淡疏离。

“办好了，等一下和你说，先找个地方吃汉堡吧。”言雪笑逐颜开，“我知道一家咖啡店的饮品特别好喝，还有FRAPPE，喝过吗？冰淇淋加上奶油和牛奶，搅一搅再喝，味道特别好。”

唐泽想逗她，就刻意问她：“有酒吗？我想喝酒。”他记得她最讨厌酒味，也不能忍受一个男人喝得酩酊大醉。

言雪愣了一下，忽地抬起脸，若无其事地微笑：“有哦，唐泽哥哥想喝什么都可以，只要你开心就好了。”只要别再离开她，就好了。

唐泽怔在原地，总觉得言雪这句话中虚假的成分居多，却又挑不出什么刺，只能含糊了一下，轻声道：“开玩笑的，我陪你喝别的。”

“嗯！”言雪的笑容更灿烂了，她撒娇似的揽着唐泽的手臂，蹭了蹭，一路拖拽着他，往路尽头的咖啡厅走去。

言雪在屋外抖下一帽子的雪，瑟缩地钻进了充盈着暖气的咖啡厅，对柜台里的服务员点单：“两杯FRAPPE，要薄荷还有鲜奶口味的。唐泽哥，你要什么？”

“和你一样。”

“他和我一样。”言雪很开心，像个孩子一样，暴露出天真烂漫的本性，一直和唐泽叽叽喳喳地讨论一些趣事。

她把汉堡递给唐泽，拆开包装，直触到男人被风雪冻到紫青色的唇瓣，说道：“吃吃看，我特意买了鸡排的，味道很好。”

唐泽咬了一口，拇指抿去嘴角溢出的沙拉酱，评价道：“味道确实不错。”

“我知道你喜欢吃鸡肉，你的所有喜好，我都记得。”

唐泽震撼了一下，轻声细语道：“我也是，我也记得你的喜好。”可能是出于感动，他的嗓音变得更加柔软，挟带着男人独有的低沉和缓，显得格外轻柔动听。

“这个世界上，肯定不会有比我更了解唐泽哥的人了，”言雪灿烂一笑，几秒后，声音忽然变得低沉许多，“包括唐泽哥未来的女朋友，肯定也不会有我了解你。”

“女朋友？”唐泽不明白她的思维怎么跳跃得这么快，只是下意识地用一种哄骗妹妹的说法应付她，“对，只有你最了解我了。”

可能是天气太冷，深夜的咖啡厅里并没有什么人。落地窗上笼罩了一层薄薄的雾霭，白茫茫的，带着颗粒质感。不过片刻，就被外头的暖色装饰小灯打出密集的星火，犹如一双双小眼睛，忽闪忽闪地眨巴着。言雪搓了搓手，把掌心对准桌上的小暖炉烘手，满足地喟叹一声：“既然警方没有任何证据说明餐厅有问题，也不能让税务局的人来查税，就只能由我们上了。唐泽哥，我想跟踪那个店长。”

“嗯？”唐泽环顾四周，见没人注意，才出声询问。

“一般这种餐饮店，收银员收了钱，会交给会计记账。会计究竟有没有两本账，这一点还有待商榷。不过通常账本会给店长一份，让她帮忙对账。不管这个账是黑的还是明的，我们都要拿到店长手里的那份账，至于店里的收益方面，就由我来统计，然后再和店长的那份账核对一下，就能看出端倪了。”

“类似账本之类的东西，你要怎么拿到？”

言雪微微一笑，说道：“这种时候当然不能用正常手段啦，我们得做一些事情，为了达到我们的目的。”

“所以？”

“所以，我要抓住她的把柄，让她有求于我。”

“可以做到吗？”

言雪点头：“没有人是无懈可击的，他们必有弱点，这就是人。譬如我的弱点，就是唐泽哥你。”

“少开玩笑。”唐泽赏了她一个爆栗。

“我是认真的。”言雪捂住额头，嘟囔一句。

唐泽还是觉得，把一个娇滴滴的小姑娘牵扯进危险之中不太好，抿了抿唇，张张嘴想说什么，却被言雪拦住了即将开启的话头：“唐泽哥，我是不会离开你的。在你全身而退之前，我绝对不会离开。”

“我最后问你一次，你不怕吗？”唐泽的目光坚毅，企图用这种专注而执着的目光击溃女孩的心理，让她动摇，从而退缩。

但很显然，这一切都是无用功。言雪一字一句，刻意咬着字眼说道：“我不怕，我也不会逃。我说了，我会一直陪在唐泽哥的身边。”

“算了，”他拧了拧眉心，“你可以留下来，但是要记住一点，绝对不能擅自行动，一切听我安排。你要乖。”

言雪甜甜地笑道：“我都听你的，我最乖了。”

咖啡厅有模仿教堂钟塔的设置，每逢晚上九点，柜台前的等身钟塔就会当当出声。钟塔随着细小的机械转轮扭动，演奏起音调悠扬的小夜曲，糅合着某种生硬的金属质感，不算难听。言雪看了一眼手上的手表，是时候出发了，她向来是一个很有时间观念的人。

“店长下班了，我得去跟着她，”言雪用征询的眼神看着唐泽，“唐泽哥，要一起吗？”

“可以，但你要听我安排，不要打草惊蛇。”

“你是这方面的行家，我不会自作主张的。”

实际上，跟踪一个人并不简单，特别是在还不熟悉路径的情况下，连周围哪里有遮挡物可以藏匿自己都无从知晓。所以，言雪只能采取另一种保险的方法，那就是拉长间距，尽量不靠近店长，但又不让她远离视线之内。这种距离很难掌控精准，必须匹配高超的判断能力及所谓的第六感，这是言雪的强项，她一直都比寻常人要敏感许多。每每能从一些险情里侥幸逃生，这并不只是单纯靠运气就能达成的。

李姐走的是比较偏僻的巷弄，就连大白天也几乎无人问津，所以巷子里的雪没有被鞋子压实，一脚踩下去，还是有松松垮垮的挤压声，像是一脚踩到蛋糕上的奶油，狼狈，又引人注目。

不能继续走了，再继续就很容易暴露。言雪停了下来，回头，见唐泽赞同地点点头。

幸好，李姐并没有走远，也没有警惕地四处张望。她的心情早已被另一种隐秘的亢奋所代替了，其余的一切都不足以吸引她。

很快，有人打开门，一束光从中漏出，包裹住了李姐。李姐好似嗔怪对方的大胆妄为，惊恐地环顾四周，见没人，又摆出小女儿姿态，依偎到男人怀中。

就在这时，言雪拿出相机，拍下了一张照片。虽然不是近照，但也勉强能用来威胁一下李姐。何况，言雪已经知道了男人的住址，只要等待时机，拍几张男人的近照，就能完全取得李姐的信任——相信自己已经掌握了她出轨的事情，并可以借此来要挟她就范。

恋爱中的女人不但傻，还容易胡思乱想。言雪只要出示这张模糊到失真的两人合照，以及一张情夫的近照，就能很快勾起李姐的回忆，强迫她在脑中展开遐想，并且认定这只是言雪的底牌之一。

唐泽瞥了一眼小姑娘，抿唇问道："你是怎么知道她有情夫的？"

"可以说是女人的直觉吧，她的衣着和妆容都是完全符合职业规范的，说明她是一个严于律己的人，但却能佩戴与穿搭完全不匹配的凯蒂猫腕表。究竟是什么样的人才能说服她打破这么多年一直坚守的规则呢？肯定不是寻常的人，如果是丈夫，那她早就改了这样呆板的装束了。女儿的话，感觉她也不是很容易被家庭所左右的性格，何况她还没有孩子。"

"万一是侄女之类的呢？"

"那也照样跟踪，总会找到她的破绽的。如果是侄女，我也可以选择绑架她的侄女，逼她就范。"

唐泽见言雪的眼神很真挚，好似并不是在开玩笑。他沉默了一会儿，说道："你这是在犯罪。"

"开玩笑的。"言雪扑哧一笑，破功了，片刻，又好像在肯定些什么，呢喃自语，"不过，也可以哦。为了我们能幸福，要我做什么都可以。"

“也是你运气好，正巧被你碰到她找情夫的画面。”

言雪竖起一根手指头，摇了摇：“这可不是运气的问题，这是直觉。我今天待了一天的C记不是光品尝汉堡的，我也在观察他们，特别是这个店长。中午轮班的时间，她出过门，我就跟过去了，结果看到她在打电话的时候笑得很甜。”

“很甜？就凭这个？”

“女人在自己喜欢的男人面前就会装柔弱，还有装可爱。她那时候，分明就是一张温顺小女人的脸。”

“你就因为这个笃定了她外面有人？”

“说了，这是直觉，不可信的，但是所有的直觉都是有来源的。好比我一直盯着唐泽哥，就会引起路人的侧目，他们肯定在想这个小姑娘怎么回事呀，一直盯着男人看，而你就会因为路人怪异的反应而下意识回头，企图查明真相。这不是偶然，也不是巧合，这是必然。还有，目光也是有力量的这句话是错的，是目光会引起外界发生一些变化，人又足够敏感，能察觉这个变化，追溯目光。”言雪勾勾唇，笑得很得意。

唐泽完全能理解，但是总有种小姑娘一夕之间长大了的感觉，她好像在不知不觉间变了很多，再也不是从前那个全心全意依靠自己的小妹妹了。或许，不能把她当妹妹来看。唐泽的心头突然涌起这种模糊的念头，浑身一颤。

言雪孺慕地看着唐泽，低声说：“像我，和唐泽哥哥说话的时候也会很温柔，也会变得不像自己。或许我和李姐的心情是一样的吧？都是很喜欢这个男人……”

“喜欢的心情？”唐泽有一丝震惊。

“我是指，对兄长的那种喜欢。”

“嗯。”唐泽僵硬地点点头，幸好，他没多想，否则就不知所措了……他好像也是第一次不知该如何应对一件事，特别是面对言雪的时候，总狠不下心拒绝。如果她之前稍微说错一句，说出别样的心情，他能狠下心拒绝吗？

言雪识相地跳过这个话题，将注意力集中到李姐那个方向，轻声说：“反正我就是知道，她这个年纪的人，难得有一丝改变，突然有些变化可能就是因为喜欢上了比自己年轻的小男人，害怕衰老，害怕与年轻姑娘比较，所以就会做出一些反常行为——刻意去接纳一些本就不适合自己的东西，企图与年轻的女孩同化。实际上，一个人差就是差，丑就是丑，很难蜕变。”

“你好像对于这方面，感慨很多。”唐泽下意识地揉了揉她的头发，嗔怪她像个小大人一样滔滔不绝。

言雪吐了吐舌头，俏皮道：“不能让唐泽哥哥小瞧啊，把我当小孩子怎么办？我也要变成能配得上唐泽哥哥的女人呀。”

“明明只是女孩子，就不要说老气横秋的话。”

“我说的都是事实，都是心里话。”

“少贫嘴，”唐泽不以为然，依旧把她当孩子一样宠，“你还要查什么吗？还是这些就够了？”

“够了。我本来想过，如果她不让我在店里工作，就拿这些来威胁她，逼她就范。但没想到，店长还是很好说话的，至于其他的后续……就在明天揭晓好了。”言雪狡黠一笑，像一只偷腥成功的小狐狸。

言雪的眼尾生来就上挑，笑时，会隐约出现一道弧度，有种别致的风流韵味流转其中。或许，她就是一个像狐狸一样狡猾的女人。虽然披着纯洁白兔的外衣，但她的的确确是那种让人捉摸不透的人。何况，就算是兔子，也还有狡兔三窟的说法呢。

唐泽总觉得这样的言雪有点陌生，这种陌生和字面上的含义又有所不同——他了解她的全部，但总觉得有一丝矛盾之处。她身上有太多的特点，就像乱炖一样，各式各样的菜放一锅煮，直至软烂到近乎化为一体，当这些特点碰撞到一起的时候，就会给人一种难以名状的感觉。是一种全新的属于她的独一无二。

“唐泽哥？你在想什么？”

唐泽分了神，随之摇摇头，镇定地说道：“没什么。”

“你是看我看得出神了吗？”言雪戏谑道。

“回家吧，天气预报说今晚还要下雪。”唐泽牵起她的手，往另外一个方向走，一如儿时一样，直到进了家门，也没放手。

等到晚上十二点，言雪蹑手蹑脚地从抽屉里摸出手机，换了一张新买的电话卡，拨打从网上找到的工作简历上的号码，那是李姐的。

她用纸把手机的扬声器挡住，说话时，还不住用手指摩挲粗糙的纸面。这样通话时，就会发出一种类似信号不稳的嘈杂声，能让她的声音失真，也更能引起对方注意。言雪不确定李姐是不是还在使用这个手机号码，但一般工作号码都不会随意变更。特别是她那种人，更不会放过任何一个工作机会。

果然，她猜得不错，很快就有疲倦的女声从电话中传来。

言雪摩擦了两下纸面，压低嗓音，说道：“是李茹女士吗？”

“你是谁？”

言雪避而不答：“这一夜睡得好吗？嘘，不要吵到你旁边的人，出门来说话吧。”

“你在哪里？”

言雪望了一眼窗外，此时正簌簌下着鹅毛大的雪，她犹如一个胜者，手中紧攥着主导权，慢条斯理地道：“天气真冷啊，和你一起看雪也不失为一件美事。”这句话是在提醒李姐，她就在她的身边，很可能就埋伏在她的左右。

李姐果然大惊失色，扬声器处发出骨节摩擦的咯噔声，仿佛因受惊而无措地攥紧了手机。她结巴了一下，很快，深吸一口气，问道：“你是谁？骗子吗？我可没心情和你聊这些。你是不是私拆我家信箱里的信了，所以知道我的名字和手机号码？是哪个变态邻居吗？应该是同一个单位楼的吧？我会逮住你的，把你扭送到警察局去，你最好不要玩这些小手段！”

言雪依旧泰然自若，轻笑了一声：“你可以挂断电话，挂断以后，我就把那些照片交给你先生。我记得如果一方掌握对方的出轨资料，打离婚官司时，就更有利了。你听说过净身出户吗？我听说你房子也是你家先生的吧？也是不凑巧，三十几岁的人了，还要从头再来……”

“什么照片？”李姐的声音已经弱了下来，不敢硬碰硬，言雪句句话都直戳她的软肋。

“照片啊？”言雪顿了顿，玩味地道，“原来你喜欢这样的小男人，我还以为只有男人喜欢年轻女人呢，没想到女人也一样。”

“你都看到了？”李姐那边好像传来了起身的声音，偶有凌乱的衣服摩挲声，以及高跟鞋砸地时的碰撞响动。看来她是因为害怕，正打算连夜赶回家。

“我还拍了照片。”

李姐的呼吸一窒，有东西落地，不知是高跟鞋还是包。言雪隔着手机，仿佛都能听到她如鼓般乱擂的心跳。

言雪就着台灯的光，从抽屉里拿出那一张照片，点评着：“那男人好像比你高半个头吧？再怎么心急，也不该在门外就搂搂抱抱在一起，是谁给你的胆子？咦，你手上戴着什么？哈，腕表，这可不太适合你。是那个小男人说的吗？要你变得更加年轻之类的？这些话也就是骗骗你了，有女人可以睡，又有人养，谁不会讨好金主？”

李姐咬牙切齿道：“你究竟想怎样？”

“我想怎样？”言雪用食指卷着自己微翘的头发，绕了两圈，轻声道，“现在还不能告诉你，但我不会放过你的，我还会来找你的。那么，明天见，我会把照片寄给你看看，以防你对我失去信赖。”

“等一下！”李姐惊恐地喊，她还有话要说，还有事情要申辩……

“不能等了，刚才是你急着要挂断我的电话，现在可轮到我了。”言雪毫不留恋地挂断了电话，留给对方一个布满恐怖幻想的夜晚。

言雪迅速把卡换下，她可不想被这个疯狂的女人连夜骚扰。

正打算关灯，屋外突然响起了咚咚的敲门声，是唐泽。

“还没睡？”唐泽倦意十足，连带着声音都哑了。

言雪下意识地看了一眼闹钟，已经凌晨了。唐泽素来对她管教很严，女孩子绝对不可以熬夜。糟了，这下要挨骂了。“就睡了。”她弱弱地回道，声音孱弱似一只气若游丝的病猫。

“开门。”唐泽不吃她这套，冷冰冰地喊。

“哦……”言雪还觉得有些小委屈，哭丧着脸，下床，小步小步地磨蹭到门边。

“快点！”唐泽催促。

“就来了。”言雪打开门，急忙辩解，“我就是吃太饱了，没睡着。”

“都过了几个小时了，早消化完了，”唐泽递给她一杯热气腾腾的牛奶，“喝一点再睡，我怕你空腹睡觉会胃疼。”

她一迟睡，胃里没东西，就会胃疼。老毛病了，每次都得唐泽亲自盯着，这才有不许熬夜的说法。可惜这姑娘就是不听劝，猫捉老鼠一样耍着小心眼，和他私底下抵抗、较量。

“上床，别冻着。”唐泽的声音温柔了一点，看她乖巧躺下，又弯腰，给她掖好被角，“以后有事也别熬夜，什么事都没身体重要，听到没有？”

“知道了，”言雪点头，“不知道是不是被子太薄了，晚上我一个人睡觉总觉得冷。”她特意强调了一个人睡觉觉得冷，也不知自己心底在期待些什么。

唐泽适时蹙起眉，走到卫生间把暖气调高了，闷声问：“现在呢？”

言雪大失所望，僵硬地回答道：“不冷了。”

“那么，晚安。”唐泽满意地点点头，很迅速地关上门，走了。

第三章

今天是言雪第一天去C记工作的日子。

她带了手机，调了直播视频，但对面的观众是唐泽，她希望全程都由哥哥看着。

言雪和昨天招惹过的那个服务员打了个招呼，微笑道：“早上好。”

服务员翻了个白眼给她，不屑地回道：“你会用收银机吗？”

“不会，李姐让我在旁边看看。可以帮忙点餐、递餐。”

“也是，你也就会做这些了。”

言雪入戏地对着手机屏幕说了一句：“今天是我直播打工的第一天，就不能和大家互动了，大家只管砸礼物吧，这是对小雪的支持哟。还有，给你们介绍一个美女同事。”她把手机的前置摄像头对准了那个服务员，见对方投来疑惑的目光，又假意夸赞道，“是不是长得很可爱呀！我会把手机放在她面前哦，这样不但能拍到我的工作过程，还能看到漂亮的女孩子了。”

言雪求助一般露出可怜兮兮的表情，低语：“拜托了，你也配合配合我的直播工作吧。”

服务员受宠若惊，连之前的敌对情绪都少了些许。她沉吟几秒，无可奈何地说道：“好吧，原来你是女主播啊，不早说，害得我昨天还那样和你闹起来……”

她想和言雪化干戈为玉帛，所以字里行间都在给自己找台阶下。看来，她也抵挡不住这种赞美，心里说不准还打着踩言雪上位的想法。女人是有虚荣心的，一旦知道自己的外貌被认同，还会被成千上万的粉丝追捧，自然不想错失能红的良机。

“说什么呢，都是我不好。我太急功近利了，没和你说清楚原因就先找了店长。”言雪粲然一笑，“那就拜托你了，手机摆在收银台旁边，不会影响你的点餐工作吧？”

“当然不会，就是我需要说些什么吗？”

“可以汇报一些情况呀，虽然自言自语会比较奇怪。嗯……你就说什么样的客人来点餐，都点了什么这些就好了。闲下来的时候，也聊一些日常工作时的心理感受，好让那些观众了解一下餐饮行业的艰辛，别的就让我来好了。”

“那好，有客人点了两份薯条，你帮忙去提醒里面的同事备餐吧。”

“好的。”言雪微微一笑，转身时，余光瞥见那个服务员颇有心机地调高了手机摄像头的角度，好让自己的侧脸以最完美的角度暴露在屏幕中。算了，就让她得意一会儿吧。

按照言雪的计划，唐泽应该已经在记录今天一整天的收益状况以及点餐的具体餐品了。就现在的情况来看，一切都很顺利。只是一想到唐泽要看那个女人的脸一整天，言雪内心就隐隐有些生涩发酸，不太舒畅。

言雪走进厨房，对正在炸薯条的工作人员说：“要两份薯条！那个，不好意思，请问工作人员专用的厕所在哪里？”

“前面这扇门推进去，左拐就好了。记住别走错了，右边是会计和店长的办公区。”

“好的，谢谢。”

言雪用力推开门，走进去。或许是因为心里装着事，她很快就收起粗鲁的动作，蹑手蹑脚地往左边的厕所走去。临到门口，她还回头看了一眼右边的办公区——没有任何人出来走动，她没有暴露在人前，还是安全的。

言雪松了一口气，把卡换入手机里，套上纸袋，给李姐打电话：

“嘟，嘟……”

果然不出所料，昨晚李姐疯狂轰炸她的手机，有近一百条的拨号短信提醒，看来是一夜未睡。

几乎是瞬间，电话就拨通了。那一头，传来李姐惊慌失措的声音：“是你吗？”

“对，是我，我来找你了。”言雪锁上厕所门，幻想着屋外寒气笼罩的纯白世界，尽量使自己的声音低沉，“我说了，我是来取得你的信任的。”

“是照片的事情？”

“记性不错。”

“你想要什么？想要什么都可以，只要那些照片……”

“不要交到你先生手里，对吗？”

李姐的声调骤然调高，似抓住最后一根救命稻草一般，声嘶力竭：“对，没错。唯独这个不行，真的不行……”

言雪向来不喜欢这么快就让一个人安心，特别是现在主导权在她手上。她要李姐一直高度紧张，只有这样李姐才没有时间分神去思考应对的策略，才有可能一直被言雪掌控行踪，牵着鼻子走。她笑了笑，说道：“别急，我说了，一步一步来。我今天是来取得你的信任的，我要给你看照片，就这些。”

“我已经相信你了，完全相信你。”李姐急忙服软，觉得这样附和对方就会网开一面，放过她。

可惜，李姐把事情想得太简单了一点，言雪不是那种三言两语就能被人说动的女人。她避而不答，只是说道：“说了看照片，那就是看照片。你听我吩咐，我就能让你看到。”

“行吧，照片在哪里？”

“你现在从C记出来，一定要快，到了门口的十字路口，我再指导你怎么走。你只有十秒时间，一旦让我失去耐性，你应该懂是什么后果。”

李姐连连答应：“我懂，我都懂。”

她果然开始行动了，火急火燎地从办公室里冲出来，随意编造了一个借口，就出了C记。

而言雪这才从厕所里跑出去，她尽量放缓脚步，隐匿在财务室的门外。借着细小的门缝，言雪朝里头打量了一眼——办公桌前没有人，也有可能是一大早就出去打款了。

这时，手机又传来了李姐气喘吁吁的声音，只听她问道：“我到了，接下来该去哪里？”

言雪回复道：“随意找个网吧。”

“网吧？”

“别问那么多，照做就是了。”

李姐哦了一声，又陷入了绝对的静谧里。

言雪应付完李姐这一头，就大着胆子，小心翼翼地走入会计室。她本就不抱任何希望，这样隐秘的账本怎么可能四散在外，供人参观。但她还是觉得该赌一把，凡事不该在没做之前就退缩，就算前方是烈焰地狱，再畏惧，也该先用脚试试温度。

言雪扫了两眼桌上排列整齐的打印件，心想这应该是近期的账目报告，但很明显，黑账绝对不会在其中。于是，她开始注意附近有没有什么异常的地方，譬如上锁的抽屉。

环顾四周，言雪视线定格在一处，瞳孔聚焦时仿佛有温度，能将那处的木质柜子灼烧殆尽——还真的有个上锁的抽屉。黑账就在这个抽屉里面吗？所以上了多重的锁，就为了守护这里头不为人知的秘密？

几秒钟以后，言雪狂喜的心情又很快被另外一种令人不适的感觉所取代。

真的会这么凑巧吗？她怀疑什么，就真的出现了什么。是言雪运气足够好，还是说有人已经预料到了这一步？她疑神疑鬼地四处张望，总有种不好的预感，却又说不清道不明。这种感觉……就好似有人比她道行还高，早就在暗地里盯着她，看着她耍小聪明沾沾自喜，而心生鄙夷。

是有这样一个人吗？

躲在角落里的第三个人。

言雪赶紧出了门，回到厕所里。

她抚着胸口不住跳跃的心脏，对李姐发出最后一道指示："上××图库网站，账号是23370，密码是0298。图库里，有我送给你的大礼。"

李姐照做，随之，声音越发颤抖了，听上去怕到了极点，不住地吞咽口水，喉头发出黏稠的滚动声："我看到了。"

"那么，我就要提出我的条件了。我需要C记今天一整天的收益账目，会计肯定会交给你对账的吧？把它带出来，然后在网吧开一个房间，放在那里，位置就用短信发给我，别问为什么，不然我绝对会让你后悔的。"言雪心力交瘁地挂断电话，整理好服务员制服，走出门去。

正巧，她和外出归来的会计斐乐撞了个正着。

言雪事先打听过她，C记的老人了，店长不知道换了几波，唯有这个会计师"屹立不倒"。据说是公司某高层领导的侄女，也就是和刘哥生前碰过面的女人。

斐乐打量了言雪一眼，目光一下子沉下去，犹如一摊深色的海水，暗哑又波澜不惊。她勾唇，不屑地笑了一声："新人？"

言雪毕恭毕敬地打招呼："斐姐好。"

"别喊我姐，沾亲带故的，必有所求。"斐乐一踩高跟鞋，直接往办公室走去，连个正眼都没给言雪。

十三年前的冬天，黄山区迎来了第一场雪。

明明前些天还算湿暖，空气中泛着淡淡的潮味。像是苦丁茶在杯子里泡久了，黄褐色的宽叶被展开，蜷曲成厚重的一团，与渐渐干涸的汁水混在一起，散发着经久不息的霉味。

结果才过了一个晚上，就下起了鹅毛大雪。满城风雪，银装素裹。之前的天气虽不冷，可总让人心生不适。反倒是下雪天，给人一种纯净温柔的感觉，遍体由衷地舒畅。

言雪像是也感受到了变天的情况，缩成一团，如同一只瘦骨嶙峋的小猫。

唐泽听从妈妈的话，将这个陌生的女孩子搂得更紧了，妈妈说了，这是他的妹妹。不许问为什么，她以后就是他的妹妹。唐泽用稚嫩的小手抚过女孩的额头，撩开她细软的头发，露出光洁的额头。

“下雪了……”唐泽望向窗外，轻声感慨。

“嗯。”怀中的言雪似乎听到了什么，低低应了一声。

唐泽下意识地低头望去，女孩依旧在睡觉，她上下眼皮的睫羽还是紧紧交织在一起，薄凉的唇瓣也抿出一线青白色。

唐泽偶然间听到妈妈和爸爸的谈话，小女孩的父亲是他妈妈的同事，在任务中中弹身亡，可那一弹本来是要击中他妈妈的。

也是他们家对不起她，理应照顾她。

唐泽还小，承受不了这么多残酷的真相，只是依照他自己的判断，是他们家欠她太多了，是他们导致她颠沛流离、无家可归。这不仅仅是一条人命，还有她的一生。

“继续睡吧，这可能是你最后一晚睡得这样香了。”唐泽无法想象她醒来以后知道父亲已经不在了的表情，只能尽量不惊扰到她，竭尽全力将行刑日越拖越久……

追忆的画面一下子静止了。

言雪猛地醒来，原来是她在等同事清点账目的过程中睡着了。

“算得差不多了，我下班了。小雪，明天见，如果还有直播需要，记得明天也找我哦。”服务员把手机递给她，粲然一笑。

言雪点点头，报以微笑，把手机塞回包里，和另外一只手机碰撞到一起，发出咚的一声闷响。

事情办完了，她也该回去了。

言雪之所以等这么久，也是为了观察李姐的反应。果不其然，一到下班点，李姐就从会计室走出来，急匆匆地出了C记。鱼儿上钩了，言雪也不能干等着。她和其他的工作人员打了个招呼，也提包走了，直接向和李姐截然不同的路段走去。

这时候，就得先联系唐泽了。言雪给他打了电话，很快就被接起。扬声器里传来男人惯有的低缓嗓音，音色很美，也可能是因为她很在意他，所以连声音都加上美化的滤镜了：“阿雪？”

“是我，”言雪回应，“唐泽哥把该记的账目都记下来了吗？”

“找了张队长帮忙，他寻了两个辨声师，分别记录点餐收银员的声音，忙了整整一天，把所有进账的价格和物品都记录下来了。”

“辨声师？”言雪有点好奇，遂问道。

“你听说过调香师吗？”

“听说过，香水公司常常聘请这类嗅觉灵敏的香水制造者，用来当他们企业的‘鼻子’，据说厉害的调香师可以同时闻出几十种气味，”她回过神来，“那么，辨声师也是此类人吗？可以听出成百上千的声音，像是有特异功能一样？”

“没错，虽然没有那么夸张，但是就今天的工作而言，对他们来说是小意思。”

言雪点点头，应了一声：“哦，这样啊。唐泽哥，你来接我吗？我下班了，在等李姐那边的消息。”

“你直接告诉我，她会把东西放在哪里，我去拿。你一个小姑娘跑来跑去太危险了，何况又下雪了，容易着凉感冒。”唐泽关切地说，实际上他并不想言雪以身涉险。

“嗯，那我在昨晚那个咖啡厅等你，”言雪心头涌起暖意，说话泛着一股糖果的甜腻气息，“那我等你，唐泽哥要注意安全，快点过来。”

“好。”

言雪掏出另一个用来威胁李姐的手机，翻开短信页，里头有一条信息：“在新风网吧的包厢201室，我和网管打过招呼了，你过来就是。不过你想做什么？为什么利用我的个人信息打听C记账务的事情？”

言雪回话：“打听太多是要入拔舌地狱的，我们还没完，你只要好好配合，我绝对不会拆穿这些事。快点离开那里，也不要企图能抓住我，太好奇，你必定会得到教训。”

“我知道了，我已经走了，你可以过去了。”

言雪把手机关机，重新塞回包里。她独身一人去了咖啡厅，点了一块慕斯蛋糕和一杯牛奶。虽然晚上很想吃咸口，但理清楚这些事之前，她没什么兴致。

没过多久，唐泽就带着一份文档来到了咖啡厅。他把文档内的文件都拍成照片，发给张队长核对账目，结果得出一个令人失望却在意料之中的结论：这份账目和白天入账是相符的，没有错误或者引人怀疑的地方，也可以说C记没有灰色收入，又或者这份是明账，给李姐还有收银员看的。

答案变得模糊不清了，要么C记是清白无辜的，要么就是还有一份黑账存在。如果真有两本账，那份黑账只可能掌握在斐乐的手中，或者是真的被纳入那个上锁的抽屉内。

言雪舔了舔嘴角的奶渍，和张队长通了个电话：“我看到会计室内有一个上锁的抽屉，或许我可以用点手段潜进去，找到有关黑账的信息。”

张队长沉默了几秒，叮嘱道：“一切小心。”

言雪下定决心要做的事情，就不太可能反悔，除非出了什么不可逆的恶性事件，譬如她死了。所以，要么死，要么就不择手段地拿到黑账。

具体该怎么做？总得有个计划。

言雪还没做好打算，计划尚且在规划之中。要不故技重演，去跟踪斐乐，看看能否抓到她的把柄？但这样一来，一旦被发现行踪，她临时改变了做黑账的习惯，可就得不偿失了。何况，她如果真的接手了那一笔黑钱，刘哥畏罪自杀的事情想必也会传到她的耳朵里，这些老狐狸肯定会想出对策的。

言雪的脑中又浮现出一个质疑意味很强烈的念头——斐乐真的没有使什么花招吗？她甘心就这样坐以待毙，等着警察上门盘查吗？

言雪不信，但此刻没有任何办法，她不得不信。这是他们的最后一根救命稻草，如果抓得及时，就能打进内部，如果抓得不及时，便如同烂根的老树，汲取不到水分了，就会狠心切断根脉，钻入别的又黑又硬的土壤里，杀出一条血路。植物尚且如此，更别说人了。英雄断腕这种事情，他们做得出来。更何况，还有刘哥在保护他们——他死了，死人是说不出任何话的。

唐泽也想到了这一点，略担忧地问："你觉得那本黑账真的在店里吗？"

"我不知道，可能在，也可能不在，"言雪回头，深深地凝视着唐泽，眼底泛起涟漪的眸子仿佛要将他吸进去，"但是我们别无选择，只能赌一把。这是必须去做的事情，不然不会有结果。"

"我接下来要说的这话也是老生常谈了，一定要小心，谁都没有你重要。"唐泽温柔地说道。

"我知道的，我舍不得抛下唐泽哥一个人，"她笑了，露出两颗尖锐的小虎牙，乍一看，锋利得好似真的能咬下一块肉来，"放你一个人的话，岂不是会让别人乘虚而入？这种事情，想都不要想。"

唐泽也明白她的占有欲很强，毕竟从小到大，她都是跟在他身边的。几年前，他不告而别，小姑娘没有安全感也实属正常，能多宠一点就多宠一点，能多弥补一点就多弥补一点。

言雪喝完了牛奶，擦干唇侧的奶渍，就提出要回家。唐泽也累了，索性拿起东西和她一道回家。

等到了家里，言雪一个人先去浴室里泡澡。她惯用香熏，用的是紫色的薰衣草精油，有安神效果，一不留神，还容易在浴缸里睡着，所以唐泽常常会在浴室外敲门提醒。

她躺进温度偏高的浴缸里，感受那源源不断的暖意渗入肌肤，激活她身体里每一个细胞，令她舒适地喟叹出声。

几乎是一瞬间，言雪又想起今天在店里做的那个梦——实际上并不是梦，是童年生活的一段残影。她当时被唐泽紧紧拥在怀中，与其说是拥抱，不如说是他抓着她，不肯放过她。言雪在装睡，她能听到小小少年口中誓要保护她的微弱的呢喃，还有他身上散发的浅浅香味，很是安神。她不敢醒，害怕面对别人同情的目光，也害怕接受那个事实——爸爸死了，没有人照顾她了。

听起来的确是很悲哀的故事，她理应被别人保护和怜悯。但实际上，她和爸爸的接触并不多，爸爸是缉毒警察，天天出任务，太忙了，常常忽略她。言雪早就习惯没有这个男人的生活了，只是听到他殉职，胸口还是隐隐作痛，好似在瞬息之间就会爆裂开，迸发出浓烈的情愫掩埋她。

算了，还是继续睡吧。她当时是这样想的。何况，她也不讨厌那个将她紧紧束缚在怀中的少年。大概是男人独有的保护欲作祟，言雪至今还能想起那双看似瘦小的手臂在紧紧拥住她时，爆发出的力量。

“阿雪，洗完了吗？别睡着了。”门外的男人又忧心忡忡地敲着毛玻璃提醒她。

“知道了，我马上就好了。”言雪洗好，换上干净的衣服出了浴室。

她在客厅里小坐片刻，经过一番深思熟虑后，还是打算联系李姐，毕竟她是店里的人，凡事让她出头才能保证万无一失。更何况，李姐有一个致命的把柄在她手上，只要她想，她就能毁了这个女人的生活。

言雪给李姐打了电话，依旧是那套变声的小把戏。即使这种坏事已经做了无数次，但每一次，她还是像第一次那样细致，只是为了确保没有意外的情况出现。言雪压低了声音，尽量让嗓音变得阴郁冷淡，不疾不徐地开口：“晚上好。”

“又是你？”李姐像是回过神来，警惕地问，“还有什么事情吗？”

“找你，自然是有事的。”

“你说吧，我尽量去办。但这是最后一次，你不能一次又一次地拿那些事情要挟我，我的人生不可能掌控在你手里。”

言雪也知道李姐的顾虑，如果自己总是这样不顾及她的心情，一次又一次地提出过分的要求，那李姐也可能难以忍受，到最后破罐子破摔，和自己拼死相抗。聪明人应该掌控好这个度，要知道狗急了也是会跳墙的。言雪遂安抚她：“你放心，这绝对是最后一件事了。我不是一个忘恩负义的小人，你帮我办事，我都记在心里，自然不会亏待你的。但你也要清楚反抗我的下场，我没那么多耐心，好话也说尽了，你要识相。”

李姐难得硬气一回，听她这样说，顷刻之间也软下了声音：“我知道了，你说吧。”

“C 记的会计可能会被上头的人要求做两份账吗？”

李姐欲言又止，但她也不傻，这等秘密该怎么说呢？她犹犹豫豫地道：“说句实话，我也不知道。那个斐乐是店里的老人了，当初我来 C 记上班还是由她面试的。我也不知道她和上头是什么关系，不过两本账……不好说。”

“她的办公室有没有什么可疑的地方？”

“好像有一个抽屉不许人碰，我当时进过她的办公室，有注意到这点，不过也没多问。”

“里头的东西，你能拿到吗？”

“我没钥匙，怎么拿？”

言雪问：“钥匙在哪儿？”

“应该在她随身携带的包里，她每天都需要开那个抽屉，有时候打印好的账目也会存在里面，有没有两本账，我就真的不知道了。”

言雪微笑，说道：“我要你拿到钥匙，打开那个抽屉。”

“我怎么可能拿得到……”

“拿不到也要拿，这是你的事情。做成了这件事，我绝对不会再烦你。”

李姐咬牙切齿道：“但你也要知道，我做了这些事情，就会丢掉工作，在C记混不下去的。”

“你是想要出轨的事情败露呢，还是失去一份工作？”言雪吹了吹指甲上并不存在的灰，云淡风轻地道，“做人啊，别太贪心了，鱼与熊掌不可兼得。”

“我试试看。”李姐无法，只能答应。

言雪心满意足地道了个晚安，挂断电话，一回头，视线正好与门边的唐泽对上。她原本清亮的眸子在瞬息之间就暗了下来，她瞒着他做了这么多事，在他心里，会不会觉得她是个阴险狡诈的女人？是不是已经不是他心中那个善良可爱的小妹妹了？

“唐泽哥……”她柔弱地出声。

唐泽垂下浓密的眼睫，柔声说：“睡觉吧。”

言雪不肯，抿唇好半晌，才大着胆子开口：“你讨厌我了吗？”她害怕他的答案，害怕从这个男人口中听到任何否定或者质问的话语。

“不讨厌。”唐泽忽地走近她，男人的视线下移，停顿片刻，又伸出魁梧有力的双臂将言雪紧紧揽在怀中，轻声道，“我只是在自责，是我没保护好你，让你也需要精心谋划着生存。明明，你只需要笑着生活就好了。”

言雪揪住他的衣襟，手指间的力量越收越紧，最终，贪恋地深吸好几口气，轻轻道：“这样很好了，只要和唐泽哥站在一起，能一起面对所有事，就很好了。我想要成为配得上唐泽哥的女人，这句话不是在开玩笑。”

唐泽将下巴抵在她的发顶处，轻柔地蹭了两下，最终什么都没说。

这一夜，言雪睡得格外香甜，她总觉得在不经意之间，她与唐泽的距离又近了一步。

一缕阳光射入屋内，映在言雪惺忪的眼睛内，透出一点澄澈的水光。

她枕边的电话又响起了，下意识接起，传来女人咆哮的声音：“为什么骗我！你背叛了我！你背叛了我！我会找到你的，你会付出代价的！”这是李姐声嘶力竭的声音，言雪还没搞清楚状况。

“嗯？”她低低询问。

“你把照片都寄过来了，都寄给了我的先生，你背叛了我！”

言雪挂断电话，将手机关机。她静下心来细想，得出了结论：看来是有人察觉到她的动作了，所以先下手为强，破开僵局，直接把李姐逼入了死路。这第三个人……一下手就这么狠，看来对方绝对不是等闲之辈啊！

那么，就只能她自己出手了。这一次，绝不能输。

言雪打算翘班半天，她本就不是工作人员，临时工期限也就两天，又没有工资，这种工作不愿意再去也是合情合理。何况，她还打算趁此机会想好对策。

其实不用猜也知道，肯定是斐乐下的手。她早就注意到自己了，从昨天下午开始，她就知道自己有猫腻了。但是知道又怎样？斐乐奈何不了自己，也找不到自己的藏身之所。除非，有人跟踪……

言雪拉开窗帘，警惕地扫视大街小巷——大到建筑上的灯火，小到窗台上的麻雀，但并未发现什么可疑之处。

斐乐在得知自己的动机之后，还会傻到把钥匙藏到包里，等着被偷吗？又或者说，斐乐会把黑账再放到那个抽屉里吗？想想也不可能，但从逻辑上推敲，她应该会这么做。因为现在这个阶段，是暗处的言雪和明处的斐乐第一次交锋，为了确认她的身份，得知她的战斗力，斐乐一定会拿饵来诱她出洞，这其中就包括抽屉的钥匙。用一把微不足道的钥匙引出敌人的身份，这点他们做到了。不过，他们应该不知道是言雪在暗地里威胁李姐，如果知道的话，早就把她的个人信息公开给李姐，让李姐对她施加报复了。所以，他们只是小小敲打一番李姐，送给她这样一份大礼就放过她了……

言雪双臂抱胸，抬起纤长的食指，细细抚过下颌流畅的曲线轮廓，心说："该拿你怎么办呢，斐乐？"

她决定调查斐乐，即使再难，她也要抓到这个女人的弱点。想要赢，就要比敌人更狠。他们不敢做的事情，她来做，只要不被警方和唐泽知道就行，这是她的底线。

言雪不允许任何人诋毁她在唐泽心目中的形象，她自己也不行。

窗外艳阳高照，开始融雪了，空气还是一如既往地严寒。言雪抱臂瑟缩，窝在暖和的被子里，又睡了一个回笼觉。隐约间，她又追溯过往，这是她平日里最爱做的事情——只有反复回忆，那些珍贵的记忆片段才会如烙铁一般深刻地印在她的脑海里，无法消除。

隐约记得那是十三年前的事情了，她初来乍到，对唐泽很陌生。言雪生性就有些凉薄，当时年纪小，正好能说成是因丧父而变得话少又腼腆，也没有人去刁难过她，在意她的异常。这就好比小孩子有天马行空的想象力，以及童言无忌的"特权"。这是小孩独有的特质，话少腼腆也是其中的一种。

所有人都信了，唯独唐泽不信。

那天，等家长都去上班以后，唐泽独自来到言雪的房间。他的手里握着一枚糖果，薄荷味的，是言雪最喜欢的口味。他像个小大人似的教育言雪："小孩子不能说谎，所以我问你话，你诚实回答了，我就把这个给你。"

他献宝似的摊开手，给言雪看上一眼，又迅速缩回，藏到身后。

言雪皱眉，水汪汪的杏眼不解地望向唐泽，企图用这种可怜兮兮的表情攻略对方。

唐泽的内心摇摆不定，支支吾吾道："我不会因为你摆出这样的表情，就给你糖的。你得回答我的问题，不然我绝对不会妥协的。"

言雪的兴趣不大，也不想回答他的问题，所以背过身，一眼都不瞅他。

唐泽颇有耐心地调转了方向，站到言雪面前，说道："那我开始问了。你是不是可以说话，并没有心理病？"

言雪在心底朝天翻了个白眼，是又如何，不是又如何，她生来就不喜欢接触别人，特别是这一家讨厌的人，是他们害她没了爸爸，又怎么会想亲近他们？所以当一个特别好的疏远借口出现时，她会毫不犹豫地用上——有心理医生给出诊断说她的心理创伤导致了失声的情况。失声分主动和被动，被动一般是由于疾病影响；而主动则是心理打击，很难康复，只能尽量不刺激患者，慢慢等待时机。

"我听过你说话，在梦里的时候。偶尔，家里没人，你也会自言自语。"

言雪望着他，依旧一声不吭，但很明显，她在问他是如何发现端倪的。

"我在你的房间里装了通话设备，是我妈队里的一个叔叔拆掉以前的非智能手机帮我做的，可以在短距离内通过蓝牙连接，能够通话，所以我可以在我的房间听到你的声音。但太远就不行了，太远了，就搜不到对方，无法连接通话。”

言雪终于肯开口了，她细声细气地问:“那个通话设备，在哪里？”

“没有这种东西，是我临时编的，”唐泽一点都不心虚，“我只是想听你说话，你说话很好听。”

言雪怔了一会儿，微微张开的小嘴还没来得及闭上，就被对方塞入了一颗糖，是薄荷味的，中间有浓郁的奶汁夹心，味道很好。她一边不甘心被人骗了，一边又反复用舌尖抵住糖果吮吸甜液，再没有说话反驳。

回忆至此，戛然而止。

言雪翻身起床，手探进抽屉里，摸出了一颗薄荷糖。多年过去了，糖纸更新换代，都不知道这是第几批了，早就不复当初的模样。从前最火的牛奶夹心，如今也变成了各式各样的水果夹心，唯独外头那一层糖球，依旧是当初最熟稔的味道，吃了许多年，还是能在瞬间甜到她的心底。她用舌尖抵住糖球，肆意舔舐了一圈，这才起身洗漱，打算出门。

这些事总得有个了结的时候，那么能快就快，绝不要拖延。

斐乐必定会用钥匙诱敌，正巧言雪也打算按照原计划抢夺钥匙，那么不如将计就计，看看那个抽屉里究竟是惊喜，还是惊吓。至于怎么拿到贴身的钥匙，就必须采取一些极端的调查手段了。

言雪上网查了一下斐乐的工作简历，可惜保密措施做得很好，并没有得到什么有用的信息。那么，要选择跟踪吗？这种方法虽然老套，但最实在，显而易见，风险也是最大的。

言雪不得不冒这个险。

下午的时候，言雪若无其事地去上班。一打听才知道，李姐因家里有事请了假。不用想也知道是哪些琐事，言雪倒不太放在心上，她也算是罪有应得。

下班后，言雪没有在 C 记逗留，也没有直接回家。她将羽绒服的帽子盖在头上，毛茸茸的帽檐挡住她白皙的脸颊，只偶尔能看到一双有神的大眼睛。

她调转了方向，往地铁站走去。现在正是下班高峰期，她需要去碰个运气，捕捉一只猎物。

地铁站的人很多，言雪在车门外等车。每辆车一进站，车内的人流水一般从狭窄的门里涌出，他们的脸上悉数带着困倦的表情，犹如行尸走肉似的逃离工作地的方向，往名为“家”的温馨之所避难。

言雪一手拿着相机，相机镜头外围还粘着一圈粘胶朝外贴的胶带。她逐渐靠近人流中心，像是一只彷徨无措的小鹿，正捕捉着四周的风吹草动。她四处兜转，打量着行色匆匆的路人。忽然，言雪像是找到了什么，猛地冲了上去，手指猛按快门，咔嚓咔嚓拍下好几张照片。

似怕被什么人发现端倪，言雪很快就将相机收回了怀中，将储存芯片调换了。为了不引人怀疑，她装作漫无目的一般，亦步亦趋地跟着那只被她盯上的猎物——一个刚刚偷窃了别人手机的小偷。小偷鬼鬼祟祟地往地铁站外走去，企图在阴暗的小道里辨别此次战利品的价值。

言雪不想打草惊蛇，她想要独自享用这只猎物，所以没有在地铁站里大喊出声，昭告天下。一旦说了，肯定会有见义勇为的人冲上来，那么她所做的一切就功亏一篑了。等到出了地铁站，言雪确定没有人对刚才的事有印象之后，她才再次拿起相机，咔嚓咔嚓按下快门，拍摄前方的男人。

“你在做什么？！”男人终于察觉了，回过身，下意识握住相机镜头，正巧把指纹黏在胶带上。

待意识到不对劲，男人才把相机狠狠摔到地上，仿佛确认自己的行动无误，这才松了一口气，质问道：“你是谁？拍照做什么？”

言雪勾唇，不动声色地把摔坏的相机捡起，收起胶带上的指纹，放入口袋，然后不疾不徐地拍了拍相机上的灰尘，说道:“很明显啊！我当然是在跟踪你。”

“跟踪我？”男人难以置信，气势很足地说道，“你这个女人的脑子是不是坏掉了！”

“你以为砸了我的相机就没事了吗？”言雪眯起眼睛，微笑道，“我早就把相机储存卡藏到另外一个地方了，里面有拍到你偷手机的照片。只要我把这个照片发到网上，再标明位置，你觉得你还逃得掉吗？这里会不会有人能认出你？所有人都知道你的长相，都知道你偷了东西，你又会不会被拘留呢？”

男人大惊失色，拔腿就想跑，却被她唬住了:“你想做什么？”

“你不用跑，你的指纹也留在我这里了，只要交给警方，备个案，你就有案底了。虽不是什么大事，哪怕逃掉追踪，但也很影响生活吧？有这种小偷小摸的案底可不是什么好事。”

“你想要报警？”男人拿出偷来的手机，恶狠狠地说道，“给你就是了。”

“你收下吧，这是我们合作的礼物。”

“合作？”男人疑惑地问。

“我不想伤害你，也不会捅出去，但是想请你帮忙，帮我做一些无伤大雅的事情，可以吗？”

“不是杀人放火吧？”

“不是那种让人为难的事情，非常简单，可以答应吗？”言雪笑眯眯地问道。

“我考虑考虑。”

“你别无选择。”这个男人肯定会答应她的，但也只不过是从一个深渊步入另一个深渊，他将永远在暗无天日的海底，无法解脱。

“行，你说。”

“我会再联系你的，给我一个你的手机号码。别想着逃跑哦，我已经知道了你的各种信息，一旦逃跑了，我会再次缠上你的，让你受到惩罚，陷入痛苦，而你又无法找到我，对我施加报复。”言雪说得像煞有介事，男人竟也被她眼中某种神秘莫测的气息震慑，有些不敢反抗。他缩了缩脖子，老老实实地给了号码，接着，又按照言雪的吩咐同她分道扬镳。

言雪将厚实的帽子拢紧，冷笑了一声，心说：“斐乐，你不是想要知道李姐的幕后主使吗？那我告诉你。”

第四章

地铁站路边种着两棵移植的梅树，凛冬天气，正巧花盈枝头。

当第一片花瓣落到言雪鼻尖上时，她顿住了前进的脚步，高跟鞋磕在硬实的地砖上，发出“哒”的一声脆响，敲击在人心上。言雪转身，朝那个男人离开的方向望去。很快，她又调转了方向，沿着男人的踪迹跟了上去。

她想要利用他做一些大事，光是拥有他偷东西的证据是不够的。到了关键时刻，男人权衡一下利弊，宁愿自首承认偷窃行为，也不会继续为言雪办事。所以，拍摄偷手机的照片以及记录指纹的行为，只是为了控制男人亮出的暂时性的牌。她得深入了解一下他，抓住其他把柄。言雪深信没有一个人是完美的，他们必有软肋，总会在不经意间露出破绽。为了在这个弱肉强食的世界生存下去，她必须掌握别人的弱点，哪怕踏过他们的身体，借以爬到食物链的最顶端。

当然，言雪不会做出太过激的行为，那样会被唐泽厌弃，这是她最害怕的事情——她不想看到他失望的眼神。

言雪加快了步伐，终于在十分钟后寻到了男人的身影。对方走进一栋公寓楼，进了第三层左侧的屋子。言雪紧跟着潜了进去，按照门牌的编号推敲出男人所住的那间房的门牌号，然后从凌乱的信箱中随意抽出一封信，急匆匆地离开了这里。

等到上了一辆出租车，言雪才从怀中拿出信封，拆开。这是一封无用的保险推销信，收件人的名字是谢毅，应该就是那个男人的名字。

言雪在手机里输入：黄山区、谢毅。很快，就有南风高中的一些关于谢毅的讨论帖，内容很枯燥，无非是几个班级的人在贴吧上登出运动会各项项目的冠军照片，凑巧的是，其中就有谢毅。

言雪把照片上青涩的男同学与记忆中的谢毅对比了一下，发现五官还是吻合的，随即确定了他的信息。谢毅是南风高中的学生，三年前在读，现在理应上大学，但这样游手好闲，可见是辍学了。

言雪给贴吧里的一些人发了私信："你好，我想找 2013 届高三 B 班的同学，如果你认识那个班级的某个学生，请让他联系我一下，我微信是 DAS。"

许是她撒网撒得多，一个小时以后，还真的有人回复了她："我姐就是，你稍等一下，我帮你联系她。"

"谢谢你，帮了大忙了。"

五分钟后，对方回："没关系，她已经加了你的微信了，确认一下。"

言雪点开微信，果真有人添加。

她发了个微笑的表情，说："你好，我想问一下谢毅的事情。"

"谢毅？呃，我可以问问你是谁吗？"

言雪神秘地回复："我是警方的人，请你配合我的调查。不要把事情说出来，警方正在控制谢毅，所以想要知道他的一些事情。"

"是恶作剧吗？好吧……他是犯了什么事情吗？"

"具体不便说，不是恶作剧。不过请遵守保密协议，不要对外说出去。"

"好的，你想知道什么，你就问吧。"

言雪斟酌了一下，问道："谢毅是个什么样的人？或者说，他以前有没有做过一些违法或者说违纪的事情？我们单位的嫌疑人侧写师需要一些有关他的过往经历，才好分析他的心理。"

"哦，我知道了。你是来问那件事的？"

言雪嗅到了不同寻常的气息，打起精神，问："什么事情？"

"只是一个传闻。"

“传闻？可以具体说说吗？”

“谢毅比较孤僻，在班上没什么朋友。我们是走读学校，每天都回家的，所以我常常看到校外有人在等谢毅，是个男人，穿着打扮流里流气的，与其说是他的朋友，倒不如说是在欺负他。不知道从哪一天开始，那个男人不见了，他又是一个人回家了。”

“这有什么不对劲的地方吗？”

“这件事可能也就我知道，咳，那时候我年轻不懂事，暗恋他，所以就关注了一下。后来，我在新闻上看到这个男人死了，是被人从背后捅死的，至今没找到凶手。警方分析，应该是熟人犯案，因为现场没有过多的打斗痕迹，也没有被偷窃金钱财物，可能是仇杀。我第一时间就想到了谢毅，但是也没人会信我。”

“谢毅有被盘查吗？”

“这我就不知道了，反正凶手没找到，后来不了了之了。只是我总觉得谢毅很可怕，也总觉得这件事和他脱不了干系。”

“我知道了，还有其他和谢毅有关的事情吗？”

“没了，打那以后，我就疏远他了，也没去关注过他的事情。大概一个月后，他就提交了退学申请，听说是去外地打工了。”

言雪点点头，可意识到屏幕对面的人看不到她此刻的动作，就敲下句子：“那好，谢谢你了。”

“没事。”

言雪没料到这次的行动这么顺利，现在她手里有一个绝佳的把柄，无论人死了和谢毅有没有关系，她都要拿来赌一赌，试试敲山震虎这一招。

只是，他为什么要杀那个男人呢？算了，左右也和她没什么关系。

到了离家很近的路口，言雪下了车。她在皎白的雪里来回踏步，驱赶寒冷，却怎么也不肯回家以后再联系谢毅。工作的事情，绝对不能带回家里，这是唐泽父母从前就有的规矩。她要成为他家的人，当然也要遵守。

言雪想到了某种绮丽的幻想，心头一暖。匆忙点开手机，给谢毅打了电话，刚接通，就劈头盖脸地问了一句："你杀过人吧？"

谢毅沉默了一会儿，反应过来，粗暴地回骂："你……你有病啊？"

"别狡辩，我都看到了。"言雪最爱故弄玄虚。

"你看到了？"他的声音有一丝迷幻的飘忽不定，似询问，又似胆怯。

"我知道你全部的事情。"

谢毅的声音冷下来，问道："你究竟是谁？今天跟踪我，是巧合，还是蓄谋已久？你想做什么？"

今天跟踪他，还真的只是一个巧合。但是言雪不能这么说，她只能循着他的话中的意思，警告他。言雪意味不明地说道："你说呢？你好好听我的话，我绝不会揭开你的秘密。这会变成属于我们两个人的秘密。"

"你想我做什么？"谢毅也反应过来，"绝对不是偷东西那么简单的事情吧？"

"我会再联系你的。"言雪达到了目的，毅然挂断电话。万事留一线可能，不把话说死，对所有人都随时随地保持距离，这是她一贯的态度。

言雪到家的时候，已经是近夜时分。黑蓝交融的天空，铺缀着点点星河，她朝着最亮的一颗白星方向走，在家门口与唐泽相聚。她粲然一笑，不动声色地掩去奔波一整天的疲惫之态，说道："我回来了，唐泽哥。"

言雪记得唐泽曾说过，迷路的时候不要怕，朝着最亮的那颗星星走，因为地球是圆的，他们总会再次相逢。他没说错，兜兜转转，言雪还是和他重逢了。

“这么晚才回来？”唐泽穿着略显臃肿的羽绒服，每说一句话，都呵出一口白雾。

“嗯，有点事情，所以就晚了点。”

“希望你没有瞒着我，一个人在背地里搞小动作。”

言雪避而不答，转移了话题：“好饿，晚上吃什么？”

“吃饭吗？中午我买了家用小烤架，腌了几块五花肉，可以吃烤肉。如果你想，还能做芋头扣肉。”

“芋头扣肉，小时候吃的那种？”言雪惊喜地问道，“我想尝尝唐泽哥的手艺。”

这么多年过去，言雪依旧忘不了那天的芋头扣肉的味道。

隐约记得是在她生日的时候，家里没人。唐妈因为警队有任务，早在两天前就去现场蹲点了，而唐爸那时候工作也是上升期，需要出差参加会议。

唐泽按照唐爸出门前的吩咐，把外卖送来的菜放到微波炉里加热。到饭点的时候，他对言雪说：“等我一下，我出门拿个东西。”

言雪疑惑地抬头，想出声询问，却被小大人似的唐泽打断了。她只能坐在椅子上等他回家，望着唐泽匆忙的背影，总有种被人抛弃了的错觉。她爸爸也是一声不吭地出了门，然后再也没有回过家。言雪摆弄着短短的两截藕腿，不知等了多久，终于等到了气喘吁吁的唐泽。

她从椅子把手上抬起头来，脸被印出一道明显的红痕。唐泽下意识地伸出手指头抚了抚她的脸颊，又献宝似的举起手里的纸盒：“蛋糕，我托表舅舅订的，就怕出现这种情况，万一家里都没有人，生日也没有蛋糕，那太可怜了。”

言雪依旧不太爱说话，只是这时候，再想沉默，也要挤出一点笑容，轻轻道：“谢谢唐泽哥哥。”

“不客气。”唐泽卖力地微笑，将手覆盖在言雪柔软的刘海上，揉了揉，温柔地说道，“我是你哥哥，所以不用说谢谢。”唐泽给她夹了一片芋头扣肉的肉片，虽然被微波炉烤过，酱汁收干了，味道没有刚煮好时那样完美，但言雪觉得，这是她吃过的最好吃的芋头扣肉。

在那一瞬间，言雪感觉到自己岩石般坚硬的心脏出现了一道细小的裂缝。原本敌对全世界的心态，现在也正悄悄变化着。

回家后，言雪一如小时候那般，百无聊赖地坐在椅子上，等肉出锅。远远飘来一股专属于芋头扣肉的甜酱味，似曾相识，再细细一品，与记忆中的味道并无差异。

由于昨晚吃了烤肉，一大早起来，言雪就觉得喉咙瘙痒，她试图咳嗽两声，只觉得喉咙酥麻难耐，却咳不出任何东西。

应该是上火了。

言雪走出房门，瞥了一眼餐桌，上面摆了一杯热气腾腾的花茶，杯底垫了一张纸，上面写着："烤肉不能多吃，昨晚贪吃吃了那么多，估计应该嗓子疼了。我煮了菊花茶，还加了一点盐，喝下去应该会舒服一点，如果还不舒服，等下班以后和我说，我给你煮点凉茶。先出门了，张队长找我有事。"

唐泽的字一如既往地清隽秀逸，她小心抚过圆珠笔的字迹，指尖犹如被炭火灼烧一般，烫起星点燎疤，烙印进心底。这个世上，也就只有这个男人一直在疼爱她了。

言雪随意吃了一点早餐，就赶到C记工作了。刚到工作人员的更衣室，就有人喊住她："小雪，斐姐喊你有点事情，让你去她办公室一趟。"

"好的。"言雪不动声色地蹙起眉，显然是没想到要正面跟斐乐对上。是斐乐发现了什么吗？就算发现了，现在也不可能会跟她正面对上，所以没什么好担心的。

言雪想明白了，微微一笑，从容地往财务室走去。她站在门口，敲了三下门，终于有平淡无波的女声回答："进来。"

言雪推门进去，毕恭毕敬地问道："斐姐找我有事？"

"有点事情想和你说。"斐乐双手交叠在一起，抵在下颌处，直勾勾地盯着言雪，似想从她如溪水般澄澈的眼睛里捕捉到几缕蛛丝马迹。

可能是意识到自己的举止古怪，斐乐垂下眼眸，继续说道："你是李姐招进来的临时工吧？"

"是的。"

"你也知道我们店不缺人，不管李姐当初是出于什么原因让你进店帮忙，我现在都要辞掉你了。"

"这个我明白的，"言雪不是纠缠不清的人，"那能再让我帮最后两天忙吗？大后天我就走。"

斐乐瞥了她一眼，冷笑道："为什么呢？也没有给你发工资，还自愿要来上班的人真少见。"

"我是一个网站的主播，最近在录制打工的视频，一般都会记录三天左右的情况，现在还差两天……所以，能不能通融一下？"

"行吧，我也不是那么呆板的人。我这是越俎代庖，趁李姐不在，管店里人事方面的工作罢了。好了，你可以出去了，祝你工作愉快。"

"好。"言雪点点头，走出了门。

没走几步，言雪就停下来，下意识地回头望了一眼，办公室的门是虚掩的，斐乐还在里面。她心有戚戚，总觉得斐乐看她的眼神颇有些意味深长。真要比喻的话，就好比一只勾人的毒蝎子，正从围墙的另一端缓缓爬行而来，虽不知它的目的，但也能察觉出来者不善。只有两天时间，在这两天内，她必须要想办法打开那个上锁的抽屉，触碰到里面的秘密。

午休时分，言雪给谢毅打了电话。

"喂？"电话那头很快就传来男性惯常的慵懒声音，看样子他可能熬夜了，睡到正午才起，还真符合他游手好闲的性格。

言雪严肃地说道："是我。"

很快，电话里传来咕咚一声滚动，可能是谢毅受到了惊吓，顺手打翻了床边的易拉罐，昨晚极有可能借酒消愁了。这让言雪想到了第一次与唐泽相见的情形，他的屋内也是乱糟糟一片，烟头与酒瓶堆积成山，充满男性的颓靡气息。只是联想到谢毅，她就只觉得邋遢不堪。

"你想让我帮忙做事了，所以才找我的对吗？"

"不笨。"言雪由衷地夸赞他。

"也不是没在社会上混过，这一点还是懂的，"响起了打火机的咔嚓声，可能是谢毅点燃了烟，他继续说道，"你想让我做什么事情？"

"让你跟踪一个女人。"

"是小三吗？该不会是你男朋友出轨，要我去抓人暴打一顿吧？这种事情非要雇我吗？我给你找几个打手，你付钱就行，保证一点痕迹都没有，这样也不行吗？"

"不行，这件事只能你来做，"言雪轻笑一声，问道，"还是说，你害怕了？连杀人都敢，怎么这种事情反倒胆怯了？"

谢毅嘟囔一句："我说了，人不是我杀的。"

"我心里有数，别一直追究这个了。"言雪也不是傻子，要真的和他没关系，他才不会心甘情愿地在这里听她差遣。

"究竟是不是小三？"谢毅不耐烦了。

"算是，也不算是。总之，你去跟踪她，然后跟我汇报她的全部事情，如果有可疑的碰面对象，也跟过去。还有一点，她的住址非常重要，我可能要你帮我偷一样东西。"

"饶了我吧，姐姐，这要是被抓住，可是真的要送警察局的。"

"别和我耍贫嘴，我知道你在想什么。就凭我手上有的东西，不够送你进警察局吗？如果你配合，那你就是和我拴在一根绳子上的蚱蜢，我是不会故意把你晃下去的。我们一起爬到对岸，共赢怎么样？"

“共赢？我有什么好处吗？”

“我会永远帮你保守秘密，而且再也不打扰你。”

谢毅迟疑了一会儿，问：“真的吗？”他说这句话，就相当于承认自己是命案的嫌疑人了。

“真的。”言雪许下承诺时，尽量压低声音，让自己的话听起来更像是真话。

“那好，你要跟踪的是谁？”

“中山路的C记汉堡店，你知道吗？”

“知道。”

“我要你跟踪的人就在这家店里工作，是个女人，栗色卷发，无刘海儿，中分。穿着深黑色的高领毛衣和深黑色的羽绒服，晚上八点以后，你在门口等着的话，应该不会认错。”

谢毅无所谓地应了一声，问：“这个女人叫什么名字？万一被发现了，我还能装装卖保险的骗子。”

“她叫斐乐。”

“斐乐？”

言雪眯起眼睛，问道：“怎么了？”

“没事，名字还挺好听的。那姐姐，你叫什么？”

言雪笑得很阴险：“你觉得我会告诉你吗？”

“很显然不会。”谢毅自讨了个没趣。

“我会联系你的，到时候请保持通话。”

“你也要跟着吗？”谢毅不得其解，“那你自己去跟踪不就完了。”

“我是要监视你，万一你叛变了怎么办？”

“我的把柄可在你手上呢！”

言雪意味深长地说道：“把柄可是会骗人的。”

“什么意思？”

“没什么意思，”言雪觉得再纠缠下去就说不清楚了，只能截住话头，“之后再见，不，是我见到你。”

随后，她挂断了电话。

言雪最初想到的方法比较粗暴简单，就是让他去偷斐乐的钥匙，但幕后主使如果真的是斐乐，恐怕谢毅还没动手，就被抓住了。到时候逼供的话，如果不危及谢毅的生命，他应该不会冒着风险抖出言雪，他还没这么笨，抖出一个，就说明要背叛另一个，除了死，还没有什么比进监狱更令他害怕的。所以，最保险的还是不要打草惊蛇，先跟踪收集一下情报，虽然现在可能已经惊扰到假寐的蟒蛇了。何况，言雪还在心底期盼着，万一她够幸运，能抓到斐乐的把柄呢？人总是有弱点的，只要攻其软肋就足以让对方丢盔弃甲。如今，谢毅就是她的探洞石，她得试试看，这块石头丢下去，究竟能不能听到回声。

冬天黑得早，到了晚上七八点，路上的路灯就足够晃眼了。

言雪先斐乐一步出门，和谢毅接通了电话。另一边，谢毅也开始行动了。

“就是她。”言雪隐藏在暗处，对谢毅发号施令，让他尾随着最前头的那个黑衣女人。

斐乐在回家的路上并没有绕路去别的地方，就像是个普通的上班族，拖着一具疲惫不堪的身体，回到了偏远的出租屋内。谢毅认清了门牌号，问言雪：“没看到什么特别的人和事，现在要干吗？”

“实际上，我是想让你去偷她那个包里的钥匙。明目张胆抢的话，她肯定有防备，就打不开她上锁的东西了。”言雪说。

谢毅有一种不好的预感，他回头，朝空荡荡的巷弄望去，仿佛在锁定言雪的身影，他嘀咕一句，问：“别告诉我，那是你们家保险柜的钥匙，你老公偏爱小三，把钥匙给她了？”

“你说什么，就是什么咯。”

“所以，你想要我做什么？”

“所以，由你来制造机会吧。”

“我怎么制造？”

“帮我接近她，然后拿到钥匙。最简单的，应该是先偶遇，再色诱吧？这种独居女人最容易寂寞了，我看你身材还不错，稍微拾掇一下，也能见人，要不要试试看？”

“姐姐，你饶了我吧。我可不想跟快三十的阿姨发生什么关系。”

“这种知性女人，你不喜欢吗？还是说，你喜欢我这种？”

谢毅哭丧着道：“我哪敢喜欢你这种啊……就只有这条路可以选吗？”

“当然有其他的路，只要你能制造和她近身的机会就行。”

谢毅咬咬牙，上前一步，去斐乐的信箱里翻找信件，结果找到了一封有趣的东西，他惊喜道：“我可能有法子了，没想到她还在婚介所登记了，等我明天给她发个通知，看看相亲的时候能不能近她的身？”

言雪微笑着说道：“当然，如果可以让她对你一见钟情，然后约个炮什么的，就更好了。恋爱中的女人，可都是无脑的。”

“饶了我吧。”

谢毅无法反抗言雪下达的命令，只能伪造了一封约会信笺，印上婚介所的LOGO，标明信息来源。具体内容大概是已经找到了合适的相亲对象，希望斐乐能够在明天晚上八点左右，跟对方一起吃个饭。

言雪也没把握斐乐会来，只能碰碰运气。不过一般寄希望于婚介所的女人，都是恨嫁的典型，平日工作繁忙，无法接触异性，应该不会错过这种说不准能遇到真命天子的机会。

虽说还是有些奇怪，胆大到敢和刘哥碰面的女人，内心居然渴望被爱，或许每个人都有不为人知的一面吧，即使是蛇蝎美人也一样。

距离言雪离职只有短短一天时间了，也就是说，言雪必须在今天晚上的相亲宴上有所收获。她拍了拍谢毅的肩膀，鼓励道：“加油，用你的男性魅力征服她。”

“我觉得她不一定能看上我。”

“对自己要有信心，现在的女人，二十岁的喜欢三十岁的，三十岁的就喜欢二十岁的了。”

谢毅皱眉，扫兴地回答：“在这种事上的信心，我宁愿不要。”

言雪浅浅一笑，忽地从桌上勾起一把崭新的金属餐刀。她将刀在手间回转一圈，动作迅猛，几乎是瞬息之间，就将凛冽刀尖抵在谢毅的下巴处：“和你开几句玩笑，你还当真了。现在可不是你想不想的问题，你别无选择，如果做爱也能成为达到目的的手段，我希望你能全身心奉献自己，好好服侍她。你没有拒绝的权利，因为我需要你这么做。”她的声音依旧很温柔，但其中的冷意令人不寒而栗。

谢毅只觉得那尖锐的刀尖直刺喉头，几乎能破皮而入。他在瞬间就清醒了，知道这个女人不过是披着一层柔弱的外衣，内里滋生着发酵的毒液，稍一触碰，自己就会死无葬身之地。他不该招惹她的。

“我知道了。”谢毅乖巧服软，语气都蔫了。

“乖，小弟弟就要听姐姐的话，那我在外面等你好消息。手机开着，不要挂断。”言雪扬了扬手里的通信设备，退到一侧的包厢内。她戴上耳机，这样就能清楚地听到谢毅那边的动静。包厢隔得并不远，由屏风遮挡，正好能让言雪在暗地里观察。

斐乐果然如约而至，她抖落帽檐上的雪，将外套挂在一侧的挂钩上，冲谢毅打了个招呼：“你好。”

“你好。”谢毅有些紧张，抿唇喝了一口水。

斐乐倒是一副自在的样子，许是因为年龄上的差距，让她能从容地应对初次见面的年轻男人，没有半点心理负担。她甚至觉得有趣，眼神里也并没有强烈的抵触情绪，从上至下仔细打量着相亲对象，目光很赤裸。

谢毅强忍住不适，出声挑开话题：“你的名字是？”

“斐乐，快乐的乐，”她说“乐”字时，舌尖翻搅，意味深长地牵扯出一丝黏性，“你呢？”

“我叫谢毅，毅力的毅。”谢毅又没话说了，很显然他并没有这方面的经验，在正经场合下就畏首畏尾，男子气概全无。

“你是做什么的？”

“我是自由职业者，在家里……呃，写写小说之类的。”

“哦，作家。”

“不敢当。你呢？”

“我是会计，在餐饮业工作。你看起来很小，才刚刚大学毕业吧？”

“差不多，你呢？”

“快要三十了，我这样的人，是不是不合你的胃口？”斐乐自嘲地笑笑。

“不会，怎么会，”谢毅想到言雪之前的威胁，硬着头皮上，“我喜欢年龄大一点的女人，这样可以照顾我，不，我不是这个意思……应该说，这样的类型比较成熟，我喜欢成熟的。”

斐乐像是对他极有兴趣，扑哧一声笑了。她用指尖在桌上打旋，画着圈儿，暧昧地说：“我对你印象挺好的。”

“我也是……”这话真的是谢毅昧着良心了。

“所以……”

“所以？”

“要出去玩玩吗？”斐乐发出邀请。

谢毅下意识地往后面的方向看了一眼，他的目光游离，因为锁定不到言雪所在的位置。

倒是言雪做了一个把手机砸地的动作，发出一声巨响，提醒谢毅——“不好好照着她的话做，可是会粉身碎骨的”。

谢毅猛然缩回身子，对上斐乐打量的眼神，微笑道："那就……出去玩玩吧。"

话音刚落，斐乐就起身，带着谢毅走出了门。

言雪在位置上等了好久，等到店里人走得差不多了，才从耳机里传来的交谈与街巷的喧闹声中分辨出他们前行的位置与方向。听起来斐乐把人带到了酒店，耳机里很快传来了一阵水声。

言雪在酒店旁边的咖啡厅点了一杯新鲜橙汁，小口小口地喝着，看来谢毅很乖，让他办的事情都要办完了。言雪看了一眼闹钟，才晚上九点。她挂断电话，发了一条原先就和谢毅约定好的暗号短信：要乖乖听话，记得及时把"稿子"交上来，截稿日期是明天早上八点。这样一来，谢毅肯定会赶在明早八点之前把钥匙交到言雪手上。

第二天，言雪去约定好的地方等谢毅，果真等到了他偷来的钥匙。

男人神色郁郁："你说的，给你钥匙了，就再也不来打扰我了。"

"当然，我说到做到，绝对不会再打扰你了。"她把照片的底片还有胶带上的指纹记录一并交给他。

谢毅一把拿了，胡乱塞到口袋里，立马跑了。

言雪嘀咕一句："得了便宜还卖乖。"

随后，她转身，打算趁此机会去C记打开抽屉——斐乐每到周四早上就会去银行汇款，这是她唯一的机会。

她还没来得及把钥匙塞回口袋，就被错身而过的男人拉住了手腕。言雪回头望去，居然是唐泽。她心头一颤，正好对上了男人如鹰般锐利的黑眸。

唐泽眼中的责备意味浓重，轻声说道："交代一下，这一切都是怎么回事？"

"唐泽哥……"她放软了声音，小心翼翼地挨着他的胳膊，汲取他身上源源不断的暖意，“你怎么来这里了？”

“跟着你来的。倒是你，是不是该和我说说，最近早出晚归都在做什么呢？”

“我在帮你。”

“所以就能不打一声招呼，一个人背着我做了这些？”

言雪原本嚣张的气焰一下子熄灭了，她抿着唇，可怜兮兮地盯着唐泽：“哥，你别气。”

“我没气，哪敢气。你这不是翅膀硬了，能耐了吗？我哪里还有资格和你生气？”唐泽嘴角牵起一丝笑，正在气头上，皮笑肉不笑，一双眼冷得如寒冬腊月，看得言雪打心底发寒。

言雪献宝似的掏出钥匙：“你看，我拿到了。”

唐泽忧心忡忡地说道：“我总觉得，没那么简单。”

“我也这么觉得，”言雪微微一笑，“只是这是唯一的办法，不沿着这条路走下去，就永远无法突破。反正也没有任何进展，不如赌一把，不是吗？”

“一切小心。”

“反正不管是什么结果，我们都能得到一些有关的信息。就算什么都没有，就算我暴露了，也没关系，到那个时候，我就成了他们的靶子，只要唐泽哥哥趁他们攻击我的时候，找到幕后主使不就好了？”就算斐乐怀疑言雪早就在抽屉做了手脚，也有助于唐泽找到幕后主使，所以并没有吃亏。

唐泽皱眉，握住言雪的手渐渐收紧，问道：“你原本就打着这个算盘吗？”

“我想要做唐泽哥哥的光，把影子保护好。”言雪把唐泽的手指一根根掰开，说道，“好了，我要去上班了，之后见。”

“我在外面等你。”

言雪摇摇头：“不要太近了，如果你被发现，就功亏一篑了。”她小跑两步，忽地回头，朝着唐泽绽开笑容，一如小时候一般，笑得天真而无邪。

没过一会儿，言雪就抵达了C记。

斐乐果然一大早就去银行汇款了。言雪小心翼翼地往那间办公室挪动脚步，心情也随之起起落落，像是在月光引导下的潮汐。就差那么一点了，她就能碰到那个抽屉了。言雪深吸一口气，打开财务室的门。当她将钥匙插入抽屉锁眼里时，指尖还因为紧张而微微发颤。

咔哒，抽屉被打开了。

她深吸一口气，将里头的东西翻开，只见账簿最下面夹杂着一张卡片，上面写着："言雪小姐，第一回合，是我赢了吧？你要的东西不在这里，我也不会傻到让你找到它。"

言雪看到这样嘲讽意味十足的语句，反倒松了一口气。果然，她猜得没错。在斐乐察觉幕后黑手是她的情况下，她也相对得知了一些情况：对李姐下黑手的正是斐乐，为了引出幕后黑手，所以她并没有把钥匙的位置转移。至关重要的一点是，谢毅极有可能原本就是斐乐的人，言雪想要利用谢毅的同时，也可能被谢毅反利用了，他本就是两边倒的提线木偶，看似服务于言雪，实际上却是斐乐的人，难怪他能这样轻松地拿到钥匙，不过就是演了一场早已排练多时的戏罢了。不过，言雪也并没有输。她的目的，本来就是为了把自己暴露在斐乐面前，当所有人的靶子，借以掩护唐泽和他背后的警方。

这样一想，就全明白了，斐乐的底牌是为了守护她连人都敢杀的谢毅，而言雪的底牌是一直藏匿于暗处的唐泽。只要她能当盾牌，守护好唐泽，让他像影子一样活在黑暗之中，那言雪就永远不会输。

至于黑账的存在嘛，仍旧是一个谜，而这个谜底恐怕再也无法解开了。

第五章

这是一个一如既往寡淡的夜，漫山遍野都是雪。

白茫茫的雾霭将远处的山峦遮蔽，渲染成浓郁的乌云，天与山相连，渐渐地变成了天与地相连。这样的雪夜没有尽头，一切世事变化尽在其中，塑造成了别具一格的无声电影。

谢毅点了一支烟，望着窗外簌簌落下的雪逐渐积少成多，覆盖整个世界。

唯有屋内燃起一点暖光，手头的烟袅袅上升，飘进人的眼里。

片刻，有女人从浴室里走出，她雪白的肩头还挂着几滴剔透的水珠，放大了细腻软滑的肌肤，好到几乎瞧不见毛孔。

谢毅微笑，凑上去，嬉皮笑脸地拥住了女人，是斐乐。在斐乐的身后，谢毅的笑容才逐渐淡去，恢复了迷茫而冷漠的神态。他深吸一口气，将脸埋到她的肩窝，闷声闷气道："斐姐，我按照你说的做了。"

"说给我听听看。"斐乐淡淡地说道，语气不算愉悦，像个大家长，急于验证孩子的成绩，却也没有抗拒男人的热情。

"我跟踪她很久，在地铁站找寻时机。我看得出来，她是在找猎物，找一个可以利用的人，所以我去偷手机，成为她的靶子。你让我接近她，我就选了这种方法，正好还保护了你，她应该看不出来……"

斐乐勾唇，笑得意味深长："她已经看出来了，这小丫头精着呢。"

"那我该怎么办？"谢毅轻咬下唇，有些惶恐，音色很亮，声线微颤，"我还能为你做很多事情，即使暴露了也没有关系……"

他在害怕，隐藏在衣袖下、布满肌肉的小臂迅速缩紧，迫切地将女人拥到怀里，死死扣入胸口——这是他唯一的珍宝，也是他唯一生存下去的目标，不能被抛弃，也不能被放弃。

他的人生已经一片灰暗，是斐乐告诉他，追随她，为她办事，不是堕入地狱，而是这个世上另一种生存法则，只是不为外人所知罢了。

那么，他们有错吗？当然有，可这世上又有什么绝对的好人呢？

斐乐曾经对他说过："这个世界上的幸福，就是对比和牺牲。只有别人不幸，才能对比出自己的幸福，也就是说，我们是踩着别人的幸福而获得自己的幸福的，这一点毋庸置疑。这本就是弱肉强食社会的法则，我们融会贯通了这一点，才能够比其他人幸福。你是对的，你很努力，你一直为了自己的幸福，不断往高处攀爬，铲除这些绊脚石——它们都是敌人，是刻意阻碍你变好的敌人。"

谢毅用尽浑身的气力，将她拥得更紧。即使他的心脏百孔千疮，他也要守护好她，只要是斐乐想要的，他竭尽全力也会为她拿到。

斐乐笑了一声，问："你很害怕吗？"

谢毅不吭声，乖巧地蹭了蹭女人，问道："斐姐会害怕吗？"

"我从来不会害怕。"

"为什么？"

她温柔地道："最绝望的时候，我们也过来了。现在再差，也比以前好，所以我不会害怕。"

"我们在慢慢变好吗？"

"我们在获得自己的幸福，比起你以前的生活，你不觉得现在更好吗？"她转过身，反拥住谢毅，将脸颊贴在年轻男人胸口，听他蓬勃的心跳声，"你爱我，我也爱你，我们一直在一起。只是现在，有人想挖出我们的过去，分开我们。"

"所以要铲除她，对吗？"

"不是问我对不对，而是问你。"

"问我？"谢毅的眸光淡了下来，隔了一会儿，他想通了，说道，"必须要铲除她，那个女人已经知道一点苗头了，之前的事情绝对不能被挖出来！”

“为什么不能？”

“因为那样，我就不能和你在一起了。”

“真好，你都能明白。”斐乐又和年轻男人紧紧依偎在一起，轻声道，“你别担心，我不会抛弃你的。只是我们不能再出现了，得离开这个地方。”

“好，斐姐去哪里，我就去哪里，”谢毅抿唇，又问，“只是什么时候可以结束？”

“结束什么？”

“结束那些工作，贩毒的工作，然后我们两个人好好生活在一起。”

“快了，再等我一段时间。”

他焦急地问道：“还要多久？”

“你这么快就没有耐心了？”斐乐的脸色冷了下来。

谢毅急忙改口，安抚道：“我就是随便问问，只要斐姐想做的，我都会帮你。”

她点头，微笑：“我最爱你乖巧的样子，你要好好陪着我，一辈子。”

“好。”有了一辈子的承诺，谢毅终于浮现出一抹笑容。

谢毅想到了很久很久以前，他还在上高中的时候。

那时，他是单亲家庭的孩子。妈妈在 KTV 做推销酒水的工作，不知怎么领了一个男人回家。男人的岁数看起来和他相差不大，细皮嫩肉，可能就是所谓被包养的小白脸。年龄这一点让谢毅觉得腹中作呕，自己的妈妈居然看上了这样的男人，还包养他……

这个想法逐渐在他的心中滋生，蔓延，溃散到五脏六腑，导致他很长一段时间都对妈妈冷眼相待。

直到有一天，他下课回家，看到醉酒的年轻男人对自己的母亲拳脚相加。许是血浓于水的亲情和责任感作祟，导致他疯了一样，冲上去将那个看似柔弱的男人一拳击倒在地。

男人蒙了，难以置信地望着谢毅，冷笑道："你敢打我？你不是我'儿子'吗？敢打老子？出息了。"

"闭嘴！"谢毅双目赤红，上去就是一脚，狠狠踢到男人腹部，企图用强烈的痛楚击垮他，让他合上胡言乱语的嘴。

"呵，出息了，谢梅，你教出来的好儿子！你不是要我留下吗？你赶走他，我就留下，怎么样？"

谢毅皱起眉，望着一侧蜷缩着身体的母亲。他怎么都没想到，一贯柔弱的母亲这次居然能为"爱情"扇他耳光，喊他滚。他实在是搞不清楚，为什么受了欺辱还会深爱一个男人，也从不知道这世上有一种心理疾病叫斯德哥尔摩综合征。

这个病症给出了一个至关重要的结论：人是可以被驯服的。

自此以后，这个男人就黏上了他。谢毅对他无可奈何，自己母亲被他迷得神魂颠倒，不许谢毅对他做任何一点实质性的伤害。所以男人可以肆无忌惮地挑战他的底线，伤害他的男性自尊心。

直到他遇到了这个浑身是谜的女人，也就是斐乐。

第一次见她，是在酒吧后门。她一个人坐在台阶上抽烟，猩红的烟头映进她的眼里，将那一双深色的眸子点亮，好像璀璨的灯火。她笑着朝他招招手："我看了你好多天了。"

"看我？"

"想摆脱这样的生活吗？"

"什么意思？"

"我说，我是来救你的。想摆脱这样的生活，跟我走吗？我会让你幸福的。"听起来像是"求婚"，谢毅不排斥，他很寂寞，也逐渐与她，这个叫斐乐的女人有了接触。

真正让他断了后路的，是在一个阴雨连绵的下午。

他照常去找斐乐，却看到了那个男人在纠缠她，仅仅是动手动脚，他也忍受不了。明明已经得到他的母亲了，为什么连他的女人都不放过？是一路跟踪他到这里的吗？

谢毅最后一点理智也因这番打击而丧失了，此时的他像一头在雨夜里迷失方向的豹子，看见一点火光，就扑杀上去，全然不计后果。他干了一辈子都不敢干的事情……

斐乐告诉他："你做得很对，为了自己的幸福，总要牺牲一些东西的。你解脱了，我会带你走，我们会找到自己的幸福。"

事后，他也没反应过来，这一切究竟是意外，还是斐乐诱导他犯下的。她要他真正蜕变，变成她的人吗？那么，她就可以跟谢毅一起坚守这个秘密，成为他最忠实的伙伴，彼此相依了。这算不算某种程度上的驯服呢？

谢毅的人生并不掌控在自己的手里，他很迷茫、无措，却也无可奈何，但不可否认的一点是，谢毅爱斐乐，非常爱，这爱意可以重塑他的灵魂，给他生的希望。然而，这究竟是病态的占有欲，还是依赖，又或许是岌岌可危的爱？时至今日，谢毅已经分不清了。他只知道，如果斐乐不幸福，那么他的人生也就毁了——他所坚信的正义与爱都会摧毁他，让他面对残酷的现实，面对他所犯下的罪。那些真相被揭开，一寸寸、一点点、一缕缕、一丝丝的画面，都如排山倒海一般，淹没他，让他悔恨自己从前的所作所为，让他的后半辈子痛不欲生。因为他无路可退的时候，选择了犯罪这一条路。

所以，为了坚信自己是正确的，他会用尽全力去"爱"斐乐，维护她，让她坚信他的牺牲与奉献。

毕竟斐乐才是这个世界上唯一了解他的人，也只有他们能真正读懂这个世上有关"幸福"的真谛。

第六章

言雪已经暴露，C 记自然不能继续待了。

本想着以身涉险或许能逮住敌人的尾巴，却没料到对方也是修炼成精的狐狸，道行不比她浅，这回比试，算是栽在斐乐手里了。斐乐会逃，言雪也会。她将自己的个人资料销毁，没打招呼就离开了。

之后该怎么做呢?

言雪问:“唐泽哥之所以投身于这一支缉毒队伍，是因为他们在调查杀害贺颜阿姨的毒枭的去向，对吗?也就是说，斐乐是这些余党中的一员，所以你才想要通过她摸到上头，对吗?”

唐泽的眼神变得坚毅，他垂眸，神色冷肃:“这世上没有一蹴而就的事情，特别是能在黑道上活这么久的组织，肯定有自己的一套。我只能从最底层的人下手，融入那个错综复杂的团队，再爬到最高层，最后复仇。”

“唐泽哥哥是白的，如果白纸染上了黑，再怎样，都不可能再是白色的了。”

“我知道，所以像我这种长期卧底，事先都会签署犯罪豁免的文书。”

“这样一份法律文件，真的可以拯救你的人生吗?”言雪不是在开玩笑，任何人都可以被牺牲，唯独他不行，她宁愿自己下地狱，也要救这个男人，“我知道很多案例，缉毒警察为了获取毒枭信任，被逼吸毒，有的人放弃了，被不法分子曝光信息，被那些亡命之徒追杀，不得善终。他们付出了所有，却换不来一个光明的未来，甚至连家都不敢回,生怕拖累家人。就因为毒枭不理智,便要牺牲缉毒警察的理智,真的值得吗?就算唐泽哥哥豁出一切,为了融入高层不择手段,为了取得毒枭信任,甚至不惜牺牲,走上犯罪道路,将自己伤得百孔千疮,到了最后,即便凯旋,警方会让一个有案底的人回归岗位吗?哪怕你有文件护体,就可以不受法律制裁?这条路不好走,多少人输在这条路上了。”她还是想劝他不要一意孤行,在事情没发生之前,放弃还来得及。

言雪很怕,现在的唐泽哥哥,就像一团熊熊燃烧的火,为了照亮这条没有光的路,宁愿点燃自己,化成火焰,也要走向更黑更深的地方,追寻所谓的希望与救赎。

她好想告诉他啊,这一路没有光,就不要追寻光了,把它当作夜来看吧。这一路本就没有希望,那么从一开始就绝望吧,没有希望,就不会失望。唐泽如果回头,还能拥抱她,还能一起牵手平淡度日。可一旦往上走,只能一路通到黑处,在绝望中挣扎,只为了填补另一个绝望。

“我是为别人而活的,我这种人,不配拥有幸福与希望。我恨,我也放不下,”许是气狠了,也见不得别人反驳他,唐泽恶声恶气地说道,“我不像你,可以对父亲的死置若罔闻。我想了千百个夜晚,一闭眼就是我妈死的惨状。我不甘心,也不想让那种人渣逍遥法外,即使豁出命去,我也要为她报仇!”

言雪闻言,整个人瑟瑟发抖,不知是气,还是怕。他觉得她没心没肺,他觉得她一点都不顾念亲情!不是的,不是这样的!她厉声反驳道:“我从来都没有置若罔闻,我想恨,恨贺颜阿姨,恨你!但是我不可以,因为从前的唐泽哥一直照顾我,就因为这点温暖,能让我把所有过往都抛诸脑后,更何况,我喜……”言雪猛地把后面的话咽了下去,差一点,就要将秘密说出口了。

她瞪大眼睛,滚烫的眼泪夺眶而出。隔着朦胧的水雾,眼前的景物尽数模糊，颤动，无法聚焦。太狼狈了，她转身跑进了房间，锁上门，蹲下身子，抱紧自己瘦削的双肩。脖子冷得像被风雪蛰了一般，寒意直侵小臂，激起一颗颗鸡皮疙瘩，彻骨严寒侵袭着她。

唐泽哥哥讨厌自己了吗？

言雪闭上眼，思绪飘远，又回到了从前——她也有过被噩梦侵袭的夜晚，倒不是思念，而是惧怕。

她清晰地记得，在爸爸去世的当天，有局里的叔叔牵她去看爸爸。爸爸躺在停尸房里，一动不动，身体已经泛白，没有一丝血色，看上去，既孤寂，又可怕。言雪和她爸的接触很少，与其说敬爱，不如说陌生更多。

从那时起，她就会做噩梦，反复梦到倒在血泊里的爸爸。直到她被贺颜阿姨带走，蜷缩在唐泽的怀里时……在他不够粗壮的腿上，言雪感受到了一种莫名的安心。她昏昏沉沉地睡去，又被可怕的梦惊醒。嗅觉一恢复，入鼻就是男孩子身上清淡的薄荷味，不知是香水还是糖果，令人放松。

也就是在那一刻，言雪才清晰地反应过来，原来她害怕的时候，也有可以依偎的人了，一睡醒就能看到他，也不必担忧任何可怖的梦魇。他会救她，一如他的体温一样——淡淡的温暖，如燃烧于心中的一小团火，明黄色，虽微弱，却灼目，足以照亮她的人生。

咚咚咚——就在此时，屋外突然响起了敲门声。

几秒后，唐泽愧疚的声音传来：“对不起，阿雪，我说话重了一些，你别伤心。”他心里难受，觉得自己像一个疯子，竟然会朝最亲的人发火。直到看见那一双含泪的黑眸，这才清醒反应过来，自己刚刚究竟有多坏。

言雪不作声，她不讨厌他，更不恨他，只是不知该说什么。她的心情很乱，她不想他把她当作亲人，甚至他可以把她当作陌生人发脾气也行。绝对不要维持这样亲密的关系了，这种关系，是无法互生、无法亲近的！

她，她不想当他的妹妹！

然而，这些都是言雪不能说的秘密。一旦说了，她就再没有资格站在这个男人左右。所以一切秘语，都只能随着澎湃的心跳，缓缓埋入心底，似孤岛旁死去的鲸，向大海奉献出最后一次温柔，渐渐沉入海底，不复天明。

“我是你的哥哥，我应该好好照顾你，而不是用这样激进的方式。意见不同，应该好好聊，我不该戳你伤疤。”他把自己的地位放得很卑微，看起来还是在无条件宠她。

可言雪不要，她打开门，对这个男人怒目而视：“我不想要你当我的哥哥！”

唐泽慌了手脚：“阿雪。”

“哥哥，能这样做吗？”她不知是哪里生出的勇气，突然踮脚，勾住他的脖颈，重重地吻上他的嘴角。这一下，说是吻，不如说是激烈的撞。

亲完，直接跑出了公寓。

这次换作唐泽手足无措了，他傻傻地触摸嘴角残留的热度，唇内肉刮到牙齿，碰出了血，有点疼，血腥味一下子弥漫在唇间，辛辣、酸涩，刺激人的感官，甚至是五脏六腑，一股电流贯穿了四肢百骸，浑身上下小频率发颤。

这是什么意思？

是气急了吗？

还是……

唐泽不敢想，他就这么一个亲人了。他不想关系崩塌，出现任何闪失……原先打算放手、任她自生自灭的念头，也早已烟消云散。他想一辈子待在她的身边，以哥哥的名义，好好照顾她。

隔了一会儿，唐泽的手机响了，是一条短信，来自言雪的：“我不怪你，唐泽哥哥。亲你一下，也只是想吓唬吓唬你，叫你乱凶我！哈哈哈，是不是被吓到了？妹妹亲喜欢的哥哥，这本来就是很正常的事情，别往心里去！还有，你既然要走这条路，我就陪你走下去，不要赶我，也不要抛下我。之前还有一条线没有告诉警方，也没有收网，我现在去收尾，或许能得到一点信息。”

言雪裹着灰色的风衣，迎着冷风一步步往远处走。她原先就没有把希望都寄托到谢毅身上，而是布了第二条线——跟踪斐乐的时候，偶然发现，还有别人在跟踪斐乐。不是什么特殊的角色，只是普通的跟踪狂，据说对斐乐这样的大龄单身女人非常感兴趣。

说来也好笑,就是这样无关紧要的一个人在特殊关头帮了她大忙。之前，她还不着边际地想着从跟踪狂手里收集斐乐的裸照，或者找到破绽、弱点之类的相关信息，借此来威胁她就范；或者把跟踪狂交给警方，让警方去调查她身边的人脉，从而揪出一点关于贩毒集团的线索。结果，跟踪狂同她无意间聊起一些桃色信息，说到斐乐的胸口有一道深色刺青，一个女人居然文了个张牙舞爪的蛇形文身，看起来很是火辣，和外表禁欲的模样一点都不相符。

言雪浑身发冷，记忆在瞬间一一闪现，回荡在脑海里：蛇形文身，这不就是十几年前，杀死他们父母的毒枭的刺青吗？可那个人明明是男的，这究竟是怎么回事？难道说，拥有这种文身的人不止一个人？

那么，文身的含义究竟是什么？

她对这个女人格外好奇，记忆里闪现出她诱人的双唇，以及淡然自若的褐色双瞳。

一定要和这个谜一样的女人一较高下，这是言雪的愿望。

斐乐有刺青的事，给了唐泽很大的震撼。他询问了无数次关于刺青的细节，都和记忆中的男人吻合——渗入皮肤深处，那深绿色如茂盛的藤蔓，与血肉相连，直直刺入皮肤内，蜿蜒，细长，带着排列完整的鳞片，眉目狰狞，一双眼尾上挑，形三角，为剧毒之物。深的绿，浓的黑，仅仅几笔，勾勒出张牙舞爪的模样，如龙慑人，如蛇狡诈。

看来这次的行动赌对了，只要深入挖下去，定会找到那个杀人凶手。

言雪轻咬抵在唇边的指节，这是她思考的小动作，她问道："这个文身是什么意思？为什么除了那个男人，她也有？"

唐泽的一双眼亮得吓人，他咬牙切齿，从唇舌间挤出几个字："不止一个人。"

"什么意思？"

"这个文身可能是一个标签，他们可能是一个组织，而斐乐就是组织中的一员。"

"是这个贩毒团体所有人都会有这个标签吗？"

"我记得不是，这个文身在几年前也只出现过一次……你挖出斐乐的秘密，其他路由我来走。"唐泽做好决定。

言雪明白他在说什么，也就是分头行动：她已经暴露了，也没接受过特殊训练，做不了卧底，所以她就是那条明线；而唐泽没有暴露，还受过特训，也有觉悟，可以做暗线，负责潜入更高层。

他们已经有了倾尽一生也要达成的目标，那就是找到杀害他们父母的人，将其绳之以法。这世上绝没有无缘无故的爱和恨，它们也绝不会随时间减轻半分。只有撕裂这个纠结到一起的死结，才有可能得到救赎，获得幸福。这就是他们的归宿，凄冷的宿命。

言雪想到了什么，她把这个文身的细节描述放到网上，企图从中找到什么答案。相关图片或者事迹记录倒没有，这些人太隐蔽了，不过她找到了一段对蛇文身的描述：蛇文身，代表了神秘力量，隐蔽与强大。埃及人认为蛇是王的象征，甚至作为皇权的徽记，而在公元前，也有许多欧洲国家把两条蛇雕刻在拐杖上，代表使节的权力。还有人觉得蛇是带财的。也就是说，这些人用蛇文身象征上层的主控力量，只有最高层的人，才会刺上这个刺青？单凭肉眼，也分辨不出这究竟是用文身机文出来的，还是用针扎出的刺青。

言雪只觉得危险，她一闭上眼，总会看到唐泽背对着她，后颈上有气势汹汹的蛇文身，他就这样，头也不回地一步步隐入黑暗中。

要保护好他，言雪只有这一个愿望。

事情已经与禁毒队的张队长商量好了，言雪有她的调查工作，也负责当唐泽的线人，而他则开始了新的潜入计划。

有一种中间人，既为警方办事，提供信息，也为贩毒团体办事，介绍可靠的新人。这种人油水捞得多，可也是把脑袋系在裤腰带上过活。说的话半真半假，维持一个平衡，不犯法，又不得罪人，各方都能捞到好处，黑白两道上的人也就睁一只眼闭一只眼了。

唐泽就是由这种中间人领到新的团伙里去的，这次要他爬到最上层，十分危险，自然也会牺牲一些东西。队里的弟兄们都做足了准备，担忧的人连遗书都写好了，就怕有个意外，父母那边没个着落。当然，对方也不是给什么人就会用，那些毒贩小头头会验验他们，看胆子够不够大，看遇到警察够不够狠，还得排除是不是卧底。人手不足，要发展只能秘密招人，所以只能小心，再小心，谨慎，再谨慎。

唐泽还记得，近期被抓的毒贩这样自嘲道："这年头，哪行好生活？犯个法都难，警察精了，这碗饭也难吃了。"他只知道自己落网了，在劫难逃，却不知道很多缉毒警察为此甚至付出了生命。

总得有人做先驱者，唐泽就是其中之一。他与所有人断绝了联系，他的身份不允许他与其他人有任何接触，除了汇报信息的线人言雪。他不知这样是好还是坏，好在还能见到她，坏在把她拉下泥潭。

该死的丫头，想咒骂一句，又呸呸呸出声，骂不得，打不得，舍不得。这妮子，是他的克星。

唐泽跟的是这片地区上了年纪的季先生，也算唐泽运气好，正巧头头出来挑人，看他个头大，身上肌肉坚实，像一头迅猛矫健的山豹。看准了，当下就选了他。

季先生虽有五十岁了，看起来没精气神儿，但不是傻子，看了这么多年的人，一看唐泽那双坚毅的黑眸子，就知道这人有故事。他笑得和煦，问唐泽："小伙子挺精神，怎么想着来干这事儿？"

唐泽知道这是试探，淡定道："我爸被抓进局子，险些枪毙。我做他以前做过的事，混口饭吃。"三言两语，就说了自己父亲有前科，也是混这一行的。

季先生不好骗，将信将疑，打量他："这话是真的？"

"假的。"

"哦？"

"想挣钱，想要钱。"

季先生笑了，听起来挺实在，就唐泽的外表而言，倒是好苗子，不过是骡子是马，是真想干这一行还是来卧底的，总得拉出来遛一遛。所以，唐泽运气好，也足够不好，没过一周，就被带去运送"货物"。

也没什么复杂的程序，如果没被警察盯上，就是一手交钱，一手交货，一般来说不会有火并，毕竟都还想做下次，没必要为了贪一次的钱，把下次的生意毁了。这就是行话所说的"一次到位"。货物来源自然不会让唐泽知道，这也就是卧底的重要性，他们需要潜伏一段时间，找出来源，再汇报给警方。毕竟如果斩草不除根，必然春风吹又生。

这晚，星月高悬。繁华的都市里，星星点点的火光，映亮前方。这是一个一如寻常的夜晚，然而，这样平静的夜里，也总有暗潮汹涌，在不为人知的角落，总有肮脏的交易上演。

漆黑的巷弄里，唐泽点了根烟，抽一口，烟头由黑变红，四散开来，加深了那点灼目的黄光。吐出烟圈，他将烟递给旁边留着平头的年轻人，这个同他一起送货的年轻人叫钉子，也是刚入行的新人，整天嬉皮笑脸的，被老油条揍了也不喊疼，知道想挣点钱就得忍耐这些。混了几天，发现还是跟着唐泽最好。唐泽干架厉害，人冷，老油条也不敢来招惹他，毕竟他还是季先生看上的人，会不会继承他的衣钵也不好说。凡事留一线，日后好相见。

钉子抽一口烟，和唐泽讲："第一次做事，我有点慌。"

"慌什么？"唐泽问。

"就是慌，说不上来。哥，你说我们会不会很背，恰巧碰上警察，被抓进去？"他心有戚戚。

唐泽倒是冷笑了一声："怕条子还来送货？找死吗？怎么不在家好好待着，你不适合干这一行。"

"没工作，没文凭，打杂都要高中学历了，我不行，"他抓了抓后脑勺，嘿嘿一笑，"也就这个混口饭吃，钱多，还能娶老婆。"

"怎么就这点志向？"的确有很多人不是"亡命之徒"，只是被现实压迫得喘不过气才来干这一行，想发一笔横财就走，但往往都会把命搭上。

今晚的交易，唐泽通过言雪将情况已经告诉了警方。可他们究竟会怎么做，谁都说不准，是放过这次交易，让唐泽顺利混入内部呢？还是抓住他们，拦下这一笔"货物"，让唐泽被怀疑？鱼与熊掌不可兼得，其中取舍，只能由"老姜"张队长决定了。

"来人了，过来！抽什么烟，这是给你们来玩的地方？！"前面有人喊道。

唐泽将烟摔在地上，碾灭。嘴里吐出两口气，没有多少烟味，实际上也没抽几口，下嘴的时候想起了言雪嗔怪的模样，没敢多抽，怕引起她反感。

明明她看不到，却处处受她钳制。

来交易的是一个男人，戴着口罩，看动作架势，是个新人，他问道:“季先生，我哥问你，货拿来了吗？”

季先生笑:“做了这么久的生意，你不信我？到了一半，你们打全款，就给另一半，决不食言。”

“这次货量大，不是我哥不信您，这不，凡事要留个心眼。”

“你也知道，我最不喜欢讨价还价。我是拿着脑袋做生意的，钱得拿，还得洗，重重防范，对付那些条子，你们只要敲两下电脑就能拿到货，还有什么不满意的？”

新人不敢多谈，点点头，咬牙道:“成吧，您把货物连车一起留下，等我开出钟山路就按照老规矩，给您留的账户打款。反正您到处都有人，我逃不了，我哥也求个心安。”

季先生依旧笑眯眯的，没说话，点头，放行。

没过几秒，年轻人就开着这辆黑到发亮的面包车，快速冲出了巷弄。

开出钟山路最多也只要十分钟，到了十二分钟，钱还没到。季先生皱眉，咒骂一句:“这兔崽子不要命了？抓人！”

他话音刚落，就听到有人喊“大事不妙”。

“放屁！有话就说！”

“货被条子截了，堵在路上！季哥，我们逃！条子抓人了！”

季先生混了这么久，还是头次被盯上。他回头，扫了新人一眼，目光在唐泽身上留了几秒，道:“上车！小泽坐我旁边保护我，赶紧跑！”这其中没有猫腻，他死也不信！这些新人手上没枪，枪的管制这么严，本就不好搞，就他有这珍稀玩意儿，还是改造的，瞧到哪里不对劲，先开枪崩了唐泽。

唐泽紧紧地握了握拳，警方还是不可能被毒贩逾越道德底线，既然知道了，就肯定要下手抓人，那么他想要混入高层，恐怕是不可能了。最重要的是，这一刻，连他自己都凶多吉少。唐泽眸光一凛，脊背也有骨气地挺直，硬着身子坐上了车。

上了车，车内没半点光线，似被埋进了灰扑扑的尘埃里。车上气氛凝重，识相的都不敢出声。他们手里有各自准备的军刀，甚至有人在后车厢准备了轻巧的小斧头，以及能豁开一道狭长口子的长柄西瓜刀。谁都怕被抓，进去了可就再无出头之日了。能拼就拼个痛快，说不准还能杀出一条血路，不亏。

正因为犯罪者都有这个想法，犯罪成本太低，所以越来越多的人，以走投无路为由，加入这个“队伍”。每年因缉毒任务殉职的警察数量不断上升，也幸好，在这条保护民众的大道上，有越来越多怀有正义感与使命感的人加入，不图回报，不计生死。

唐泽也是其中之一，不过他比较自私，他有私愿，那就是为母亲报仇。他恨毒品，恨这些人，但为了抓住泥潭深处的那条毒虫，他必须先与污泥为伍。君子报仇，十年不晚，古代就有卧薪尝胆，他怎么就不能效仿先人？

再忍一忍，一切都是为了那个时刻的到来……

恍惚了一瞬间，唐泽清醒过来。季先生侧头，用余光打量唐泽。实际上他什么都看不到，这里光线太暗，但他还是想从这个小子的脸上抓到一丝破绽，哪怕是卧底任务成功的侥幸笑容也行。可唐泽的表情很淡然，不知是他城府太深，还是季先生冤枉了他。

总之，这人毫无破绽。很普通，也很可怕。

车还在快速行驶着，警笛声一直尾随其后，从未停下过嘈杂的声响。这是一道催命符，紧扣着车内所有人的心弦。没见过世面的小弟腿抖，话都说得哆嗦：“季先生，咱们现在往哪逃？”

“先甩掉他们再看。有几辆车？”

“出动的不多，就一辆，会不会有后续支援？”

季先生冷笑道：“抓我们，一辆就够了。毕竟在大陆，枪不是那么好拿的东西，谁有，谁就是老大。”

话音刚落，他从腰后拿出一柄小型手枪，不知是有意还是无意，枪口的位置三番两次地对准了唐泽的膝盖，扣扣两声，黑沉沉的枪口，撞得膝盖骨生疼。

这些警察在后头紧追不舍，看样子是要动真格的。这是饿狼出洞，冒着夜的危险而来，嗅到血腥味，谁肯停下步伐，总得喂饱了才行。得开火了，不然逃不了。季先生咬牙切齿道：“到老地方去，那里有我留下备用的车。你们几个要是想活命，就掩护我，好好打。”

钉子愣了一下，傻呆呆地问：“和警察对着干？”

老油条一拳揍过去，力道太猛，像刀子一般割到钉子的脸上，打出了点淤血块：“你他妈要是怕死，现在就把你丢下去！”

钉子不敢吭声了。

季先生依旧笑眯眯地劝架：“和新来的较什么真儿，都不懂事呢，是吧，阿泽？”

唐泽笑笑，不说话，谁知道这个男人究竟是在暗示什么？

山路崎岖，路途陡峭，一行人艰难地爬上了山顶。冷冽的山风贯穿车内，险些把车顶掀起来。司机眼睛都被风刺得睁不开，一失手，轮胎打滑，绊住了石头，咯噔一声，差点翻车。比起唐泽，司机这会儿更像是碍事的卧底。

季先生谁都不信，注意力很快锁定到司机身上。目光是有力量的，司机如芒在背，感觉要被烫出一个窟窿。“小心点，知道吗？”季先生提醒。

司机擦一把冷汗，连声道：“是，是，季哥你放心。”

季先生是有过案底的人，后来出狱，才转头奔向了这行，所以谁都不敢和他较劲，他是亡命之徒，他们不一样，手上顶多沾过血，可季先生说不准手上有人命。

车仓皇地停在废屋前，车上的人鱼贯而出，拿着家伙和手电筒，对抗后面的警察。警方肯定容不下他们，回去也是死路一条，这只老狐狸是不会放过不听话的狗的。

季先生朝屋后跑，说这里有车，实际上没有，有的只是悬崖峭壁，黑漆漆的，看不清有多深，也不敢尝试往下跳。他将枪上膛，朝警察猛开几枪，因为不是远程枪械，又有山风干扰，发挥不大好，都打偏了，子弹噔噔刺入地皮，擦出白色的烟雾。

唐泽不敢离季先生太远，他的目标是这个男人，得找机会接近季先生，获取信任。说时迟，那时快，突然有警察冲出重围，执着枪，朝季先生紧逼而去。

砰的一声，只听得子弹破风而来，在瞬息之间，直入季先生的小腿。他迅速丧失了行动能力，倒在地上，鲜血直流。他捂住腿，躺在地上龇牙咧嘴。

现在是个好机会，唐泽很快从一侧扑杀过来，他的身材精壮，动作够辣够狠，用体重压制上去，小个子警察还没反应过来，就被制伏了，看起来像是初次参加任务，老张也够不靠谱的。

唐泽趁机耳语："9595。"

话不用多说，机灵点的，一听这个就知道是警号最后四位尾数。又是尾数，又是和毒枭混在一起，这么巧，还是在今晚的缉拿任务里撞上，肯定是卧底无疑，友军啊。唐泽勒住年轻警员的脖颈，将他反复挣扎的身体锁紧，扣住了命脉，警员气喘不上来，脸色变成酱紫。唐泽还没动真格的，演戏也不能太假，只能委屈一下新人，吃点教训了。

"季哥，你快走！我来掩护！"他朝对方撕心裂肺地吼。

季先生很快变了神色，情况太过于紧张，也想不到其他特殊的可能。只是这个年轻人肯放他这只大老虎归山，肯为他对抗警察，应该不是卧底。如果是卧底，这时候就应该帮着抓他了，不然埋伏这么久，还有什么意义？

"阿泽，好兄弟，哥记住你了！"季先生满头热汗，匍匐着朝前爬去。现在的他，就是一只断尾的壁虎，为了逃生，不择手段，不计后果。

不远处是悬崖，唐泽不知有什么蹊跷，不过可以肯定的是，季先生在那里绝对有留一手。不成，光表忠心还不够，还得跟着他！

风吹碎发，迷了唐泽的眼，他死死盯着季先生的去向，决不让他消失在自己的视野里。没法子了，只能想后招。他咬牙，赌一把，小声道："老张有说吧？"

对方趁唐泽松开一点手时，答："放心。"

看来张队长也不傻，还是想让他混上高层的。即使货被劫了，只要唐泽能趁此机会取得季先生的信任，那就不算输，还有一线生机。

年轻警员很快从他的钳制中解脱，腰肢用力，一个鲤鱼打挺从泥土地里翻起身，霍霍两拳，朝唐泽发动进攻。他出拳有力，狠而稳，擦着唐泽的脸颊过去，指骨携带的风似刀，蜇入肌肤内，险些刮去一层皮。

有两下子，不假，又掂量好度。唐泽轻笑，从靴子里抖出军刀。锋利的刀面在指尖游离，银花四散，快得连影子都不见一个。他翘着刀尖，反手，朝年轻警员的下颌划去。刀面映出对方线条流畅的腭骨，噌的一声，撞上胸前警徽，裂出一道浅浅的痕迹。

都是受过特训的人，有哪个是吃素的？年轻警员迅速朝后弯腰，可惜腰肢没有女人柔软，下盘虽稳，不至于摔倒，可也只限制在一个度里，做不到更高难度的闪避，落了下乘，像被稻草勒住头尾的鲤鱼，腰里刺目的银线毕露无遗，勉强，也坚强地求一条生路。

说时迟那时快，唐泽借机蹲身，将匕首刺入年轻人的腿部，血液喷涌而出，染红了唐泽的脸。

没伤到要害，唐泽本不想伤人，可他必须这么做，别无他法。谁都不傻，不见一点血，怎么逃到季先生身边？谁会信？

现在有机会了，唐泽迅速奔向季先生的身边。季先生还没翻下山崖，被唐泽扶着腋下，整个人撑着站起来。

唐泽问："季哥，咱俩往哪跑？"

“往下跳。”

“跳？这里是断崖，跳下去都得死！”

“我有办法，带我跳。”他的状态不好，失血过多，看起来快要昏迷了。

唐泽没有过多考虑，咬牙，扶着男人就朝下跳。

黑暗的深处，还是黑暗。漆黑的山崖，一眼望不到底。他的整颗心脏都因下降而上升，就要挤出嗓子眼。随后落在树枝的软垫上，那种急促紧张的心情也戛然而止。原来这里还另有条路,从树上翻下来，一侧就是一辆小车，被茂盛的树木挡得严严实实。

季先生早想过会有坠崖这一出，所以给自己准备好了后路?

啧，还真有点道行。

唐泽将昏迷不醒的男人扶进副驾驶座，找到车钥匙，发动汽车，朝偏僻的山路急驶而去。

没有警察会追上来，都是自己人。而季先生晕了，正巧看不出这一点蹊跷。

天时地利人和，都在帮他。

第七章

言雪在家里待了近两天，吃饭就叫外卖，不打扫，也不清理。好在还不算邋遢，没把自己整成蓬头垢面的肮脏模样，就为了防止突然有人登门——家里可以乱，形象不能毁去。

回头，室内依旧空荡荡的，窗帘掩了一半，阳光透过缝隙，几乎是无孔不入，杀死那些潜伏在空气里的惧光微生物。屋子没有人气，没有唐泽在的空间，仿佛自己也不是人了。言雪对他有极其强烈的依赖，可以说是从小留下的心理疾病，她需要药，这个药物有镇定作用，唐泽就是她的药。天知道没有唐泽的这几年她是怎么熬过来的，岁月是慢性解药，但不能让她忘记伤痛，而是顺着时间的流逝，让伤痛蔓延至她的四肢，就此一点点、一寸寸，侵蚀她。

现在不是被抛弃，而是暂时性的分离。她在与她的唐泽哥哥并肩作战，是他唯一可以依附的后背。言雪反应过来，忙将各种包装盒丢进垃圾桶，用纸巾擦了擦刚吃完海鲜意面的嘴角，然后出门做事。

线人和卧底最好也不要有直面接触，毕竟刚混入那些人的手下，没有取得对方信任，不能冒一点风险。说话时间也不许太长，言雪只能加快语速，毕竟机会难得。

她站在天桥这一端的电话亭内，望着对面背对她接电话的唐泽："唐泽哥哥，你还好吗？"

"我很好，你记得告诉张队，三日后有交易，钟山路附近，需要怎么行动给个指示，我建议不要打草惊蛇。"

"我会如实告诉他的。"

“那行，我挂电话了。”唐泽不敢多待，很快要走。

言雪难得任性，用力咬了下唇一下，说道：“最后一个问题，就两秒钟。”

“说。”他对她还是硬气不起来，这么久没见，也总是惦记她。

“你有没有想我？”言雪的声音很软，痒痒的，像有气无力的猫爪子，啪嗒一下挠在了心上。

唐泽皱眉，叹气，轻飘飘地说了个“想”字，挂断电话。现在不是儿女情长的时刻，兄妹情也不行。

言雪用纤长的手指在空中描绘着那个男人的身体轮廓，在脑海里依循记忆构建他的温柔眉眼、微凉的唇瓣，一点又一点，还有他渐行渐远的背影——唐泽的脊背依旧笔挺，像魁梧的松树，带着阅历与沧桑感，令人心动。她很满意他的回答，这也算一小步突破不是吗？言雪的内心深处泛出了甜腻腻的汁液，比糖浆还要甜，还要稠，风一吹就凝结，敲都敲不碎。内里蓬勃跃动的心脏倍感温暖，风雨无惧。

从天桥下来，言雪绕进巷弄里，打算去斐乐的住处打听一下——她已经搬走了，速度快得很。房东正愁着找下一个租客，对外来客肯定是热情欢迎。那她就趁此机会去屋里看看，找找有没有什么遗留的信息，说不定能找到斐乐的去向。而且租房子肯定是要身份证复印件的，拿到了斐乐的身份证信息，岂不是更好办事了？

等到了那间公寓，上面的确贴着对外出租的便利贴。言雪根据电话号码，联系房东：“您好，您这有房子出租是吗？”

“对，您是要来看房子的吗？”

“嗯，我想先看看屋内摆设以及构造，就现在，可以吗？”

房东生怕这只鸭子飞了，急忙答：“可以，可以。你稍等一会儿啊，我马上开车过来。”

“行。”言雪挂了电话，用余光打量这栋公寓——和上次的感觉一样，简单、低调，也很枯燥。

没过多久，房东就到了，是个中年女人，眼角有深深的笑纹。

她拿钥匙开门，和气地说道："屋里的东西好像还没收走，我还没来得及找家政公司整理房间，上一户租客走得太匆忙了。唉，本来说好的，在退房前半个月联系我，这样我就有充裕的时间可以找下家。"

"不碍事的，"言雪笑了声，问，"上一户房客是什么样的人？"

"好像是上班族，蛮干净利落的姑娘。平时看起来还挺和气，没想到这事做得让我这样糟心。"她依旧喋喋不休地抱怨，语气里尽是对斐乐的不满。

进了屋，言雪环顾四周，果然有许多私人物品还未来得及搬走。可奇怪的是，除了衣物之类，旁的装饰物品，或者是什么特殊的东西都没有。

这让言雪无从下手了，本来想着从一些首饰的牌子或许能打听到什么信息。她又翻了一下衣物，也都是没见过的杂牌，可能是网购来的，从衣服的洗涤程度来看，至少也穿了一两年了，就算寻到店家，估计也找不出什么有用的信息。再说，买家那么多，他们又不能定一万个目标为犯罪嫌疑人。唯一知道的是，衣柜里还有男人的衣服，估计斐乐之前留谢毅在家中长住过，他们是真有一腿。

再怎么看，都是白来一趟，言雪有些失落。

她和房东道别，让张队长接手，获取斐乐的个人身份证件复印件，签租房合同的时候肯定都有备份，这个倒不愁。张队长办事效率很高，没过多久就派人拿来了斐乐的身份证复印件，照片估计是几年前拍的，有些模糊，都是亚洲人常见的五官特征，非常不好辨认，而且身份证有至少十年的有效期，现在的相貌和几年前肯定不太一样。

她瞥了一眼，身份证上户籍是：磊山区黄石村。言雪征求张队长的意见："要不要我去查一下斐乐以前的事情？"

"行，一切小心。要不要我派人跟你一起去，一个人行吗？"

"我可以的，何况卧底任务还是保密比较好。"她只想用自己的力量帮助唐泽哥哥成事，旁人通通不行。她绝不会让步，让任何人接近唐泽，也只有她是配得上他的搭档，是他能够交付一生的伙伴。

言雪坐动车去了磊山区。

孤身一人去外地，难免会心慌，不过她不一样，她抱着帮助唐泽的目的而行，所以再多的艰难险阻都不怕。她甚至会有一种莫名的情绪上涌，越是遇到困难的事情，她就越骄傲——也只有她，言雪，可以替唐泽赴汤蹈火到这种境地。她为他付出了所有，所以唐泽理应是她的战利品。言雪野心勃勃，想要攻略这个男人，逾越过那一层束缚她多年的“兄妹关系”。

黄石村很偏僻，可村民却很有钱，也开发了旅游业。几百年前，欧洲资本主义兴起，跨国经商或贸易就日渐增多了。当地有许多人出国打工，利用货币汇率发家致富。这些年汇率虽没有早年那样高，那样疯狂，可最先谋起这份财的一批华侨倒是已经赚得盆满钵满。

她到了山路上的小车站，一路朝山下走。不远处有个农家乐，用涂漆的木板，装模作样地拦了个小院，里面的房子是新砌的水泥房，楼层高，看起来像是一套郊区别墅。

言雪进去，寻人，问斐乐的情况。

村子不大，乡里乡亲都认识，想问一个人的信息，不难。

迎面走来一个年轻男人，言雪忙问：“你好，我想问一下，你们村里有没有一个叫斐乐的人？”

男人打量她，语气不善：“你问她干吗？”

“有点事情，我是警局的人，这是我的证件。”言雪出示了一下张队长给她这样特殊侦查员所办理的证件，对方的语气变得和善了许多。

男人说：“阿乐，她早在七八年前就出国打工了。”

怎么可能？斐乐明明就在黄山区，甚至还可能是个毒贩。言雪问：“出国？真的吗？她没回来过吗？”

对方睥着她，嘴角勾起一抹讥讽的笑，意味不明。

她皱眉，再问："究竟是什么情况？"

"偷渡出的国，怎么回？"

这下，轮到言雪愣在原地了。华人偷渡去欧洲，不是什么新鲜事，付不起昂贵的出境费用，只能兵行险招，只是被抓到了以后，后果很严重。不过，这些都不是重点。重点是，偷渡出国的人，没有证件，就回不了国。就算有大赦，给她办了证件，也是这两年才有机会回国。

可斐乐却在C记做了至少三年以上，而且内部成员都认识她这张脸。这说明什么呢？说明她根本就不是斐乐！她很可能是得知斐乐要出国的消息，特意暗地里购买了她的身份证件，好在国内用她的身份行不法之事——因为国内相关部门根本不知道斐乐出境了。

言雪只觉得浑身发冷，像是赤身裸体被抛在雪地里一般，漫无目的，深一脚浅一脚地朝前方走。原来，比黑暗更恐怖的是，望不到尽头的白。濒临绝望的交界线，也不是像太阳那样夺目、充满希望的亮光。

言雪再给男人看了一眼斐乐的照片，问："你说的斐乐，是她吗？"

"这照片上的，肯定不是阿乐。"

"你这么肯定？"

"不仅五官不一样，她嘴角有一颗痣，这个女人没有。"

她刚被打击了一次，再听到这些，也不觉得稀奇。

片刻，言雪不抱希望地问道："那斐乐的家人呢？可以联系到吗？当初带她偷渡出去的人还能找到吗？"

"她爸不要她，她妈跟人跑了。她是村里人一起拉扯吃百家饭长大的。小时候我还和她一起玩，后来就没怎么联系，估计偷渡出国的路子也是她自己找的，没人管这个事情，又不是她的什么人。"

听起来倒也是个可怜人。言雪知道这一趟什么都问不出来，斐乐的身份怕是不会再用了。那个假斐乐，肯定会使用自己遗弃多年的真实身份，而他们不知她的真实身份是什么，根本就无从下手。褪去一层皮的猫还有一条命，虽然只剩一条了，可那也是真切地活着。

她不会放过言雪的，言雪也不会放过她。

斐乐这条线已经查不下去了，只能从谢毅下手。言雪曾经核对过他在校内网站的照片，的确是本人无误。只是他与斐乐有关系这一点，暂时还没证据，仅仅是推论。警方查案要严谨，不可能因为她的推论就去为难普通老百姓。即使谢毅曾是个小偷，必须要再拿到一些证据，或者是给警方出警的理由才行。

谢毅很可能就跟着斐乐，只要找到他，应该就能知道斐乐的下落。看样子，他会是斐乐的左臂右膀，那么，言雪何不斩断这只臂膀，让斐乐孤军奋战？言雪勾唇，打算从那个不为人知的故事查起——几年前，那起与谢毅密不可分的杀人案件。

冥冥之中，有直觉牵引言雪往这个方向查下去。纵使是深不见底的泥潭，她也要奋不顾身地往下跳，就算污浊秽物充斥她的口鼻，腥臭泥浆淹没她，言雪也要抓住那一点忽明忽暗的希望之光……要是经历死亡才能获得她与唐泽哥哥的幸福，那么，她连死都不怕。

翻出谢毅所在高中的地址，言雪连夜赶到了那个人生地不熟的小镇。

夜很深了，浓厚的黑笼罩世界，偏僻的巷弄仅凭月光照亮。寻到路尽头，看到一家亮灯的小旅店，在车站对面，看起来是民宿，总共两层的水泥楼旅店，内部不算脏，但也不整洁。

她随意要了一个房间，进屋子，锁好门，准备歇下。

这间房的厕所窄小，但也有个可以供人使用的浴缸。言雪急需放松，但仍用肥皂里里外外把浴缸洗了三次，才放满水，惬意地躺了进去。她开始思念唐泽了，即使他的号码言雪倒背如流，但为了他的人身安全着想，不能联系。

有什么是比相思更煎熬的呢？

脑海中,依稀能想到唐泽抿唇的样子——大概在面对她的热情时,唐泽会下意识地拒绝，一慌张就手足无措吧。可他皱眉、抿唇、推拒的样子又着实诱人……怎么说呢，这种时刻的唐泽比起他平常精干堪比豹子的模样，可有趣多了，令言雪心痒难耐……

她想要唐泽的所有失神都属于她，他的所有欲言又止也属于她，不论是神魂颠倒,还是六神无主,只要他的那颗本就狭小的心装着她,他那双浩瀚如汪洋的眼睛看着她，以及他身上独一无二的气息包裹住她，那么怎样都好——讨厌她，喜欢她，都好。

言雪很残忍，她甚至觉得即便爱不行，也要做让他印象最深刻的那个人，要在他的心口剜上一道，糜烂又愈合，时间久了，又开裂，鲜血泛滥。再疼，再爱，都是她。

言雪一点都不大方，她的占有欲能毁灭所有。记得初中的时候，有女孩看上她的唐泽哥哥，想借她这条线来接近唐泽。那个女孩的模样记不清了，只知道她有一袭长发、穿着白裙，像一朵圣洁的白百合，那个年龄时兴这种打扮，甜美又清纯。

女学生和唐泽是同班同学，暗恋唐泽，随之写了一封情书，想借言雪的手转交给他。如果能趁此机会，和言雪搞好关系是再好不过了——言雪能推波助澜，促成这段恋情，也可以邀请她去家里玩，制造与唐泽见面的机会。

可惜言雪不傻，那时候出于对兄长的占有欲，她也不会让别人乘虚而入。于是，在收到情书的那一秒，言雪急忙拿着烫手山芋，跑出教室,在众目睽睽之下,把情书转交给教导主任。仅仅是这样怎么够?她还以妹妹的身份，在老师面前提醒追求者:“我哥是要考黄山高中的重点班的，学习上不能分心，你不要用这种东西打扰他。而且校规有规定，学生不能早恋。”

她这番话说得呆滞死板，却也正好戳了老师的心窝——唐泽和这个女学生都是他班上的尖子生，可不能败在早恋上。学生们考上重点高中越多，他也会有相应的提成，并且对评职称等各方面都有帮助。哪行竞争不激烈呢？这么多人挤破头要进来，总得靠手段稳住工作饭碗。

于是，当天下午，老师就联系了女同学的父母来校谈话。

言雪赶走了“敌人”，没任何心理负担，反而心情愉悦。从那时起就是这样，凡是想插入她和唐泽之间的，无论是人是物，她都要想尽办法铲除。

唐泽也不是没察觉到这一点，可他生性温柔，就这么一个妹妹，旁人又与他有什么相干呢？只要是让言雪高兴的事情，他都不戳破，睁一只眼闭一只眼，任由她背着他，做一些小动作。他纵容她，宠溺她，把她惯得无法无天……

言雪再次睁开眼，天花板上的一道暖光映亮了她的视线。时候不早了，该去睡觉了。她从浴缸里爬起来，浑身酸软无力。脚下一滑，整个人朝前倾斜，撞在窗边。

嘶——好疼。还来不及痛呼一声，入目的第一幕就是一个行色匆匆的身影——那个影子就在她的正前方，也就是窗外的街巷，正对面的位置。刚才有人站在路灯的阴影处，目光一瞬不瞬地盯着她所在的房间。如果不是言雪侥幸看到的话，那个人才不会逃，还会这样如影随形地跟着她。

是个意外吗？深夜的流浪汉？

不，不可能。

她扶着窗台，渐渐蜷曲膝盖，蹲下身子，避免自己的脸再次暴露在那个人的面前。路灯后的人影一晃而过，很显然是看到了她才闪避的。如果只是午夜徘徊在街头的流浪汉，目标不是她的话，又怎么能注意到她的视线，对她避之不及呢？

很明显，有人在跟踪她，并且不想让言雪看到他的脸，唯恐被她认出来。

被认出来？是她见过的人吗？

夜还是那么安静，远处的破旧公寓层层叠在一起，门缝里透出楼道黄色的光，像是密林里的萤火虫。

言雪自以为这番手脚够快，也够隐秘，没想到还是被人跟上了。也罢，反正她是替代唐泽的靶子，只要她处于危险中，就能完美掩护暗处的唐泽。

只要他安全，这就足够了。

谢毅的案子至今已过三年，在时间的冲刷下，线索总会随风消逝。这就是在凶杀案出现时，第一时间赶到现场搜集证据的重要性以及必要性。言雪对自己这个半路出家的调查人员可以获取到重要信息没什么把握，但只要是她想做的，不论付出什么代价，她都要达到目的。

她又想起来，谢毅的同学透露给她的信息——那个纠缠谢毅的男人死了，是被人从背后捅死的，现场没有过多的打斗痕迹，也没有丢失财物。那时候，有关谢毅的不在场证明，存在吗？只要从这里找到他与这个男人的联系，会有所突破吗？

言雪打算明天和禁毒局里联系一下，跟张队长申请介入不同辖区的刑事案件调查，还得去警局里调档案看一下这个案情的详细记录。

隔日，言雪去了地方派出所。

张队长的办事效率很高，已经帮她打通了门路。言雪很快就在档案室翻看有关那个男人的凶杀案件。塑料夹层里放着一张照片，是男人倒在血泊里的照片，墙上有喷射开的血迹，的确是刺杀无误。从血迹干涸的情况来看，警方赶到的时候，案发可能已经好几天了，这几天，也足够凶手做很多小动作了。

他们排查了和男人有关的人，也有对谢毅的讯问报告，原来这个男人和谢毅母亲有一腿，好吃懒做，让谢毅妈妈外出工作养他，典型的吃软饭的小白脸。就此看来，谢毅是最有杀人嫌疑的人。

言雪又看了一眼报告，男人死亡的时间是傍晚五点三十分，先是头部遭到重击，接着背部被刺，墙角出现呈喷射状态的血迹，死亡地点是城南某栋废旧公寓的车库里。而那个时候，谢毅正在城北电影院看电影，检票的时间是四点五十分，也就是说，他那时候必定是在电影院的，也有目击证人，甚至有监控拍下了谢毅检票的过程。城南到城北的路程，开车至少需要一个小时，谢毅是无法去城北检票以后，再赶到城南杀人的，就算他赶到也是五点五十分了，早错过了实际的杀人时间。

所以，无论怎么想，凶手都不应该是他。

言雪也就能明白，为什么谢毅有重大嫌疑，却不被怀疑了。他的不在场证明太硬了，硬到让人无法推翻它。

言雪觉得头疼，她靠在沙发上，平复了一下心情，深吸一口气，慢慢吐出来。如果她是杀人凶手，她会怎么做呢？如果是蓄意杀人，自然会给自己准备好不在场的证明，杀了人以后，也肯定会抛尸，因为有逃避心理，以及消除嫌疑、远离死者的嫌弃心态。

抛尸……不在场证明……她的脑中灵光一闪，不对，这里有一个误区。他们一直以为男人死的时间，就是他受伤的时间，但是法医只能推断出死亡时间，却无法从凝固的伤口看出受伤时间，或者说受伤后，失血过多导致死亡的这段过程所需的时间。打个比方，如果男人在五点受伤，那么他流血流到五点半，又无人救援的话，他必死无疑。这半个小时之内，可做的名堂就多了。也就是说，男人在被人刺伤的第一时间没死，而等到他真正死亡的时候，是有一段时间的。因为是背部刺入，并非要害处，可以因失血过多导致死亡。在这段时间里，谢毅再去制造不在场的证明，是很有可能的。

除了不在场证明的疑问，还有一点是——谢毅所在的电影院与男人死亡的地点相距甚远，他又怎么来得及在捅死男人之后，去电影院看电影，通过检票的时间证明自己的清白呢？

假设，她牵强地认为，男人必定是谢毅所杀。那么要做到这一点，必须证明两点疑问：第一，男人是失血过多导致死亡的，而他死亡的地点必定不是他受伤的地点，最有可能就是电影院附近，也就是所谓的“抛尸”。第二，在男人失血致死这段时间内，谢毅慌忙去制造不在场证明，而男人必定会被运送到后来被警方发现的死亡地点。那么，这里肯定会有第二个人，也就是同伙。这个同伙是谁？为了保证谢毅不被发现，连自己的不在场证明都放弃了，那就说明他的身份足够隐蔽，甚至不会被警方找到、审讯。也就是说，这第三个人必定不是死者的人脉交际网之内的，并且就算在谢毅的关系网里也很安全，不会被人熟知。他究竟是谁呢？

言雪瞬间想到斐乐这个阴险的女人，可是如果无法证明她是帮凶的话，现在所调查的一切都毫无意义。她就像是空气，被谢毅所需要，可旁人却看不到她。言雪甚至想到了现在还有一种新潮的杀人方式：互相约定好去杀自己最恨的人。因为人脉关系网里根本没有彼此的存在，所以都是安全的，也的确有人这样做过，警方调查凶杀案的难度也提升了不少。

得揪出这个躲在暗处肆意妄为的女人才行，别人看不见她，也只有言雪，能瞧出她的原形——这只千年老狐狸。

事情说起来倒是简单，只要找到与谢毅有联系的女人，证明她在死者死时没有不在场的证明，就能够建立同伙一说，足以保留谢毅可能是凶手的推论。可上哪去找证据？上哪去找这些联系？言雪连斐乐究竟是谁都不清楚，她的身份是假的，名字也是假的，好像不属于这个世界，一直游离在规则之外。更何况，事情已过去三年了。

三年……言雪恍惚想到了唐泽离开她的时候，也是三年前，现在算起来，已经满四年了吧？这不是一个简单的数字，这是一段丢失的人生，三年足以改变一个人的过去与未来。时过境迁这个词，绝不是说起来那样随意轻松。

她啊，丢失了唐泽，整整三年呢。

言雪望着逐渐被云朵遮住的太阳，许是阳光刺眼，她的眼泪溢出眼角，扑簌扑簌地往下掉。她轻笑了一声，用纸巾拭去眼角的泪水，往谢毅的家赶去。

谢毅妈妈还在 KTV 工作，不过经历了“夫”离子散的这一场变故，她整个人衰老了很多，也不能再靠色相推销酒水，被老板赶去后台洗碗。

初见言雪的时候，这个老态的女人瑟缩了一下，目光躲闪地问：“你是？”

“我是警局的人，想来打听一些事情，关于你三年前交往过的男朋友，叶循的事情。”

“都三年了，还查什么？”她嘟囔一句，显然不想回忆起从前的事情。

“凶手还没找到，不是吗？我们也是想找到杀他的凶手，总不能让一个杀人犯逍遥法外。”

“我不想查了，该问的都问了。我和他也没结婚，说不上是什么关系……”顿了顿，女人已经掩上门，像是要让言雪信服一般，补充道，“何况，没了他，我才知道以前自己有多傻，钱都花在他身上了。到头来，儿子没了，什么都没了，我一个女人，怎么活……”嘟囔了几句，她急忙关上了门，将言雪拦在外头。

走道里很空，几缕阳光贯穿过道，洒下星星点点的黄色光芒。言雪能理解谢毅妈妈的想法，她大概猜到自己儿子可能有杀人嫌疑，但是警方说没有，她就假装这样信了。唯一能保护儿子的做法，就是什么都不说，什么都不配合。她想忘记过去，从过眼云烟一样的情爱里清醒以后，唯有母爱是她活下去的光。所以有可能的话，她这一辈子都不会再聊这件事。放过谢毅，也是为了放过她自己。

问不出什么了，言雪吃了闭门羹。嘲讽一笑，也该感谢谢毅有个好妈妈。

幸亏档案里还有从前的审讯内容，她翻了一下，都是一些无关紧要的对话。谢毅妈妈在处对象的时候也很傻很天真，像个小女人，从不去探究对自己一味索取的男友，只知道无私奉献，留住他。或许她自己也知道，这个比她小了好几岁的男友肯定有自己的心思，睁一只闭一只眼就行了，真的要挖出什么，那才叫她难堪。毕竟谢毅妈妈离不开他，所以真相又有什么要紧的？这一点上，她活得还真是明白。

不过言雪又何尝不是这样？只要唐泽肯让她待在身边，即使不挑明心里的那份爱慕，她也满心欢喜。至于插足者，她绝不会手下留情，该铲除还是铲除，谁都不能分开她与唐泽，谁都不行。

言雪打算去城南看看，既然电影院在城南，如果真有同伙，那城南必定是第一凶杀现场。而从整个犯案过程的潦草程度可以看出，谢毅没有布置过，也没有杀人计划，由此可以推断出谢毅是因为某个“刺激因素”从而临时起意杀人的，此后才匆忙与同伙移尸。那么，谢毅会选择去城南这一点就耐人寻味了。他家和学校，都离城南那么远，究竟是什么原因，促使他跑到城南去？还是说，谁在等他来？

言雪打算去城南，她从网上订了一张电影票，正好去放松一下，也体会体会怀着杀人心情坐在那个电影院里，究竟会不会紧张焦虑。她要撕下谢毅的面具，穿过他的身体，拽住他身后那个被保护得严严实实的卑鄙女人。

现在检票都有检票机，只要一刷进去，就会印下时间码，以防票二次使用。

到了电影院，言雪买了爆米花，加了很多糖精，还淋了一层薄薄的蜂蜜汁。可能是玉米含淀粉多，言雪舌苔上感觉多了厚厚的一层膜，有些难受，就把爆米花放到一旁不管了。而就在这时，言雪一回头，对上了一个人的目光。整个电影放映室只有显示屏在涌动着画面，黑漆漆的人群里，所有人的视线都集中在了前方的屏幕上。唯一的清醒者，也就是那个不协调的人，在人群中就分外显眼了。

他侧着头，朝着言雪看。

说实在话，别说是其他人了，就连言雪想专心致志地去分辨那些观众的脸，都瞧不清楚五官。可这个人，为什么能在第一时间锁定她呢？并且视线长达三秒，绝不是偶然。她有自知之明，清楚自己不是那种祸水妖姬的容貌，不足以让人在伸手不见五指的放映室里还移不开视线。

思及至此，言雪反应过来了——上次洗澡的时候，好像看到了一个跟踪她的男人。她在这里人生地不熟，怎么可能有人盯上她？除非……是从黄山区一路追来的。

是谁呢？想做什么？

现在还不能光明正大地走出去，那样会惹他怀疑，还是继续看电影吧。她本能地不安起来，说来好笑，现在也的确感受到了谢毅那种曾经在此坐立不安的焦灼感。

等电影放完，观众稀稀疏疏地往室外流去，余下的人所剩无多。言雪刻意走得很慢，余光瞥见那个人也压低了帽檐，亦步亦趋地跟着她。之前言雪还带有侥幸心理，觉得自己是看错了，可现在一看，估计真是有人在跟踪她。

怎么办？报警吗？

先不说她就是警队的，其次那个人没有对她做出实质性伤害，仅凭她的推断，怎么说明他在跟踪？别到时候人没抓成，反倒打草惊蛇。

保护自己的最佳方法，就是先看清他的五官，知道这个人是谁，知道他的目的，或者是受谁指使。不然，即使甩脱了这个，还是会有下一个。言雪又不能让警察二十四小时保护她，总会让人抓到漏洞下手的。躲得了一时，躲不了一世。她摸到自己平时放在口袋里防身用的弹簧式军刀，在做这一行的时候，她已经做好了会有近身战的准备，虽不能制服敌人，但对付普通人，还是稳赢的。

言雪将小型军刀握在掌心，急匆匆地走了两步，拐入一个巷口，以背贴墙，猫在那儿。许是没找到人，那个戴着鸭舌帽的男人慌了，左右环顾，视线刚锁定在言雪身上的时候，已经来不及——只见凛冽的银光一闪，他那深褐色的、如煮开了的隔夜茶叶般的瞳孔张合之间，一柄军刀就架在了他的脖子上，刀面朝上，下了死手，只要言雪发狠，这锋利的刃面就能破肤而入，割裂他赖以生存的血管。

“你跟着我做什么，谢毅？”言雪笑，语气亲昵，像是见到了老朋友。

是自己不谨慎，这次栽到了言雪手里。自己会被斐乐责罚吗？会被她讨厌吗，还是被抛弃？

不行，绝不能这样。谢毅嘴上说着：“这是我的家乡，我为什么不能来？碰巧路过而已。”又微移步伐，决定冒着生命危险和言雪死拼一场。

受点伤算什么，只要不被丢下！

言雪皱眉，看出他姿势的怪异之处。刚想防备，后颈上突然遭到一记重创，那种撞击感逼得她无处遁形，视网膜出现了无数黑点，密密麻麻，遍布在一起，成块，成片，变成了一片漆黑的画面。

言雪闻到了血腥味，知道自己遇袭了，就此倒在了冰冷的地上。

冬天，又开始下雪了。莹白的雪弥漫在大街小巷，像是一袭白布，掩盖了言雪。她早该知道的，他没准不是孤身一人，还有同伙。

这次就是来查谢毅的同伙的，却没料到，还是栽在了同伙的手里。这是灯下黑的手段，明明知道灯的附近，也就是光源所在之处，有人潜伏，有危险，却因为她太自负了，没有分辨出危险的情况，落了下乘。得快点缓过来，她还不能倒下。

言雪还得……救唐泽。

第八章

今夜没有月亮，寒潮侵袭，浸入皮肤，让整个人凉飕飕的，体温都随着汗液蒸发而被带出毛孔，脱离表层，只留下干瘪瘪的阴冷躯壳。

夜晚很长，又慢又难熬。唐泽漫无目的地带着季先生在路上行驶，警方没追上来，看来本意就是要放他们一马。张队长不愧是老狐狸，不但截取了所有毒品，抓获小喽啰，还让他用一出苦肉计博取季先生的信任，由他当敲门砖，把唐泽领到高层去。

高层，究竟是哪里呢?

国内的缉毒工作做得很好，既然是警方都不能插手的地方，说不准是在边境交界，形成“金三角”的那一带——那里是有名的毒品“天堂”，毒枭的避难所。难怪会默许他混入高层的卧底行为了，他们这是想一锅端。

唐泽的车慢悠悠地开着，他身上没有大伤，顶多是一些搏击战造成的淤青。侧头瞥一眼睡梦中还在支支吾吾呻吟的季先生，脸色越来越差。

季先生受的是枪伤，腿肚子里有子弹，不挖出来，一直流血的话，时间长了不知会不会有性命之忧。而且就这样任由伤口愈合，金属物没消毒，裹在里面不出一个月又会溃烂肿胀，化脓感染了就不好办了。可他不能去医院，这是枪伤，到时候外科医生取出一枚子弹怎么办?而且这些子弹上有标配警枪的序号，一核对，肯定得报案，到时候张队长抓还是不抓？不抓太显眼了，肯定会让他暴露；可抓了又会前功尽弃。

唐泽叹了一口气，只能由他来挖出子弹，之后再去小诊所就医了，这样随意捏造一个借口，就算医护人员有所怀疑，也不碍事。医生赚钱救人为主，哪还管你这么多家事。

车停到加油站，唐泽在旁边二十四小时便利店里买了消毒用的双氧水、打火机、一些绷带以及毛巾等生活品，又买了一把小型的水果刀，匆忙上了车。

得找个没人的地方再下手。他将车开出一段路，在荒芜的山坡停了下来。

唐泽拿着刀具，撕开季先生的裤管，伤口凝固了一圈黑红色的血痂，形势不太妙。虽然救自己痛恨的毒贩，想起来也是心痛，可没时间犹豫了。他按下打火机，将刀刃浸入滚烫的火苗深处，架着蓝焰，任由它舔舐，起到消毒作用。等到烧得差不多了，唐泽才用刀尖画了个十字，刺入韧性十足的肌肤。鲜红色的血又源源不断地涌出来，染红了他的指尖和裤腿。

子弹太深了，唐泽皱眉，忍了好久，才没有让那股腐血味熏得他原地呕吐。片刻，他狠下心，拿镊子夹出子弹，如同失去了塞子的啤酒瓶，泡沫似的血液牵带出长长的一条痕迹。

幸好，一切都很顺利。

唐泽切去腐烂的皮肉组织，用双氧水消毒，再包扎好伤口。只要快点送往诊所，皮肉组织没有坏死，就能保住半截腿。

季先生也理应对他感恩戴德，毕竟是唐泽救了他的命。

车不知开了多久，他们才蓬头垢面地抵达一个小镇的诊所门口。镇上住户不多，还有人在忙农务——雪压在为了种菜保持温度的大棚上，得把它扫开，不然会压塌大棚。这里没有城里的规矩，大路上随处都可以停车。

车停好，唐泽扶着浑身是血的季先生进了诊所。里面的医生一愣，没敢怠慢。见唐泽人高马大，衣着又比较时兴，像个保镖一样，自然得对季先生客客气气的了。

他们嘀咕着，纷纷传信来瞧热闹：别是遭人暗算的黑社会老大吧？可国内哪有什么黑社会，有的只是胡乱自成一派的地痞流氓，在小地方逞威风，大城市的治安都比较好，不兴这一套。

说起来，唐泽还记得年幼时，曾兴冲冲地去问表舅妈余念："意大利的西西里岛是不是有黑手党？"

表舅妈从小在意大利长大，对那边的风土人情很了解，她笑道："都是国内人吹出来的，别说我没见过，就算有，现在的黑手党也都搞商战去了，谁还玩保护费这套？那都是小混混的生计。"

想来，黑社会的人眼界高，不搞这套。

季先生因失血过多而陷入昏迷，补了葡萄糖。伤口处理得及时，没伤到筋骨，其实不算是大伤，缝针处理以后，包扎好，再吃些消炎药之类的，可以暂时缓上一段时间。具体还得看伤口愈合程度，如果有什么意外，就要送县城里的人民医院就医了。

幸好唐泽身上还有现金，不至于窘迫到药钱都付不起。他拿了药，约好拆线时间，就领着人住到了附近的小旅馆里。

季先生在屋里休息，勉强能喝点粥。唐泽出门买了几件衣服，也顾不上好看不好看，因身材架子好，乡土风都能被他穿出时代怀旧感，怎么看怎么是个帅小伙，甚至卖衣服的女店长都来特意询问他有没有对象，想要个微信。

唐泽拒绝了，一瞬间想到了言雪的脸——要是他在外头拈花惹草，这小妮子指不定要炸，她从小到大占有欲都强，不许任何人接近自己。不知道言雪怎么样了，唐泽莫名有些不安，可想了想，她是在张队长手下办事，有警队护着呢，能出什么事？还是他处在水深火热里，比较危险一点，顾好自己，不要让她担心就好了。

回了旅店，季先生在抽烟，见他回来，叹了一口气说道："小泽啊，这次多谢你了。”

“跟着季先生混，应该的，”才没几天就死心塌地，显然不合理，唐泽抿唇补充，“毕竟以后挣大钱，都得靠季先生引荐，我不是拎不清的人。”

季先生轻笑，盯着他，眸子变深了：“说实在话，有时候我挺怕你。”

“怕我？”

“你小子太聪明了，事情能处理得这么好。要是我没个心眼，这时候都得被你降服了。”

唐泽不明白他的意思，可又觉得和他预想的剧情不太一样。

季先生吐出几口浓烟：“不过你聪明也是正常，能爬上去的，哪个是不聪明的？你有天赋，我也承你这个人情。你救了我，我给你介绍上去，这就两相抵消了。”

唐泽眯起眼睛，没想到季先生能精明成这样。季先生没因为这点救人的事情就被唐泽收买，但他感激唐泽救他，言下之意就是，你救我，我送你上去，各取所需；我不管你目的是什么，也不相信你是绝对的好人，只是为了报救命之恩。

片刻，唐泽答：“谢谢季先生。”

“别忙着谢，上去未必是好事，那些都是千年老狐狸，没有一个比你笨的。我不管你这次真心假意，可结果就是我没丢命，那我就得谢谢你。我会帮你，可路我不会领你走，好自为之。”他话也说尽了，说到底，季先生骨子里还算是个仗义的人。他怕唐泽用小伎俩自作聪明，早晚着了其他人的道，那还不如先给他当头棒喝，提醒一下他，不要自以为是，其他人可没这样好收买。唐泽是卧底，还是想混这条路的聪明人，别人一眼就知。

“谢谢季先生教导，我会小心的。不过听季先生的意思，是不打算继续混了？”

季先生苦笑：“我腿都折了，货也被截了，还混什么混？这么多年的威信算是全毁了，仇家也多，我是回不去了。走了，养老去了。当然，我不知道你是谁，或者说，我还是不信任你。所以我自个儿离开，你要是想安安分分地混入上面，就别通风报信，我抵达安全地方，自然会帮你做介绍。你在这个旅店等着就是了，会有人来接应你。”

不得不说，季先生是真聪明。他怕把唐泽介绍上去，结果是卧底，给警方透露他的行踪，到时候好心当成驴肝肺，还中了圈套。可他顾念唐泽的好，所以会先逃跑，自己安全以后，再推荐唐泽进入上面，这样就万无一失了。能报恩，也能保护自己，一桩桩，一件件，做得滴水不漏。

这才是真正的老狐狸，这么多年果然不是白混的。

第二天天一亮，季先生就走了，徒留唐泽在旅店里干等着。

唐泽望着灼目的太阳，第一次对未来生出迷茫——这样混到最后，他还会有回头的路吗？会不会到最后，他没办法脱身，连自己都搭在里面？如果是这样的话，还真不想把言雪也扯进来。他一人赴死就好了，在复仇的同时，他也想他所爱的人一生平安。

唐泽啊，本来就是孤零零一个人。即使寂寞，最后损失的也不过是他自己的性命。无论如何都想保住言雪，这是他唯一一个能在她身上感受到温暖的亲人。他闭上眼，细细回顾过去，已经看不到来时的方向了，感觉这条路无比黑暗，会渐渐将他吞噬，毁灭他。

等了几天，还是没有来人。

唐泽算是有耐心的，不急不躁，自己在旅店里待着。

早晨起来，看一眼日期，发现今天是他生日。

生日？

他好久没过生日了。唐泽的思绪飘远，停留在从前——他生日的时候，言雪总会为他庆祝，或是准备小礼物，或是背着他订蛋糕。直到他不辞而别，就再也没有人知道他的生日了。

虽然每到言雪生日的时候，唐泽总按捺不住，给她寄一些匿名礼物。明知道会惹人怀疑，可还是忍不住想要联系她，想知道这个被他一手宠大的小妹妹近况如何。她大学会恋爱吗？没他把关，遇到坏小子怎么办？看到女大学生被骗堕胎的时候，吓得唐泽差点就要去找言雪。

恍惚间，唐泽又记起了那丫头笑着说的话："即使高三很忙，唐泽哥哥也要让食堂阿姨煮一碗长寿面，最好再卧两个蛋。生日不吃面，就算不上是生日了。"

鬼使神差的，唐泽去菜场熟食铺子买了半斤切片的卤牛肉，还有一捆面。

他借了旅店老板的厨房，自己烧水，做饭。

长寿面，一定要有蛋。唐泽打蛋时，手上动作很快。碗筷发出有节奏的击打声，他的手臂一晃一晃的，肌理在皮下鼓动，凹陷出有力的肌肉纹路，性感又干练，很是好看。

熬好了高汤，捞面，再加入蛋。面上码着一排色香味俱全的卤牛肉，淋上焦糖色的蜜汁，原本干瘪的牛肉吸了汁，露出汤汁饱满的一面，与一侧素色的面显现出鲜明的对比。有面有肉，这个生日过得还不算坏。

唐泽下意识地拿出手机，没有任何短信以及来电显示。他还以为那丫头会偷偷摸摸给他发生日祝福，毕竟她做这些胆大妄为的事情也不是一次两次了。可这次没有，不知是忘记了，还是真的学乖了，知道不能违反警队内的规矩——非要紧事不联系卧底。

总觉得哪里不安，隐隐的，他的眼皮直跳，焦躁到无法静下心来。

到了深夜，老板突然说有人来找。

唐泽一个鲤鱼打挺，从床上利索地翻身起来。他有裸睡的习惯，只披了一层皮衣外套，厚重的皮衣和结实的胸肌紧密贴合在一起，突出明显的轮廓，身材精壮好看。

外头没下雪，可融雪比下雪还要冷上三分。

走道尽头，有个人，点着烟，朝他笑。唐泽凑近一看，皱眉，居然是钉子！

他不是刚入行的吗？那时候居然没被警方逮住，反而成了上头的接应人？唐泽只觉得古怪，异样的感觉在胃里翻腾，说不清道不明。他们这伙人比他想得可狡猾多了，平日里相处的人居然一个都不能信，好在他没露出过破绽。

“怎么是你？”唐泽问。

钉子夹着烟，挠挠头，还是从前那个嬉皮笑脸的模样：“哥，我对不住你。我知道你是真心对我好，可我骗了你。”

“你是上头来的人？”唐泽指了指天上。

钉子点点头，又猛抽一口烟：“反正今后，我还是跟着哥混。这里不好说话，咱俩去喝酒，慢慢聊。”

“行。”他究竟是谁不重要，只要不拦唐泽的路就行。

他们随意在路边找了一间大排档，一般这种店都是开到凌晨三四点。给客人吃饭的棚外放了无数个水盆，里头鱼虾都有，店里还有一些蔬菜、冷冻的扇贝和海鱼。

钉子挑了几个小炒和水煮鱼之类的下酒菜，又让老板娘提了一箱啤酒来，今晚怕是要不醉不归。

因为是冬天，客人并不多，冷冷清清的。虽然大棚内足够御寒，可还是没有待在家里温暖。

人少，说话也毫无顾忌。

钉子喝了一口啤酒，满满涨涨的泡沫涌到喉头，打了个嗝儿，吐出去：“哥，我本来就不是新手，我这种人就是为了给上头挑人混到队伍里的。”

“所以你就是引荐人？”

钉子扯开衣服，小腹有一个老虎一样的文身，他指着那深黑色的一团，说道：“这个印记，就代表我是这个团伙里的人。季先生他们都没有，还不够格，虽说他在这行有点名气，可是老大也不需要五十岁的糟老头子帮忙做事。正巧你够仗义，季先生又挑了你，我就主动请缨来请你了。”

“为什么上头要安插你过来选人？”

“据说十几年前有警察混上来了，差点把他们一锅端了。所以就一直有这样的规矩，有人来审核，觉得不对劲的人就剔除了，不能送上去。”

唐泽想到了什么，喝了一口酒，辣到喉咙，问道：“警察？”

“对，就是卧底，叫什么言……我没记清。哈哈哈，不过老大命大，当时一枪毙了他，没留下隐患。要不是老大那时候机灵，逃出来了，哪还有我们兄弟俩的发财梦？”

唐泽内心复杂，想必那个警察就是言雪的父亲，是他替妈妈挡了一枪。握住玻璃杯的五指发白发青，却不能让钉子瞧出端倪，明明是英勇献身的可怜事，在他们口中，就像是个笑话，能轻易脱口而出，作为谈资，着实讽刺。

夹了几口羊杂碎，又干了一瓶酒，唐泽这才缓过来，绕到另外一个话题上：“你这刺青是怎么回事？上头每个人都有这样的刺青？”

钉子吐出鱼刺，嘟囔了一声：“也不是，我的身份低，是白虎。再上去一点是蜥蜴。最顶层，就是我们老大那一堆，是蛇。”

“蛇？”唐泽几乎在一瞬之间想到了斐乐的刺青——那一条黑艳的蛇。

“大概有那么两三个人吧，是蛇的刺青，纯手工刺的，虽然疼，可人人都想要，这是徽记，也是身份的象征。”

“好好干，总能混上去的。”

钉子嘿嘿一笑，吃了几口菜，一拍脑门：“对了，忘记最重要的事了。

我这次来找你，就是为了带你去文身，没这个文身可进不去上面。”

“文个老虎？”

“对，你运道好，算是快的，一般人得在底部混个好几年，才能文这个玩意儿。明天我就给你介绍进去，以后咱哥俩一块儿干。”

“行。”现在不是犹豫的时候，这不就是唐泽梦寐以求的事情吗？怎么得到了，反而还有些排斥感？或许是因为文了这个文身，他就变成他们其中一员了，变成自己最痛恨的毒贩。可他也没办法，想黑吃黑，就得先变黑啊，这世上哪有两全其美的办法。

钉子办事效率很快，马上带唐泽去文了文身。

痛倒是其次，而是那些深色药水一点点刺入皮肤里，总有种难言的厌恶感。唐泽咬紧了牙关，发誓等工作结束了，一定要亲手把这层皮削下来。

晚上，趁钉子入睡的时候，唐泽主动联系了警方。

接电话的不是言雪，而是张队长。唐泽不明就里，皱眉，本能察觉到不对劲，他问：“阿雪呢？”

张队长犹豫了一会儿，还是和盘托出：“不知道，前几天阿雪说去调查谢毅的事情，可在昨晚突然失去了联系，电话打不通，短信也没回，不知道出了什么事情……这丫头一向有自己的主意，我想不接电话，肯定有她自己的原因。”

唐泽抿唇，他知道言雪聪明，但昨天不联系外界，显然是有问题。因为她从未缺席过他的生日，除非是出事了。唐泽终于知道自己那种隐隐的不安感从何而来了，他几乎要第一时间狂奔去找她。他妈出事了，他妹妹绝对不能再出事！否则让他怎么活？

“你快去找她，她绝对是出事了……”唐泽语速有点快，许久才镇定下来，“我这边很好，顺利混入上面，得到消息，斐乐应该是领导级人物，杀死言淮叔和我妈的毒枭，应该是同一个人，是拥有蛇刺青的男人，也就是这些人嘴里的老大。”

“还有消息，记得联系我们。阿雪那里，我会帮忙盯着，别担心。”

“不担心是不可能的，她是我妹。全靠你照顾了，好了，就先这样。”唐泽挂断电话，在厕所里猫了一会儿。

他在想言雪那边的情况，没有他在身边，这丫头仿佛就会出现各种状况。这次她是遇到了什么事情？

唐泽心神不宁，连呼吸都有些困难。

想了很久，无果。唐泽只能打开门，重回屋里。见钉子在床上仍旧睡得香甜，这才没事人一样，躺到他边上入睡。

第九章

言雪陷入了混沌之中，说来也有趣，不知是做梦，还是真有灵魂飘出体外一说，她仿佛看到了唐泽——她最爱的哥哥被按在椅子上，一个裸着手臂的女人半跪着，正对他的裆部。言雪还以为是在做什么不轨之事，女人动一下，唐泽就皱眉，下意识地朝后躲，椅子摇摇晃晃的，发出吱呀吱呀的声响。再换一个角度，原来是一个女人拿着文身机给他刺文身，那点点深色被缓缓扎入肌肤里，渗进毛孔里，刻骨铭心。

室内昏暗，游离的灰尘遍布，一缕阳光透进纱窗，击打着那些肆意缭绕的飞虫，烫伤它们的身体，让它们不住盘旋，在斗大的灯罩里叫嚣，就这样旋转着飞舞，旋转着，旋转着……言雪再次被黑暗湮没。

她睁不开眼睛，凌乱而间断的谈话这时却在室外响起——这得感谢她因受伤而变得敏感的听觉，否则还窥探不到这么秘密的交谈。是谢毅和斐乐的声音，斐乐也追到了这里，可惜她无能为力……倒也不是完全没有，她往一侧滚动，感受到裤袋里那坚硬的物体，幸好，她这次能活命了。言雪的口袋里带着信号发射器，而信号感应器被她丢在了旅馆里，只要张队长够敏锐，能查到她的旅馆所在地，就能拿到那个感应器。这样通过她身上携带的信号发射装置，就能查到她现在的位置。

不过速度一定要快一些，要赶在斐乐和谢毅杀她之前。他们不会放过她的，总不能让秘密浮出水面，那样，斐乐最有利的臂膀——谢毅，就会被斩断。不到万不得已，蜥蜴也不想忍痛折断它的尾巴。

屋外,谢毅和斐乐戴着手套,点着烟,手边是足以装下一人的麻袋。

斐乐望着满天白星，前不见繁华的都市星火，后只有一间常年无人居住的废弃小屋，或许前几天还是流浪汉温馨的家，这几天他却因外出寻找食物冻死了，总之没有人回来过，很安静很方便，也很容易下手。

斐乐抽一口烟，她还在给谢毅做心理建设。每次动手前，她总要做一番思想开导工作，毕竟这事儿没那么轻松，心狠手辣的杀人犯也不是这么好当的。斐乐的红唇被炙热的烟头映得发亮,吹了吹指甲缝,漫不经心地道:“人是肯定要除了的，不然放她回去，万一她的背后是警察，被那群疯狗咬上了，还有活路?她也是厉害，都能查到城北来，连以前那些狗屁条子都找不到的路，竟然被她找着了。”

谢毅指尖发颤，抽烟，似被呛到了，嗞了一声:“之前杀那个人都费了这样大的力气，如果再杀她，是不是会露出更多的破绽?”

“之前那个人是你冲动行事，所以才花了一点心思。这次我们是有部署的，谁会发现?而且她应该是今天刚决定的行动，还没得出推理结论，那些背后的警察不知情，所以查不到真相，你慌什么?倒是你这次心软，放她回去，万一她说了全部事情，继而和那些狼一样的警察里应外合,不止揭了你的老底,连我都可能暴露出去,到那个时候,你就不慌了,有办法应对了?”斐乐冷笑,“还是说,你口口声声的爱我,只是说说而已?”

“当然不是!斐乐姐让我做什么，我就做什么，绝无二话!”谢毅急迫地表明自己的忠心。是啊，他没有退路，只能勇往直前。只是言雪这个人太心狠，毫不留情地揭开血淋淋的真相，让他不得不产生了自我怀疑——我所做的一切都是错的吗?

“那就做，时候不早了，”斐乐把烟碾灭在湿润的土壤里，起身，推开门，“你去把她装袋子里，一起抬上车。亲自下手，见血的话，太残忍也太难收拾了。我们把她抛湖里,或者在这山里随便找个地方,绑块大石头一起丢下去，没有人能发现。就算那些警察追上来，谁知道是在这个偏僻的地方？等他们发现的时候，可能都是几年后的事情了。”

屋内的言雪听了全过程，大概也能猜到他们之所以百无禁忌地聊这些，是因为荒郊野岭，她又身受重伤，无法逃离，叫天天不应，叫地地不灵，只能乖乖任人摆布，谁又会怕炖得半熟的鸭子挣扎飞了呢？只是言雪很奇怪，谢毅和斐乐这样亲密无间，为何不直接唤她本名，而是用了那个假冒的身份，依旧喊她斐乐姐呢？他又用不着在言雪面前避嫌，他知道她是必死无疑的。

那么，只有一种可能：追随斐乐多年的谢毅，可能也不知道这只狐狸的真面目。他被她伪装的美人表象所蛊惑，为她生，为她死，却不知她是在欺骗他。

那么，即使抓了谢毅也没有用，他根本不知道斐乐究竟是谁。

啧，事情麻烦了。

没过多久，谢毅进来了。只有他一个人，斐乐似为了避嫌，没有直接露面。

言雪饿了一整天，不知道脑部受伤是不是轻微脑震荡，两眼发黑，只想呕吐。

在被陌生男性接触的一瞬间，她本能地挥舞双臂抵抗，却被轻轻松松地钳住了双臂，套入网格蛇皮袋里，幸好还有小孔可以让她呼吸，一时半会儿还死不了。她的视野已经是一片漆黑了，狭窄的空间里，只能听到自己的心脏扑通扑通乱跳，刺激自己的耳膜，似火山喷发、濒死的候鸟哀啼，隆隆作响。

言雪被关到车后备箱里，她像一条垂死挣扎的蛆一样，肆意扭动。这里又臭，又压抑，闷得人连气都透不过来。

车以最快的速度朝前开去，跟着山峦的影子走，翻山越岭，穿过黑黢黢的森林，最终在一条不为人知的密林深处的河边停下来。

奄奄一息的言雪，连同她身上的网格蛇皮袋被一并卸下来，被抛到路旁。他们找了几块大石，绑在她的身上，一前一后，抬着她的头与腿，往湖的深处蹚去……

很显然，警方还没能及时找到信号感应器。

言雪开始意识不清，一下子想到了唐泽，一下子又想到了她爸。此生最遗憾的事情，应该是没有跟她哥说清楚。早知道这么容易死，就做自己想做的事情，当什么劳什子妹妹，先表白再说。

隔了一会儿，言雪恍恍惚惚又想到了别的事情：几年后，等她坟头草都两米高了，唐泽哥哥会不会带一个陌生女人来她的坟前送花，并且介绍这是为他牺牲的妹妹？能够与唐泽比肩的只有她，配得上唐泽的也只有她！她还不能死，还不甘心……绝不能让其他女人抢走他！

谢毅还是把她丢到了水里，冰冷刺骨的河水一点一点渗入网格蛇皮袋里，她的手脚被绑，根本无法脱身。被猛烈的水潮一冲，摇摇晃晃的要往下游坠去，化作河底的一部分，为这些鱼虾供给养分。

就在她万念俱灰的瞬间，突然听到警笛声大作。是张队长的人，他们肯定找到了她的信号感应器，所以能找到这里！

谢毅慌里慌张，大喊了一声：“斐姐，有警察！”

他还没来得及上岸，只见那辆原本破旧的小车以最快速度往丛林深处，绝尘而去。

谢毅没能上车，是斐乐抛下了他。

他被捕了。

庆幸的是，言雪在被淹死前的一瞬间呼吸到了新鲜空气，算她命大，这样一通乱玩，都没死成。也是好笑，她醒来的第一个念头就是，上天派她重活一朝，就是为了拆散唐泽和那素未谋面的嫂子的姻缘的。唐泽娶不了别人，他是她的男人！

算是因祸得福，原本需要查明谢毅的来历，才能颁布缉拿令，到各地通缉他。结果谢毅自投罗网，因杀人未遂而被刑拘，等待日后的审判。他哪都逃不了了，可惜的是，就算从他口中问出斐乐的下落，也无济于事。狡兔尚有三窟，何况是已经惊觉危险的披着兔子皮的狐狸？

言雪还是很不甘心。即使谢毅以另外一种罪名被逮捕，可斐乐却从泥泞中爬出来，逃之夭夭了。“既然你也有罪，那么就休想独善其身。”她打算采取一点计划，应对这一出金蝉脱壳。

这桩三年前的凶杀案还是要查下去的，只有破了这桩案子，才能揪出谢毅与斐乐之间千丝万缕的联系，才能揪出那个藏在谢毅背后的隐形人。

早上八点，言雪去见了谢毅。她想问点话，所以让张队长给她寻了一个好地方——某间阳光充足的审讯室，一旁还有刚泡好的茶，是她最喜欢的茉莉花茶，沁人心脾。

谢毅坐在她的对面，中间隔了一张宽大的桌子。他的双眼无神，像是一对深褐色的石头，水头不够足，表面没有一点光泽。不配合调查的颓废样子，令人烦心。

言雪气定神闲，喝了一口茶，感慨道：“今天天气真好。”

谢毅不作声，似乎打算沉默到底。

“这样好的天气，适合去散步。到户外去，牵一只狗，最好是和喜欢的人在一起，笑笑闹闹，睡在草坪上。等饿了，再去寻一间近海的餐厅，吹着咸涩的海风，吃着美味的海鲜，感觉真好。”

他依旧不说话，仿佛什么都听不到。早料到谢毅会这样应对，言雪并不慌张，更何况，他只需要听就好了，没必要说。言雪继续慢条斯理地道：“说起来，我也有一个深爱的人，为了他，我甚至可以付出生命。”

谢毅虽然还没有言语，但很明显，他的眸光微颤，想与言雪的眼睛对焦，又很快低下头去。

“我爱一个人，那就是百分之百爱他。只要能保护他，我不惜做任何事情，甚至是……犯罪。”她是在说自己的事情，但是听起来，又仿佛是谢毅的事情。

“犯罪……”谢毅浑浑噩噩，唇舌翻动，深有感触地挤出这个词。

“因为他是我爱的人，所以为他做什么都是值得的。然而，我这份渗入骨髓的爱如果迟迟得不到回应的话，那么我就会做出其他极端的事情，譬如，囚禁他、关押他、把他困在我一个人的身边。”言雪说的话半真半假，为的不过是激起谢毅的共鸣。

“你爱的人，有回应吗？”谢毅终于肯抬起头了，他的精神恍惚，眼下也俱是青灰，不知有多少个晚上没能安稳入睡了。

言雪微笑，点点头：“有，正因为他有，所以我们才能更加融洽地交合在一块儿。他记得我的每一个生日，记得我所有喜好，会给我带礼物，会护着我，也会温柔待我。”

谢毅苦笑：“我喜欢的人，从来没有对我这样。”

“那么，也就是从来没有回应你咯？”言雪又抿了一口茶，微微眯起眼睛，笑起来，脸颊有两个甜美的小梨涡，“她对你，真的是爱吗？”

“爱？她如果不爱我，就不会……”他想说什么，却戛然而止。

“就不会带你浪迹天涯？多可笑啊，如果一个人爱你，她是不会舍得你在恐惧中存活的。”

谢毅睁大眼睛，瞳孔不住收缩，如同泡了一夜的黄褐色茶叶，终于缓缓地舒展开了叶子，变得宽大柔美。她什么都知道，绝不能再说下去了，她知道我所有的秘密。谢毅如是想。

言雪却不肯放过他，好不容易打开的笼子，不吸引野兽进去怎么行呢？她微抿红唇，咬字很清晰：“爱会迷惑人，斐乐就这样迷惑了你。在你最彷徨失措的时候做你的伙伴，知道你的喜好与厌恶，利用你尚且不成熟的心智毁灭你……那时候，你和她的生活是不是很隐秘很愉悦？这是独属你一个人的小秘密，她就好像是上天赐给你的天使，谁都发现不了她，谁都找不到她。可是，为什么这样低调的一个人会被你的‘小继父’盯上？他又是从哪里知道斐乐的存在呢？以至于后来和她有接触，还被你伤到了？”

言雪想了很久，她从各种途径下手，都没能发现斐乐的行踪。那么就说明，和谢毅交往的过程中，斐乐一直是秘密存在的。而这起凶杀案可以判定是临时起意，所以作案手法如此潦草仓促，这也说明，确实有一个契机引诱谢毅犯罪，譬如冲动。假设人是谢毅所伤，尸体却又是斐乐运送的，那么能让谢毅冲动犯罪的事情，必定与斐乐有关。比如，“小继父”纠缠斐乐，他最深爱的女人，结果正好被撞到。

这样龌龊的男人，先是勾引他母亲，继而还想出轨，轻薄他女人。还不该杀吗？

谢毅已经说不出话来了，在此时此刻，他终于知道“目光也是有重量的”这句话的真正含义。言雪的目光温和，却有种难以言喻的压迫感，沉甸甸地往他的肩头与心口重重砸下去，将他掩埋到黑褐色的地里去，永世不得翻身。

“别说了……”他觉得自己的世界正在被撕裂，原本美好的一切渐行渐远，如一张薄纸被拉扯，甚至变形，从细碎的裂缝里窥视到纸张背后丑陋的模样。

言雪素来是最残忍的，她淡淡地道：“那一幕，是不是很震撼？我不知道具体发生了什么，不过我猜……应该是有人在侵犯她吧？她最曼妙的胴体以及唇舌，这些都是被你视为珍宝的东西，连臆想都不敢，是绝对不允许被玷污的。结果，有人正在占据她，强行想占为己有。所以你疯了，凶神恶煞地冲过去，不计后果地将棍子抡到那个人的头上。他失去了意识，你解脱了。可是呢，你有没有想过，这个男人是如何找到这里的？为什么偏偏是他呢？而斐乐帮你运送尸体，没有半点犹豫，是她真的爱你，还是说早有计划，所以无所畏惧？”

“闭嘴，闭嘴！你这个疯子，闭嘴！”谢毅肆意叫嚣，直到被两个警卫拽住双臂。

言雪要的就是他的情绪失控，要的就是逼疯他：“你是个傻子，被人利用了还帮着数钱呢！女人身体的滋味就这么好？尝过几次，连命都不要？我告诉你，这世上比她好的人多得是，不要以为一起杀人了就是生死与共！你们只是社会上的蛀虫，是社会弃民，是流浪汉——一旦被抛弃，就再也无法回到正轨，遵循这个社会的秩序。因为不满，因为不甘心，因为绝望，所以无休止地犯罪，无休止地报复社会，你们不会有好下场的。我要告诉你的是，斐乐不爱你，她在利用你，你只是一枚棋子，以及，你的人生真的是很失败，你所做的一切统统都是错的！”

这些话语，如无数的沙石，纷纷刮到了谢毅的脸上、身上、心上，让他无处可躲，避无可避，他所犯下的罪行就像个笑话。谢毅终于崩溃了，像个孩子一样，突然抱头痛哭起来。

言雪不吃他这一套，也不想多说什么。人都是要为自己的所作所为付出代价的，即便这一切罪行都身不由己。她只是轻声道：“告诉我一点线索吧，关于你们所犯下的一切事情。”

谢毅止不住抽噎，他不敢看言雪的眼睛：“三年前，城北淅川路103号。别的，我不会再说了，我也不想见你。”谢毅虽然知错了，但他确实没有勇气再面对自己犯下的罪孽。人就是这样，一旦承受不住，就会把头埋在沙土里，即使窒息了，也不想拔出来。他说了一半，藏了一半。给了线索，又不认罪。算是给斐乐一个交代，也是给自己一个交代吧。

言雪记下地址，走出了警局。

走了两步，天淅淅沥沥地下起了雨，不知不觉，已经是下午了。远处山峦层叠，被柔和的渐变紫霞染上深色的虚影，飞鸟掠过，被风送来翅膀的扇动声在耳边回响。言雪深吸了一口气，赶在雨停的时候坐车抵达城北。

三年来，这里格局变化不大。随意打听，就能寻到浙川路 103 号。现在这里是空的屋子，没有住人，房东又在国外，一时半会儿也联系不到。她抬头，环顾四周，只见得一侧的电线杆上架着一只监控，探头正好能照到 103 号对面的位置。如果真有同伙，那么，人肯定是在这里伤的，他们要搬运尸体到城南，必定会抬尸上车。万一真的这么巧，被监控拍下或者有目击证人呢？

毕竟之前警方都没搜到这里，很可能有遗留的线索。

言雪很快联系了掌握监控录像的交通部门，申请调看录像。结果，这一次真有收获，那天下午，监控虽然没有拍到 103 号门前的动静，可却拍到了对面的人——是一个女孩，穿着连衣裙，呆呆地站在原地，不知道看些什么，有十分钟之久。

她是看到了什么，所以徘徊至此，久久不肯离去？这个时间也与推算的受伤运尸时间吻合，极有可能真的是目击证人。言雪许久没有这么兴奋过了，只要这个女孩可以证明她看到了谢毅和斐乐那一天待在一起，又或者看到车牌号码，以及他们搬运东西上车，那么这一切，都可以画上句号了。

言雪隔日就去搜索了这个女孩的信息。可天不遂人愿，她得知了一个难以接受的事实——女孩是个盲人，患有眼疾多年，所以她即使看到了，也等于没看到。

怎么办？怎么会？怎么可能是这样？斐乐凭什么在暗处有恃无恐，凭什么饶有兴致地看她笑话！这个女人……

言雪一闭上眼，就是那个女孩的一双幽深的眼睛——她几乎没有眨眼，呆滞地盯着对面的路段，久久未曾离去。

世界上真有这么巧的事情吗？为了追逐真相，披星戴月，好不容易才找到了至关重要的证人，结果发现她是盲人，看不见任何东西，口中的证词也毫无效用。

这种近乎为零的概率，真的存在吗？其中的关系太微妙了，让言雪无法相信。她企图揪出其中关键，明明快要到手的真相，就这样丧失了，这令她痛不欲生。

还是得去找那个女孩，言雪不服输，在心底暗暗做出决定。

凌晨五点，言雪睡不着，披着一件外套，坐在阳台上发呆。她手上捏着一张诊断书，女孩是患了青光眼一类的疾病，长时间不去治疗导致视神经萎缩并永久性失明。诊断书上还有眼部的照片，根据描述对照，并不是造假。而这个诊断书的提取时间是在五年前，那时候，谢毅还不认识斐乐。所以，女孩真的是盲人。

言雪望着天尽头疏散的白星，一股寒意从脚至脊背油然而生，引发细微的战栗。如果这个女孩的诊断书是伪造的呢？只要斐乐想，那么就没什么是伪造不出来的。可惜五年前，病患个人的医疗档案都是直接记录在病历内，并没有如今这样发达，信息全部储存到电脑里面。何况，那些病史也是很私密的信息，患者有权决定要不要将自己的隐私储存到公用的医院电脑里。她想查，也无处下手，不过言雪记住了主治医师的名字：陈森。

放下诊断书，言雪突然想到了从前的事——有一次，唐泽也是这样拿着她脑癌初期的诊断书，呆坐了一个晚上。那时候阳台旁边还有一个红牛的易拉罐，里头塞满了烟头，烟雾袅袅升腾，晕进他的眼睛里，模糊了视线。原来，一贯坚强的唐泽哥哥也会哭啊。

她没有走近，只是隔着那一层毛糙的玻璃，静静地看着唐泽模糊而又夺目的身形轮廓。言雪其实早知道唐泽学坏了，高二就去买烟抽，像普通少年一样，偏执又可爱，急迫地想证明自己像个大人一样也可以承担责任，能够顶天立地，可年龄摆在那里，无论做什么，在长辈眼里就是小孩子过家家的玩意儿，哗众取宠罢了。言雪没有告诉别人，既然他喜欢，那么就当作他俩的小秘密好了。

至于那张诊断书，说来也好笑，原来是误诊，她什么事儿都没有。明明言雪没事了，可唐泽又偷偷一个人为她哭了一场，偏偏还叫她看见了。有事也哭，没事也哭。明明是血气方刚的少年，此时此刻却和一个女人一样，是水做的。

有时候，他的情绪冷漠，让一同长大的言雪也闹不明白。

从记忆里挣脱出来，言雪嘴角带笑，折叠好这方轻薄的纸张，塞到包内。

一丝光亮，似最尖锐的针，刺破天尽头灰蒙蒙的帷幕，从中露出天光，浩浩荡荡地撕裂夜的深沉。

黎明已至，早晨六点半了。

言雪登门拜访那位“目击证人”，她叫谢楼南，二十岁出头的样子，现搬到了隔壁镇上住。

言雪找到她，没说任何话，只是盯着她的眼睛看——谢楼南似乎很在意自己的眼睛，常年戴墨镜。摘下来后，眼睛上也有薄薄一层浑浊物，将原先清亮的褐色瞳眸吞噬得干干净净，不复当初。

逼问她是否残疾这种事显得格外残忍，可言雪不得不做，这对调查至关重要。她深吸一口气，沉下心，说道：“你好，我是黄山禁毒局的调查员言雪，这是我的证件。”

刚递出证件，言雪又立马收了回来，让一个盲人验证自己的证件，未免显得不礼貌。她可没有存心戏弄谢楼南，也不是歧视者。

“你好，请进。”谢楼南扶着门，在空中虚虚抓了两把，摸到原先轻靠在墙边的导盲棍，一路敲敲打打，坐回客厅的沙发上。

她的面前是一个玻璃茶几，上头摆放着热气腾腾的花茶，刚泡开不久，是玫瑰花干，言雪喜欢的口味。

谢楼南小心翼翼地摸索着，想给言雪倒茶，却被言雪抢先一步，端了茶壶：“让我来吧。”

虽然反客为主碰东西不太礼貌，但总比让一个残疾人招待自己要来得好，良心上也不会不安。她明明是来调查谢楼南眼疾事实的，可一看到这个少女手足无措的样子，就不忍心逼迫她。有的人就是有这种惹人怜惜的力量，像是一股魔力，让往来的无关者都想用最真挚的温暖心肠关怀她，将谢楼南守护在自己丰满的羽翼之下。说来好笑，如今这样就连言雪都要被蛊惑了，险些求饶。

今天想要调查怕是不能够了，她还没做好心理准备，对谢楼南下不了手。用张队长的话来说，言雪这次就是疯狗，明明知道是个瞎子，还上门骚扰，不要查案子查入迷了，某些禁忌的手段可不能用，也行不通。都已经给了诊断书了，还想怎样？小心被谢楼南告骚扰，她可是有残疾人“特权”的公民。

言雪明知答案，可还是忍不住，小心翼翼地提及：“三年前，在金山镇，你住在城北浙川路 103 号对面，是吗？”

谢楼南抿一口茶，原本就鲜少血色的红唇缓缓润出一点红来，她迟疑地点点头：“嗯，我住在那里。”

“那时候和谁一起住？”

“一个人。”

“在这一天，你有没有看到一个人？”言雪又忘记她看不见的事实，将监控拍摄的截图递过去，隔了一会儿，又缓缓抽回来，在玻璃桌面上发出吱呀的摩擦声，很是尴尬。

谢楼南倒没什么说法，只是指尖轻轻搭在膝盖上，敲了敲，道：“抱歉，我不记得了。”

想想也是，如果她看不见的话……又怎么可能记得呢？

只是她如果真的“看见了”，那时从外观上又瞧不出是盲人，斐乐必有后手，会去敲打她。但现在看样子，她完好无损，并不像被斐乐威胁过的样子。有没有可能，谢楼南真的什么都没看到？真的这么巧，在运尸的一瞬间，谢楼南错过了？

她说没有，言雪就真的无话可说了。气氛凝固住了，一瞬间，变得有些尴尬。

谢楼南很敏感，马上按下电视机的遥控器，播放的是黄山 2 台，她按了几个数字，调到岐山台，里头正在放悠扬的音乐。

“言雪小姐看看电视吧，不然可能会无聊。”

言雪点点头，问：“你这样会不会很不方便？平时一个人在家都做些什么？”

“觉得无聊就会听电视台的音乐，这样不寂寞。还会翻阅一些用盲语写的书，还不算无聊。”

言雪知道什么是盲语，现在很多电梯按键还有站牌都有一些突起的小点，那些结构错乱的小点就能构造出无数个文字，是独属失明者的世界。丧失视觉的人，其他感官就会变得异常敏感，可时间一久，有些感官又会丧失效用，甚至有失聪、失声的可能。总之，上天对他们是残忍的，世人深知这一点。所有人都是同情弱者的，甚至不管这具皮囊内是天使还是恶魔。

她已经得到了答案，不能步步紧逼了。

和谢楼南道别，言雪回了自己的旅店。既然查不出什么东西，她准备离开这里，去调查其他事情了。这种选择，就好比高考时，老师曾和她说过的：“做不出的题就暂且放一放，先做一些力所能及的，无论做题，还是做事，都是这个道理。与其与眼前的困难死磕，还不如退一步，海阔天空。放自己一马，并不代表会输。”

言雪觉得失望，也有些绝望。原以为此路会一帆风顺，能帮到唐泽，结果没料到的是，她低估了敌人，高估了自己，现在功亏一篑。斐乐，你究竟是个什么样的女人？

言雪开始收拾行囊。这屋子太大了，空荡荡的，她随手打开电视，选的是黄山 2 台，正在重播舞台剧。她收拾了一会儿，发现屋内只有电视五彩缤纷的光在闪，时而有些滑稽的背景音，却没有人声。回头看一眼，原来是哑剧。正打算换台，言雪脑内突然灵光一闪，等等！她坐在电视机前，研究了一会儿，发现黄山 2 台这两天是哑剧专场，放了足足一整天。而谢楼南刚打开电视的时候，出现的分明就是黄山 2 台，那就代表，她在关掉电视的时候，看的就是这个节目。按照她所说的，如果她真的害怕寂寞，没人陪伴时会看电视，那么又怎么会选择黄山 2 台呢？她听出是哑剧，应该会马上换台，而不是选了这个频道，再关闭电视。说是巧合，也太巧了吧？

那么，有没有可能，她的眼疾说法有问题呢？

言雪又想到了自己之前的推论：她以为斐乐没有伤害谢楼南，是因为她并非目击证人。可如果她就是目击证人呢？斐乐有可能以杀她相威胁，让她一辈子假装盲人，就为了封口，让人证不存在吗？毕竟，杀一个人可不是剁萝卜，哪有那么容易。

不能放过谢楼南，还得继续查。不管她是不是真瞎，必须想个招数，逼她承认。可是，比斐乐杀人还要令谢楼南畏惧的，究竟是什么呢？

这一次的事情，变得更加棘手了。

该如何让谢楼南褪下这层假面呢？

言雪一个人去海边散心，看看海天相接的地方，独自思考计策。

冬天的海风总是格外凛冽，刮到人的脸颊与身上，仿佛能穿透肌肤上细微的脉络，寒气穿过整个人。

她想，如果想让谢楼南无视斐乐的警告，从而露出马脚，那就只有危及她性命的事情了。斐乐敢的，她怎么不敢？

既然如此，那就……让她“死”吧。谢楼南的“命”，可及不上她的唐泽哥哥。

言雪站起身，回头望了一眼海面。今夜的海一如既往地幽深黑沉，在月光的牵引下，暗潮涌动，泛起油光一般在海底窜动的波纹。

明明深海可怖，却总有人被那罪恶一般绚丽的光芒所吸引，一步步踏入深渊。此时的言雪不就如同那些迷失在海上的人？往最险恶的暗礁处走，走两步，泛着凉意的海水就一点点舔上裤管，像生了根似的，扎入人的小腿肌肉，紧密贴合。就这样，与海共生，直到整个人都被淹没，再也回不了头了……

言雪上网订购了一款针孔摄像头的录像机，充电式的，可以直接别在胸口，可谓狗仔偷拍人手必备的宝物。言雪打算制造一出“最后的晚餐”，如果谢楼南不是盲人，她必定会无比惊骇，从而被言雪胸口的录像机记录下一切。虽说通过这种手段得到的证据究竟能不能用还有待商榷，但能戳穿她的谎言，总是一件令人无比畅快的事情。

隔天，言雪就在谢楼南的附近蹲点。谢楼南鲜少出门，有时会拄着导盲杖去买水果，有时还去花店，不知是嗅觉足够灵敏，还是其他原因，她总能在一堆花束里准确无误地拿起新鲜的玫瑰花。纤长白皙的指尖正好掐在花托处，避开了尖锐的刺，位置恰到好处。

言雪微咬下唇，心中暗道：“我总要撕下你这层面具来，谢楼南！”通过近一周的跟踪，她得出结论：谢楼南几乎每隔两天就要去几条街外的水果店买水果，回来时会途经一条偏僻小巷，巷子虽然浅，却安静，很少有人往来，是非常合适下手的地方。

当晚，月亮升起的时候，薄薄的白霜铺在地面上，不算亮，却也不够灰暗。谢楼南按照言雪推断的那样，提着一袋水果往巷弄里走。漆黑的巷子和她盲人的身份倒是绝配，不知是习惯了装瞎，还是言雪判断错误。谢楼南的步伐总是不慌不忙，不惧怕夜的沉静与黑暗，一点一点往远方的黑色地带踏去。

言雪将自己的身上涂满鲜红的涂料，气味不重，颜色却触目惊心的那种。另一手握着一柄军刀，小心翼翼地接近谢楼南。

她低着头，胸前的录像机也正在运作，因为开启了夜视功能，足以拍摄到谢楼南的背影。只要谢楼南察觉不对劲，一转身——如果她不是盲人，看到一个浑身是血的执刀女子，必定会慌得四处逃窜；可她如果是盲人，只会诧异转身，端详一会儿，再判断情况。更何况言雪身上不是真血，她无法用闻到血腥味所以慌乱逃离这个借口。

事情真的会按照她预想的发展吗？言雪心里也没底，一颗心七上八下，怦怦一阵乱跳。可她也没办法，这事一定得成。也只有这样，她才有可能拯救唐泽。

距离那个女人越来越近了……

月光洒在她的身上，浮现出薄薄的一层轮廓，朦胧而诱惑，强大的反差击溃她之前给人留下的娇弱印象。

就在这时，谢楼南终于按照言雪所想的那样，转过身来。

最紧张的时刻到了……

然而，她看到言雪的模样，并没有声张，而是突然掏出了手机，对着扬声器喊："就是她，就是这个人在跟踪我！"

不好，中计了！言雪皱眉，手上的凶器还在，这下躲也不是，不躲也不是。

这时她看到谢楼南在月光下微微笑着，被浓密黑发遮掩住的唇轻轻颤动，无声吐露出几个字："言——雪——小——姐。"

她分明认得言雪！她看得到！可言雪全无办法，她的录像机还没高端到可以拍下唇形来，就算她知道谢楼南动唇说了什么，也没有人会信她！

就目前的状况来看，是言雪调查案子走火入魔，竟然想威胁别人给她做伪证！不然这刀，这一身血淋淋的衣服又怎么解释？

很快，有警察赶上来，将言雪带回了警局。

言雪出示了证件，地方警察也闹不清楚情况，只能让张队长过来跟她沟通。

审讯室内静悄悄的，夜蛾在灯上盘旋，烫伤之后，跌落在地。张队长恨铁不成钢地说道："你这事办的真是'漂亮'！你现在违反了相关的法律法规，要不是我在里头周旋，出示了证件与资料，你这样不是调查，是绑架恐吓，甚至是谋杀，你知道吗？！要不是谢楼南女士没有追究，认出了你，说是恶作剧而已，你现在就应该被拘留了！”

言雪自知理亏，是她疏忽，轻视了这个女人。也是，能瞒天过海那么多年，又怎么可能是庸碌之辈。

她觉得谢楼南的身份是盲人，就真把人当傻子一样糊弄。结果她才是傻子，是那个头脑不清楚的人。这一轮，算是她自作聪明。

“但是她没有失明，”言雪咬唇，“她认出我了，当时我没出声，她喊我‘言雪小姐’。”

张队长皱眉，深思一会儿，说道：“这事如果是真的，还的确不太好办。你以后别总一个人行动，我知道你点子多，但得跟我商量。她不承认，又有诊断书护着，没办法下手。现在你又成了加害者，更不能接近她了。行了，这事让我想想办法，你别插手了。”

“我不能不管，再给我一次机会。”

“你还想怎么样？事情闹得还不够大？！”

“我不接近谢楼南，但是我要继续负责调查。”

“你想做什么？”

“她的诊断书是黄山区的一名眼科医生开的，如果她没失明，那诊断书上的内容就是在造假，我得去查出这些东西。”

“行吧，但这次别轻举妄动，再犯下什么事情，我可没办法帮你辩解。”

“是。”言雪规规矩矩地点头。

第十章

陈森医生搬到了黄山区，现在黄山人民医院工作。

言雪想去找他问清楚，但在做这个决定之前，她又犹豫了。因为其中有太多矛盾点，她得想清楚，否则就会打草惊蛇。她深知这一点，也有过教训。

车还没开到黄山区，言雪在山路边眺望远处繁华的都市。由于黎明来临，灯火渐渐熄灭，整个城市都被安详的阳光笼罩，时而又隐入苍茫的雾霭里。

雪又开始下了，这一年的冬季仿佛格外漫长，天气与言雪的心一样萧索。脚踩在雪上，发出吱呀吱呀的声响。她就地坐下，任凭雪花落在细长的睫毛上。

她想，如果她是斐乐，现在会怎么做呢？可能斐乐也在某个和她差不多的山路旁，弃车逃亡，和她看同样的寂寞风景？

现在警方还没有任何证据证明斐乐贩毒，最初也不过是因为刘哥和斐乐有过接触，才有了怀疑，但这个接触又能说明什么呢？所以，找到谢毅的帮凶同伙，挖出三年前的惨案，指认斐乐是犯罪同伙，才有出警的理由。这是目前看来，唯一一条可以置她于死地的路。

不过她之前和谢毅意图谋杀言雪，这一点已经足够让警方发出逮捕令了。

至于另外一方面，斐乐怕不怕谢毅抖出她的事情呢？谢毅究竟知道多少事情呢？

她说怕，倒也不怕。一是谢毅作为普通人，根本没有承受全部残酷事实的心理准备，一般人会选择逃避，或者扯出无数个大谎为自己掩护和辩解；二是谢毅对她的依恋已经超过生死，绝非这么轻易就能松口的，所以谢毅即使在崩溃的状况下，也只是说了位置，可能是知道却不肯说，也可能是因为完全不知道；三是连谢毅都不知道斐乐的身份是假的，那么也就是说，她根本就不信任谢毅，核心事情根本不可能说给他听。

有前辈和言雪说过，这个世界上啊，没有任何可以相信的事情，秘密也从来都不是密不透风的。只有不相信任何人,不说出任何秘密，才可能完全保护自己。人心是最难驾驭的东西，爱也是，没有人知道什么时候会被背叛。

言雪打开手机，决定使用最后一招。她轻轻松松按下几个数字，电话拨到了谢毅那里，由守卫转达:“斐乐不是斐乐，她冒用了别人的身份，连你也不知道，她究竟是谁？所以，你究竟是爱上她那颗蛇蝎的心,还是一副在你面前百依百顺的皮囊？谢毅,你也不敢肯定吧？你也曾有所怀疑吧？只是你不敢问，不敢说，以为是自己生性多疑，以为是自己造作敏感。但是实际上，第六感从来不是空穴来风，是日常里所有的蛛丝马迹拼成的一根粗粗的绳，只要抓住这根绳子，一直走到尽头，就会看到自己不想要的真相。”

那头没了声音，谢毅又怎敢启唇反驳呢？他想听言雪继续说，但这颗心却疼得再也听不下去了。

“但是真相就是真相，无论你接受不接受，无论你喜欢或者厌恶，它都在那里。这就是现实的无情，故事的残酷，包庇不了任何人，也无法回避。”言雪像是在说给自己听，又像是说给谢毅听。

等了很久，言雪又听到那个软弱的男人哭了。反正说了这么多，他到底会不会再提供信息就两说了。只是这颗心如果碎成了渣，就再也无法愈合了。

言雪请张队长接手剩下的审讯工作，希望能多挖出一点信息，有关斐乐的，或者是那个贩毒组织的。

想了想，她的思绪又回到了斐乐这里。斐乐是个心狠手辣的女人，虽然逃了出去，但她肯定害怕言雪查到这里，于是她得去毁灭当年留下的证据——包括那个假装盲人的谢楼南。但她没有彻底灭口，一是因为杀人不简单，会留下更多线索；二是她能保证他们不会多说一句话。

可斐乐究竟为什么有这样的信心呢？人在什么样的状况下，才会明知是死路一条，还义无反顾地往下走呢？

言雪醍醐灌顶，一下子明白了——只有在知道别的路皆为地狱的情况下，才敢往唯一一条看似不太可怕的黑暗之路走下去。谢楼南高枕无忧的保障就是陈森医生不暴露任何信息，这样斐乐就不会杀她。那陈森肯定也有自己的秘密，而这个秘密，就被谢楼南牢牢地攥在手中，所以他不敢不服从，不敢不当提线傀儡——因为谢楼南所拥有的把柄，足以毁灭他的人生，这是比死亡还要残酷的事情。正因为她把这个秘密共享给了斐乐，得到她的认同与许可，斐乐才敢这样逍遥法外，才敢这样无所畏惧，放任言雪去调查，甚至不回来杀人灭口。

可这个秘密，究竟是什么呢？

言雪知道如果直接去问陈森，不但得不到答案，还会让他有所警惕，知道警方开始着手调查他的事情。一旦他承认了诊断书是假的，那么就代表他背叛了谢楼南和斐乐，那么他的秘密就会被公之于众，他会被毁灭。

可如果，这个秘密被言雪掌握了，先行公开呢？

那么被逼上绝路的人肯定会把同伙死咬一口，拉他们一起落下泥泞地狱，这就是人性。

说到秘密，言雪也有自己的秘密。人活在这世上总要藏点什么，既是底牌，也是难以启齿的回忆。

她曾经偷吻过唐泽。那天是他的生日，凌晨三点，他喝得醉醺醺地回家。由于唐阿姨中弹身亡，没人管束，唐泽就开始在外头厮混，和一群酒肉朋友混在一起，时常夜不归宿。那时候，唐叔叔沉浸在痛失爱妻的伤痛之中，顾不上唐泽。后来又为了摆脱亡妻阴影，在亲戚介绍下，和新的女人约会交往，就更愧对唐泽了——因为他的一双眼睛清亮，像极了他的母亲。

言雪望着窗外白亮的光，掩好窗帘。身后是唐泽清浅的呼吸声，带着浓厚的酒气，遮天蔽地，覆盖了她的整个世界。

他睡得很沉，连她进屋的脚步声都没听到。言雪凑上去，趴在他的床头。房间里的光线太暗，那些影子无孔不入，将唐泽的脸也覆上一层灰蒙蒙的面具。她情不自禁地伸出手，戳了戳男人还算白嫩的脸。刚触到，他的脸就往一侧倾斜，半滚了过来。言雪吓了一跳，两个人的距离更近了，只要她的呼吸稍重，气息就能舔到这个男人的脸。言雪不敢轻举妄动，可又忍不住，鬼使神差地，她低头，以温热的唇触上男人冰冷的侧脸，一秒都不到的接触时间，随之，落荒而逃。

言雪做了什么？她不知道。只是，那一秒的温柔触感，将她一颗胡乱跳动的心击得粉碎，飞扬在空气里。

言雪出神地想了一会儿，脚步却没停，这会儿已经到了陈森所在的医院。

他不知道她的存在，只要别以调查员的身份出现，以一个普通的病人家属的身份出现就好了。言雪走到陈森科室外的休憩椅上，还有个老人坐在那里等着。她有一搭没一搭地和老人家聊天，问："您也是来这里看病的？"

老太太有些胖，显得富态，普通话却说得很好，退休前可能是做教师一类工作的，咬字很清晰。很难得有年轻小姑娘主动搭话，她点了点头，说："是啊，有白内障，让陈医生看很多年了。你也眼睛有毛病？小姑娘家年纪轻轻的，可得爱护眼睛，少玩手机。"

这里是眼科，等的病人自然都是眼部出了毛病，这一点毋庸置疑。

言雪笑："有点夜盲症，让医生开点维生素片。"

"那晚上也不方便吧？灯一关就基本看不见了。"

"还行，不过我是第一次让陈医生看病，想问一下，他的医术好吗？人怎么样？"这才是言雪想问的事情。

"这点你放心吧，陈森医生是出了名的好。他人好，医术也好，不然我怎么能让他看这么久？陈医生长得很俊俏，对太太也好。之前我还想给他做媒呢，结果知道他有个家世很好的太太，算我女儿没缘分。"

"家世很好？"

"听说是这家医院院长的女儿。"

"那前途无量啊。"

老太太许久没人聊天了，一打听到八卦，语气里很是得意，像个话篓子，怎么都说不够。她凑过来，神秘兮兮地说道："我听说啊，他们是在外地认识的。最开始，院长家死活不肯同意，特别是陈医生的家里人也想他待在乡下小医院工作，不肯他来黄山区。那会儿也是可怜，有情人不能在一起。"

"那他现在不还是来黄山区了吗？还和自己太太结婚了。"

"是啊，说来也巧。他妈妈在前几年突然生病去世了，所以他只身一人跟着现在的太太来了黄山区，在这里就职。"

"您知道的还真多。"

老太太嘿嘿一笑，颇为骄傲："我之前住院，听我女儿和护士长聊的。你问别人，可能还不知道，问我，那是问对人了！想想也是，陈医师五官长得那叫一个周正，上心的小姑娘肯定多啊。我是过来人，我都懂的。"

言雪没想到自己来这医院一趟，闲聊的工夫就能知道这么多信息，心里惊喜不已。

隔了一会儿，她想到了陈森医生母亲的死，突然陷入了沉默。按照老太太说的故事，陈森母亲那时候应该是他追求爱情与事业路上的绊脚石，可就在这样恰当的时刻死了，真的是一个巧合吗？还是说，这个男人心狠手辣，为了自己，连亲生母亲都不放过？

言雪的脑子里马上浮现出一个执着刀、穿着白大褂的衣冠禽兽形象。

想要找出陈森母亲曾经住院的医院并不困难，言雪回到诊断书上的那所医院，稍一打听，就了解到了陈森母亲曾经住过的病房。

既然自己儿子就是医生，生了病，肯定也会去他任职的医院看病。血脉间的联系是轻易无法割舍的，这种时候相信陌生人，还不如相信与自己血浓于水的儿子，所以去他所工作的医院住院，一定是个再好不过的决定。毕竟人在脆弱的时候，总会情不自禁地想要依靠亲人。

言雪来到医院前台，出示了证件。很快就有人领她去见护士长，说明一些情况。调查员的证件很是好用，和警务有关的事情，大多数人不会拒绝，因为在寻常人的认知里，警察找上门必定是很严肃的事情，即使隔了很远，也能嗅到犯罪的气息。

每次应付警察的人总是单位里最成熟、最有担当也绝对是最棘手的人。他们的话一般寻不出错处，以维护自己工作岗位为先，毕竟拿人钱财替人消灾，在这里工作，就要按照领导的意思不要透露出什么负面信息，甚至抹黑单位。何况，言雪现在只是调查，对于知情者来说，他们想回答什么，逃避什么，也全都是个人自由。

等了一会儿，很快有穿制服的年轻女人走进办公室。

言雪出示了证件，微笑着打招呼："不好意思，打扰了。我最近手头上有一桩案子可能和陈森医生有关系，还是机密，希望你们能积极配合调查工作，也不要把谈话内容泄露出去。"

"好的，但是一些比较私密的个人信息属于医院机密，得有相关的搜查文书才能提供给警方，也希望你能理解。"护士长微微一笑，四两拨千斤将话又踢了回来。言下之意就是，如果询问太过火的话，他们也有权避而不答。

言雪事先在网上调查过关于陈森母亲的事，之前闹得很大，不仅是医患之间千钧一发的危险关系，还有涉及道义上的暧昧疑点。陈森母亲的手术发生了意外，人处于昏迷状态，一直依靠呼吸机供氧。而就在陈森值班的一天晚上，她突然摘下了自己的无创呼吸机，约一分钟后，心脏停止跳动，导致窒息昏迷。那时候，病人身上的各种监护仪察觉到生理参数的变化，继而响起了警报声。值班的陈森在第一时间发现，并赶去救援，经过急救，他的母亲恢复了心跳，继续留院治疗。陈森母亲虽然一度恢复了意识，但恶劣的情况反复出现，最终隔天晚上不治身亡。这起医疗事故，有两个较为可疑的点：

其一，陈森母亲一直处于昏迷状态，是如何摘除无创呼吸机面罩的呢？因为呼吸面罩上有陈森母亲的指纹，警方判断她是自己摘除的呼吸面罩。虽然她可能恢复了意识，并且感受到强烈的痛楚，导致自己摘下呼吸机，寻求死亡，但偏偏是在陈森值班且失察的时候所为，这未免太巧了吧？

其二，那天晚上只有陈森值班，那时候正巧是他和现在太太恋情最艰难的时刻——生母阻挠，感情一度濒临破裂。他是否在这个时候，做了大胆而肆意的决定呢？是否在这个时候违背良知，做了无法挽回的事情呢？不过经由警方调查，又有新的证词出现：隔壁重症病房有第二天要转到普通病房的一位病患，那时她的精神状态良好，并且声称在事件发生的那段时间里，并没有看到陈森医生进出那间病房，也没有听到任何脚步声和翻动声，所以这只是一个意外，陈森医生是沦为社会舆论牺牲品的可怜人。

事实真是如此吗？这种题材真的太有卖点了，婆媳关系一向是社会热点，现在又牵扯上了生死与医患的论题，那些媒体不好好抹黑一把都对不起自己的专业与工作。就这一点上看，陈森成了完完全全的炮灰，怪可怜的。

转念间，言雪又想到了那样的场景——

四下无人的夜里，就连病房也没点灯，那时候的陈森是否望着母亲沉睡的容颜出神呢？她现在还没有意识，甚至永远醒不过来，可他就要因为孝道和道义，被死死捆绑在这个小镇上了，和逐渐枯萎老去的母亲相依为命，放弃他的爱与梦想。

这是陈森想要的吗？他是否会睁着一双猩红的眼，死死盯着床上安睡无忧的母亲，然后用带橡胶手套的手握住老人的手腕，强迫她扣住自己赖以生存的呼吸面罩往下摘呢？

只要脱离了这个面罩……她就会缓缓死去，好像一朵丧失了水与泥土的百合，不带任何清香，被空气中的微生物腐蚀，发生氧化，一点点变灰、蜷缩、枯萎，最终死去。他心底最后一道防线，也就此被澎湃又丑陋的情绪击垮冲毁了。

"求求你，就这样死了吧。"

"用你的命，换我更好的新生吧！"

他再也忍不下去了，只听得咣当一声，面罩落地，就此解脱了……

真如言雪想的这样吗？

也不是没有这种可能。

她回过神来，调出手机里的新闻，问护士长："和我说说这起医疗事件吧？我怕新闻上乱写，还是耳听为实。"

护士长皱眉，像是被击中七寸的蛇一样，一下子冷了脸。她显然没想到言雪是要调查这一件事，这是上头最不想被挑开的一件事，当年为了遮掩它，费了太多心血，好不容易才让医院声誉有所回升。她也不想被人在背后指指点点，说她就是在这个丧尽天良的医院工作的人。小镇就这么大，一点风声很快就能传遍大街小巷。

小地方，也从来没有秘密。想好了，护士长不冷不热地回答："是病患自己在意识复苏状态下所做的应激反应，我们已经尽全力抢救了，可还是回天乏术。至于陈医生，也只是一个巧合而已，换了其他护士医生来值班，也还是有可能发生这事，避免不了。”

从她的言谈举止就能看出，这件事给医护人员留下了颇深的印象，也没有人想提起这桩近似丑闻的事故。

“我听说，那时候隔壁病房还住着人？是陈森医生最重要的不在场证明的证人对吗？”

“四五年前的事情，记不清楚了。”

“这点很重要！请务必告诉我！”

护士长叹了口气，大概是被言雪这烦人精给打败了，在纸上潦草地写了个名字，说道：“你去警局找这名警察，他应该知道的比我多。警方都判定了这起案子是自杀，偏偏还有人不相信。你们警察是不是都有点神经过敏？咳，不好意思，我没有其他意思。”

“没事，那还有其他要补充的事情吗？”

“没有了。说句实话，那么久远的事情，我也不是当事人，怎么可能清楚那么多？你们可以直接找陈医生问，他就在黄山人民医院。”

“嗯，总之麻烦你了。那我就先离开了，要是想起什么，可以随时联系我。”

言雪道了别，根据纸上的名字寻找那名警察，估计也是嗅到猫腻就不肯撒手的棘手货色，所以才被护士长推出来。言雪无声地笑了。

小镇就一个警局，在小镇中心附近。门面不大，挂着派出所的牌子，铁拉门大敞，欢迎人进出。

言雪小心翼翼地踏进去，询问接待的警员：“你们这里有叫薛野白的警察吗？”

“你是说野白哥？稍等，我帮你喊他。”警员看起来是个刚上岗的实习生，什么都要请示前辈，很快就跑到里头喊人。

没过一会儿，有个男人缓缓走出来。他似乎特别怕冷，警服外还裹着一件白色的羽绒服，一双眼清冷而狭长，抬眸看了言雪一眼，很快又低下头去。

“是薛警官吗？我找你有点事情，这是我的证件。”

“禁毒局的人？”薛野白的嗓音很哑，几不可闻，沙哑的声音里又独有一种曼妙的质感，让人情不自禁地想听下文，像是香水一样，忍不住想嗅更多。

“是的，我在查陈森医生的事情。医院里的护士长让我来找你，我这边有一点他的消息，或许能和你手头上拥有的交换一下。”

听到是这件事，薛野白的嘴角缓缓勾了起来。陈森这个名字，几乎是一下子击中了原本对任何事都不感兴趣的薛野白，让他潜伏在躯体里好几个冬天的热血，一下子涌上心头，敲击，碰撞，咚咚跃动，不得停歇。

言雪直截了当地问：“第一个问题，我想知道那时候在隔壁病房给陈森做证的病患是谁？”

薛野白眨了眨还算纤长黑密的睫毛，唇齿间不疾不徐地吐出几个字：“她叫谢楼南。”

“很好，接上了。”原本零碎四散的点，已经被这些故事的血肉逐渐填充，汇聚成了一条条线。它们彼此交织，如锦绣文章里的段落一般，承上启下，紧密贴合联系在一起。两个犯罪嫌疑人分别在不同的案件里为对方做证，怎么说都是匪夷所思的事情，充满了戏剧性。

五年前，陈森陷入弑母的嫌疑中无法脱身，是谢楼南绝对性的证词解救了他；而三年前，谢楼南机缘巧合撞见正在运尸的斐乐，又是陈森伪造了一张时间为五年前的失明诊断书，救了她。这算是滴水之恩当涌泉相报吗？

他们两个像是尾衔头、头接尾的两条龙，双龙在希腊语中就是头尾相接的意思，形状表明了永恒不变的循环。这两个人看似毫不相干，却处处纠缠滋生，最终牵扯成共生的状态。

打破这种平衡的方法只有一个，那就是用利刃斩断它，既然解不开这个环，就只能硬生生撕裂它。可是，言雪手里的刀剑呢？

这两样证据单独来看，并没有什么问题。诊断书看起来是真实的，也有签名和盖章，甚至连时间都写得清清楚楚；证词也是有效的，因为谢楼南和陈森当时并没有利益牵扯，帮忙做伪证非但得不到半点好处，相反，如果暴露了，还会有牢狱之灾，何苦呢？

还是说，陈森并没有杀害母亲？

不，不可能。如果他没有杀害母亲，就不会任谢楼南摆布，更不会为她提供造假的诊断书，做有违医德的事情，即使为了钱也不可能，因为他的太太是人民医院院长的千金，他的前途无量。所以，应该是为了将秘密永远埋在黑暗中，这才报答谢楼南。

言雪和薛野白说明了来龙去脉，沉声问他："你有什么办法吗？"

"不好办，因为我们没办法推翻其中任何一个证词。这就好像叠成长龙的骨牌，只需轻轻一推，就能全盘倾覆，然而我们没有那股力量，什么都做不了，只能眼睁睁看着，心痒难耐。"

"但是理论上讲，这两桩案子之间的联系太过于奇怪了，不是吗？"

薛野白不知想到了什么，眯起眼睛，慢条斯理地道："那也没办法，警察只看证据，不管直觉。尽管直觉也是有依据的，可我们无能为力。不过按照你所说的，倒是有一个疑点。最开始，是谢楼南先给陈森做伪证的，对吗？"

"对。"

"如果她真的做了伪证，那么，她的目的是什么？她总不可能预知到两年后的事情吧？那么，在那个时候，究竟是一股什么样的力量逼迫她去做伪证呢？只要查出这个，我们就能揭穿他们的秘密，谢楼南也就无法以一个公正的外人形象为他做不在场证明了，这是无效的。"

言雪茅塞顿开："你说得对，只要找出她做伪证的原因，就能推翻她的证词，就能把陈森再度拽入嫌疑人之列，他就逃不了了！"

唐泽和言雪再度接上线，已经是三天后的事了。

言雪捏着手机的掌心都是汗，黏糊糊的，握久了，和塑料手机壳黏合在一起，散发出一股又咸又涩的刺鼻气味。她轻轻喂了一声，得到回应，心生窃喜，小心翼翼地喊了一句："唐泽哥哥。"

唐泽站在电话亭里，就着狭窄的空间，心情烦闷地点烟。他皱眉，隐约压低的声音里有藏不住的怒火："怎么回事？你还要不要命了？"

"我下次一定注意，我已经查到一点苗头了。只要这条线能顺下去，我就能逮住斐乐，缉拿她！她肯定知道仇人是谁，也肯定知道仇人的下落。这一切，很快就能结束了，到时候唐泽哥哥就辞了工作，和我待在一块儿，好吗？"她的语速很快，仅仅几秒，就将一切想说的肺腑之言倾诉尽了。

唐泽闻言，怔了两秒。他会等到那一天吗？这前路茫茫看不清方向，等了很久，都没敢想有个光明的结果。直到带红的烟头抖落，划出一道狭长的光弧，唐泽这才反应过来，低声回："再看吧。不过就现在知道的消息，斐乐是最上面一层的人，她的刺青是老大团队的刺青，也就是说，杀我妈的人，是这个团体的头儿。还有，你小心一点，如果再这样不注意，我就让张队长赶你出去！说起来，你这样暴露没事吗？会不会有危险？"

"在查账本的时候，我已经被斐乐将了一军了。她自己心里也有数，知道警察在查她，也认出了我，只要我当她的敌人，当她的靶子，那你一定是安全的。有句话叫灯下黑，她看到了对面燃起的灯火，也就是我，自然看不到我背后还有一个影子。只要能保护唐泽哥哥，让我做什么都行。"

唐泽张了张嘴，无话可说。他不知道言雪究竟为何为他做到这个地步，单凭十几年的兄妹情吗？他觉得自己好卑鄙，肮脏透了，是他亲手将她拉入深渊的，是他害了她。

“对不起。”唐泽又抽了一口烟，呛进肺里，剧烈咳嗽起来。

言雪很紧张，恍恍惚惚也没听清他的道歉，关心道：“哥，你没事吧？”

“咳，没事。那我挂了，你万事小心。”

“你也是。还有，最后一个问题，唐泽哥哥想我吗？”

唐泽抿唇，轻吐一个字：“想。”

“这就够了。”言雪心情愉悦，挂断了电话。

唐泽的手不自觉攥紧，一颗心七上八下的，像是一记大锤，冷不丁砸到结实的皮质鼓面上，发出咚的警觉声。总有哪里不对劲，听到言雪的话，心跳就会不自觉变快。许是太久没见面，想妹妹了，想家人了。

夜逐渐深了，唐泽朝人流最多的道路走去。晦暗的远方被熊熊燃烧的火把点燃，一点一点，亮起暖黄色的光。

唐泽从钉子那里得知这个贩毒团体四散在各个地方，正因为他们不像电影里旧社会黑帮那样抱团生存，所以至今还留有一脉，野火烧不尽，春风吹又生，繁殖太快了。警方也拿这群毒虫没有办法，只能见一次打击一次，但治标不治本。

他问钉子，那老大的团队在哪里？拥有蛇刺青的人在哪里？钉子声称不知道，这是机密，只有老大知道。不过，老大有一个秘密，他每个月都会去某个地方，看望什么人。有桃色绯闻的说法是，一个女人。

唐泽皱眉：“看望女人？”

钉子以手垫在后脑勺处，笑着回答：“说是这样说，不然为什么一个月去一次，可究竟去哪里、去干什么，实际上我也不知情。上面的人做事就是这样隐秘，防狼一样防着我们，一个是要巩固地位，一个是怕有卧底。不过……”

“不过什么？”

“不过燕姐可能知道一点东西。”

“她怎么知道？”唐泽尽量让自己的语气听起来轻松一些，就像兄弟间酒后闲谈上司，而不是打听消息。

至于燕姐，这是钉子队伍里的领导人物，平时由她和蜥蜴刺青的人沟通、推荐，或者放弃人，等闲之辈都不敢得罪她，毕竟是顶头上司。

“有人说她和老大有一腿，是小情人，不然一个女人，不能打不能扛，脑子看起来也没多好使，是怎么混到这个位置上的？”

“那她应该见过神龙见首不见尾的老大咯？”

“好像是吧，我没问那么多。阿泽哥你比我还上进，是不是想了解情况往上爬？”

唐泽发自肺腑，老老实实地承认：“能爬上去总是好的。”

“如果你刺了蜥蜴，可别忘了我啊！有能提携我的地方，一定要帮帮忙。”

“放心，你是我兄弟。”他们各自吹了一瓶酒，相视而笑。

唐泽想，这样以后打探上面的事情，总有一个说辞了。老大每个月都会去一个地方，如果唐泽能掌握那个地点位置，是不是就能给警方通风报信，埋伏他了？

可该如何知道这个地方呢？从燕姐下手？这怕是唯一一条已知的捷径了。

趁钉子醉酒入睡，唐泽爬起来去楼下客厅坐着。他们这里一共有五六个人，人数算不上多。又不是搞黑社会，人多是没有用的，反倒容易暴露。只要有单子他们才去接，平时分散开，不要被警察盯上，就算达到目的了。

燕姐就住在楼下房间，唐泽观察了几天，发现她有起夜的习惯。总要借机和她搭上话，混好关系才行。而和一个女人混熟的绝佳方法，大概就是暧昧关系了。

唐泽以醉酒的借口，斜靠在沙发上假寐。等了两分钟，响起了开门的声音。有人的脚步声越来越近，经过唐泽身边时，携了一阵风，是独属女人的清淡的香水味。

他迷迷糊糊地睁开眼，借醉扣住了燕姐的手腕："燕姐？"

燕姐看起来有三十岁，不算是年轻甜美的长相，可身材好，黑色吊带将胸和腰线勒住，性感又丰腴。她不算是那种保守的女人，和手下小弟也玩过一些难言的小游戏。

"阿泽？大晚上怎么不回房睡？"话虽如此，但她纤长的手指却缓缓地掠上唐泽敞开的胸口，拂过他肌理上的纹路。年轻的小狼狗谁不爱？特别是这种初生牛犊不怕虎的，吃起来别有一番滋味。

"头疼。"唐泽身体微微一颤，异样的触摸令他感到不适，可这是尽快混熟的捷径，他不想就此退缩。

"想要我给你止疼吗？"她的红唇间吐纳字眼，气息变得温热而浑厚，像蜘蛛的丝线，在他们中间结网，交缠。

大晚上，夜色撩人，这种状况很难说不发生什么。这本就是唐泽所愿，为达目的不择手段。他闭上眼，察觉到燕姐的鼻息逐渐靠近，似最热烈的雾霭，将他的面孔笼罩其中，要被吞噬了。

一瞬间，他想到了言雪的眼睛——她也有冷淡的时刻，在他真正要离开的时候。言雪原本温柔炽热的眼神，的确在一瞬间凉了。她会对他失望吗？对这个放纵的自己失望？会被讨厌吧？

唐泽清醒了，突然抽身躲开。他手抵着额头，装作转醒的样子，问："燕姐？你怎么在这儿？"

被冷落的女人不动声色地勾唇，微微一笑："我上个厕所。"

原以为她会讨厌，可那种具有野心的目光却愈演愈烈，唐泽的反应恰到好处地挑起了她的兴趣，原来还会有不顺从的男人。

很好。她想要唐泽做她的小狼狗，为她生，为她死，为她神魂颠倒，为她粉身碎骨。

“没事的话，我先上楼睡了。燕姐也早点休息，万一还有事做。”

“行，我们明天见。”她轻笑，唇齿间俨然咬着字眼——我们来日方长。

唐泽回到楼上，用冷水洗了个澡，散发寒意的水流击打着他清晰的肌肉线条。蠢蠢欲动的生理反应散去，唐泽浑身都瑟瑟发抖，肌理也在战栗。

他会因此得罪燕姐吗？既然因为他放不开，“色诱”这条路行不通的话，就只能跟踪了。燕姐总要给蜥蜴团队通风报信，只要耐心观察，一个月，三个月，半年，一年，越久越能逮住线索。他有这份耐心，只要能达到目的，多久都行。

只是刚才，他为什么怯场了？是因为一瞬间想到了言雪的眼睛吗？觉得会愧对她吗？愧对妹妹？开什么玩笑！

可这必须是一个玩笑，唐泽不敢继续往下想。他总觉得，再这样下去，自己会失控，会发生一些丧失理性的事情。

又这样过了几天，没任务，也没什么单子。

他们做这一行，为了躲警察，基本就是干一票，销声匿迹一段时间，不可能把毒品当作商品整日贩卖。那样的人早就被抓到局子里了，他们也没那么傻。

唐泽把这些情报都转述给警方，但是张队长要求他按兵不动，毕竟想铲除这个贩毒团体，光逮住这些小喽啰没有用，发展的下线被砍了，躯干仍在，依旧可以在冥冥黑暗中滋生出微小的触须。他得钻到不见天日的泥土里，顺着那些自由生长的根须，挖到最深一条主根。当然，也有可能在潜伏到一半时，被又湿又沉重的泥土闷死。

这本就是一条死路，别无他法。

第十一章

燕姐在家里待了几天，平时不常出门。要啤酒要吃的，都有兄弟主动出去替她带。她是上司，又是毒贩，怕露脸，遇灾遇害，都龟缩到壳里，自有人替她去杀去争去抢，她只坐享其成就行。如果真轮到燕姐出门，那必定就是不能让人代劳的事，唐泽等的就是这个时机。

这夜，雪下得不算大。远处暖色的光将一片片翩然雪花映衬得剔透发亮，似蒲公英绒毛，似聚成团的柳絮，不敢轻易呼吸，会冻伤气管。

燕姐没打一声招呼，开了后门走出去。

唐泽就在楼上阳台猫着，没开灯，没人注意到他，可他却能看见燕姐。

她出门了，他就得跟上。唐泽特意选了一双球鞋，不是漆皮面，踩到雪上也不会发出太响的声音。他的目的是不被发现，所以并不会跟得很近，知道大概方向，看到一些陌生的人，这就足够了。卧底不是一朝一夕就能拿到证据的，要有十足的耐心和毅力。

唐泽亲眼见燕姐走进一间 KTV 包厢，他不敢跟进去，只敢在 KTV 外的一条小巷子点烟等着。她既然进去了，总会有出来的时候，等到那一刻，就能看到跟她待在一起的人是谁，她要见谁，又有什么目的。

等了十分钟，唐泽依旧一动不动地站在原地。这时突然有人搭上他的肩膀，从红润的指甲和细长的指尖能看出来，是个女人。

唐泽皱眉，心说不好。一回头，果然是燕姐站在那儿。她穿着深色的羽绒服，卷翘的长发将脸颊遮住，显小、显嫩，烈焰红唇，皮肤泛白。

被发现了？唐泽不吱声。

燕姐先开的口："你在跟踪我？"

他没接茬，强硬道："路过。"

"你想做什么？"

"恰巧路过而已，没想到燕姐在这里。"

燕姐不吃他这套，突然伸手，拽住唐泽的手腕，往前面那个 KTV 拉："你跟我来。"

不必说也知道，她肯定是进了 KTV，又从后门绕出来，就为了等唐泽。这招叫"螳螂捕蝉，黄雀在后"，不过唐泽也不算输，说句好奇跟随或者恰巧路过，对方没把柄也不能把他怎么样。

到了包厢内，他俩在沙发上坐定。点歌机里还陆陆续续传来轻柔的旋律，正好驱散了诡异的安静气氛，不至于过分尴尬。

唐泽不肯说话，只得燕姐来说，她眯起眼睛："你是想调查我吗？"

"燕姐，你在开玩笑吗？我调查你做什么？没有半点好处和利益。"

"这个世界上，做事可不一定是利欲熏心，也可能是有目的。"她随性地点了烟，细管女式烟的白雾缭绕进眼睛里，在瞳眸深处微微发颤，"这么说吧，我想让你成为我的人。"

"嗯？"

"类似搭档的意思，我告诉你有关于我的秘密，你告诉我关于你的秘密。"

"为什么选择我？"

"因为我喜欢你啊。"燕姐咯咯笑起来，清脆动听，像个小女人一样，在最深爱的人面前维持温婉娇憨的仪态，不敢逾矩分毫。

"是吗？"唐泽呢喃自语。

"你是我选上来的，也就是说，我才是你的恩人。季老板欠我一个人情，在你被挑选上来的时候，他都跟我说了，说你来路不明，一心想往上爬，没那么简单。别的人可能怕你，但我不怕。”

“为什么？”

“你既然心系高处，意味着你的目标是最上层，一般的新人哪有你胆子这么大，眼睛这么犀利。我最会看人，从没有走眼的时候。你也不是什么好人，是一头饿极了的狼，甚至可能……是卧底。但你不要担心，这件事只有季先生和我知道。实际上，我的目的和你一样，我也是想往上爬的人，我不是什么好人，也想咬下一块肉。所以，这就是我选择你的理由。我不但喜欢你，我还需要你。就在今天，我确认了，你就是为我所用的最佳人选。”

唐泽不吭声，不置可否。毒贩居然和他说她也有以下犯上的心思，开什么玩笑？

“你不信我？那我给你讲个故事，”她将烟碾灭，吐出雾气，“我向来是大方的人，我先告诉你有关于我的秘密。呵，即使你知道了，也拿我没什么办法，没人会信你，而我要铲除你，太简单了。你可是掉在狼窝里的肉，只能乖乖听话，你应该懂吧？”

“嗯。”唐泽不是傻瓜，他觉得可以做这笔交易，如果她说的事情真的是秘密的话。

燕姐往后一靠，隔着满室的雾气缭绕就开始说故事。实际上这里禁止抽烟，小吸几口，不被烟雾警报器察觉，就还算无碍。

据她所说，十几年前的冬天，雪一如既往地大。那时候的雪不像现在这样，现在人在屋子里，看着外头被冰雪覆盖的一切，还会有种幸灾乐祸的安适感，因为被牢固的水泥墙和暖炉庇护。从前的雪是残忍冷酷的，寒意堆积在墙上，隔着一堵厚厚的水泥砖，那种恶意也铺天盖地而来，无处避寒，无处躲藏。

燕姐的父母在一场事故中丧命，她是跟着姐姐长大的，丧失了经济上的支柱，可谓家徒四壁。

那时候，姐姐是镇里为数不多的大学生。十几年前大学没有扩招，并不好考，几百上千个人，可能就考中那么一个。屋漏偏逢连夜雨，在这种艰难的状况下，姐姐别说读大学了，就连吃穿都成了问题。俗话说得好，锦上添花易，雪中送炭难。在那个偏僻的小地方，重男轻女的思想比较严重，成年女孩很少有读书的，基本都是跑到外乡打工，做点手艺活，养活自己和家庭。

她姐活不下去了，自然只能选择别的路，人是要懂得变通的。也就是在那个时候，燕姐跟着她姐离开了从小生活的镇子，去了别的地方。

“后来呢？”唐泽问。

“后来，她就不见了。”

“是失踪了吗？”

燕姐摇摇头，接着道：“她找了一些简单的手工来做，做一件小物大概几分钱，这样零零散散地赚点钱供我们生活。再后来，房租越来越贵。我没到年龄，还不能打工。她就跑去外地工作，一个月寄一次钱，最开始是几百，后来，钱越来越多，多到让我对她产生怀疑，我在想，她是不是做什么肮脏的工作，所以才不敢现身。但我不该唾弃她的，要不是为了我的生活，她应该也不会去做那些工作。就这么维持了几年，她终于从人间消失了，不再给我寄钱，也不再出现，好像死了一样。”

“你怀疑她死了？”

“以前是怀疑，现在却越来越肯定。”

唐泽本能地觉得燕姐混入这个贩毒团体并没有这么简单，她可能和他抱有相同的目的。他问：“所以，你是因为不想过那种穷苦日子才贩毒？这一行不适合女人做。”

“倒也不是，我从她寄来的贺卡地址找到了这里的邮局，后来因为巧合，正好被人告知我姐曾经和贩毒团队里的人在一起，大概确定她就是贩毒团队中的一员。我混入了这里，却再没听说过有关她的消息。我只想找到她，所以一直在调查她的事情。可时间久了，就渐渐迷失了，我忘记了我的初衷，究竟是爱财还是想救她找她。几年前，一个偶然的机会，我打听到了，她和老大有过关系，也是在那个瞬间，我打算继续找她。可惜，我姐像是人间蒸发了一样，谁都不知道她的去向。我也不能去问老大，万一哪句不合适，我也死无葬身之地。”

“你想找到她，所以要混到上层去？”

“不，我混到上层，是为她报仇的。”

唐泽皱眉：“报仇？什么意思？不是说找她吗？”

燕姐抿唇：“她死了。”

“你怎么知道？”

“你不懂那种感情……她一直把我当作唯一的救命稻草，把我当作信仰，所以给我寄钱也是为她所犯下的罪孽寻找一个借口，一个宣泄，也就是‘我所做的一切都是为了她能好好生活，我并没有错’，人都是要有一个信仰，才能让自己活下去的。可某一天，她突然不给我寄钱了，也不再联系我。那么就说明，她的信仰没有了。一个人一旦没有了信仰，没有了希望，那她必定是死了，不再需要从我身上得到依存这个世界的信念了。”

“这些都是你的猜想。”

“99%的死亡可能性，你要相信女人的直觉。”

“所以，你想做什么？”

“我想找到老大，找出我姐。”

“你也不知道老大的去向？”唐泽皱起眉头。

“你真当他这么好找？要是真这么容易，早被抓了。我的秘密说完了，那么你呢？你的故事是什么？你又想做什么？”燕姐笑了。

唐泽垂眸：“我的故事无可奉告，不过我想帮你。”

“你是怕我骗你？”

“哪有什么怕不怕。”

“算了，我只是想找个可以依靠的人。”燕姐话说得很暧昧，眼皮垂下来，意外地有种朦朦胧胧的依恋感。

“你想依赖我？”唐泽用陈述的语气说了这个疑问句，他知道什么时候该卖乖。

“我想你帮我，相对的，我也会帮你。让我们相依为命，好不好？”

他不开口，心弦一动。

燕姐继续诱惑他：“你知道了我的秘密，虽然你知道，也不能拿我怎么样，没人会信你。可我却能帮你上去，只要你帮我。”

“你是想利用我，让我听你的差使，为你办事，危险都让我来担？”

“你敢吗？我会帮你爬上去，你的目标应该也是老大吧？我会帮你找到他，可你也必须要有付出，那就是听我的差遣。”

“好。”唐泽没办法选择了，燕姐这话虽说得温柔，可也是在提醒他。如果唐泽不答应，她就让他死无葬身之地。因为唐泽早被季先生出卖了，这样暧昧的身份在这个贩毒团体里是不可以存在的。比起满盘皆输，不如赌一把，万一燕姐真的帮他找到老大了呢？如果被骗也不亏，无非是豁出他这条命。他在执行任务之前，就已经做好了打算，现在也只是按照计划进行罢了。

燕姐开诚布公，唐泽自然也要投其所好，尽量将自己的疑惑提出，让其解答。唐泽想了一会儿，迟缓地问：“我听钉子说，燕姐曾经见过老大？”他说得含蓄，总不能直接说你们两个是不是发生过什么关系吧？

燕姐轻笑，露出唇间白齿，晃人眼睛，很是好看。隔了很久，她才说道：“见过一次，我记得他的长相。那天喝得烂醉，做了。第二天我醒来，他人已经走了。”

没想到这女人说话如此直白，唐泽猝不及防地皱起了眉头：“平时联系不到他吗？”

“钉子应该和你说过，除了白虎，上头还有蜥蜴，最顶端是蛇吧？

我快要高升了，到蜥蜴的位置，可以把你带走。虽然说见面很隐秘，但到了蜥蜴的位置，总能见到他的。”

“带我上去，不会奇怪吗？”唐泽才入行没一个月，升这么快，难免招人妒恨。

“你就当是我养的小白脸，谁能说你什么？顶多背后骂我几句狐媚子货色之类的。我坐到哪个位置都没人会服气，多一句坏话少一句坏话又有什么要紧的？何况，我就是不提携他们，就是看不上，谁让他们长得丑呢？”燕姐的脚趾贴上唐泽腿部，一点儿一点儿，搓着裤管半新不旧的褶皱，撩上来，“我就喜欢你这样的，他们还能说我什么？何况，小白脸也没什么地位，不过是我的一条狗，他们还怕一条狗吗？”

话说得很讽刺，但在理。唐泽忍了。

片刻，燕姐道：“不过，和他做的那天晚上，我发现了一点事情。”

“嗯？”

“我和我姐长得不太像，但毕竟有血缘关系，总有些说不清道不明的气韵神似她。他好像把我当成了我姐的替身，做的时候，喊的却是我姐的小名。”

“问一句可能不太客气的话……”

唐泽话还未说完，就被燕姐截了过去，嘲讽一笑：“你想问，他的态度温柔不温柔？”

唐泽不说话，了然地点点头。

“说不上温柔，也说不上不温柔。不过可以确定的是，他和我姐必定是情人关系，可那样心狠的态度，又有些……难说。我看不透他，觉得他好，又好像不好。我想挖出这个秘密，至少，要找到她的尸体。”

“说不定她还活着。”

燕姐不说话了。

唐泽抿唇，安慰她：“不要太悲观。”

“你是第一个听我说这些事的人，”燕姐微微一笑，“也会是最后一个，所以，不要背叛我。”

唐泽点点头，表示知道了。他有一个问题想问很久了，像是一瞬间又回到了过去——那个刚得知母亲死讯，站在雨里，茫然而又无措的少年。唐泽启唇，嗓音沙哑，问：“老大的胸口，有蛇刺青吗？”其实问了也是白问，最上面一层的人，哪个没有蛇刺青？可他记得很清楚，杀死言雪爸爸的毒枭，和杀死他妈的是同一个人。是一个戴着口罩，胸口文着蛇刺青的男人。

“有。”

这个回答仿佛千斤坠，一瞬间从远处快速撞入他的胸口，直刺到心脏上，鲜血淋漓。是他，应该就是他。唐泽毕生的愿望，就是找到他，铲除这个贩毒团体。所以，得从燕姐的姐姐查起。

按照钉子所说的传闻，再结合唐泽的猜测，他觉得燕姐的姐姐必定是被关押在某个偏僻角落，所以才会有老大每个月都去探望的说法，没准是被监禁了。

那么，为什么要监禁她呢？失踪多年的姐姐没准给燕姐发送过求救信息，等待她的救援。

只要他们查到她姐的下落，那么老大也必定会现身。唐泽有这种预感，极其强烈。终于找到一丝线索了……原本在一摊死水里沉寂多年的心脏，终于稍微跃动了一下，扑通扑通，一点暖意在心房的缝隙里悄然滋生，顺着千丝万缕的血管脉络，在火热的胸腔中爆发。

唐泽做了决定：“我们可以先从你姐查起，只要找到了她，就肯定能查到老大所在，既然他们是情人关系，那么，肯定没有比她更了解老大的人了。”

燕姐不置可否，她对自己姐姐的印象差不多也只是一具尸体了，但这一切都按照她所想的进行，也没有理由拒绝。于是，她点了点头：“好。”

“你姐叫什么名字？”

“燕桥。”

“很好听的名字。”

燕姐难得笑了笑，不妖，不艳，有种质朴的温柔。

“她以前给你寄钱都是怎么寄的？”

“我只记得最后两次是通过邮局的电子汇款，具体哪年开始我忘了。”

唐泽抿唇，分析道：“邮局的电子汇款是从 2001 年 1 月 1 日开始的服务，肯定是 2001 年以后的事情。”

“应该是的。”

“你有保留收款凭证吗？”

“只保留了最后一次的单子。”

“等一下给我看看，我记得电子汇款都需要把单号还有密码告诉你，她那时候是怎么联系你的？”

“那时候家里装了网通固定电话，她通过电话告诉我的。”

“你还记得她最后一通电话都说了些什么吗？或许她有没有给你什么呼救信号，只是你没解读出来。”

燕姐颓然望着天花板，不知在想些什么，苦笑：“那么久的事情，谁还记得清楚？”

的确，时间过去这么久了，谁还记得那么清楚？只能祈求那唯一一张收款凭证能有什么线索了。他们没在 KTV 久待，回去以后就翻找出那张有些泛黄单薄的收款凭证，连同单子一齐抖出来的，还有一张黑白照片和一张新年贺卡，里面站着十五六岁的燕姐，一旁是一个容貌年轻的女人，她亲昵地将手搭在燕姐肩上，头上烫着那个时候最流行的大波卷发，穿着浅色高领羊毛衫和高腰的牛仔裤。即使穿着与发型饱含时代感，可单从照片上也能看出，她的容貌极美，是那种不温不火的恬静，惊艳了时光，温柔了岁月。

燕姐又想抽烟了，她衔着烟，闷声闷气地说道：“她的东西就只留下这三件了，一张照片、一张收款给的凭证，以及贺卡。”

唐泽将视线转到凭证上，上面的信息也很简单：汇款号码、金额，还有邮局经办人、领取人的详细说明，可并没有燕桥的个人住址与联络信息。看了一眼时间，是2002年。

这是不同寻常的一年，那一年，言雪来到了他家里，成为他相依为命的小妹妹。唐泽嘴角微微上扬，想到了她那张稚嫩的脸，心头一软。可又想到那一年，应该是言雪最难熬的一年，她父亲就是2002年出的事，才会被他妈带回家中抚养长大。

还真是凑巧，燕桥的失踪，和言雪父亲在任务里丧命是同一年。

他心不在焉，又翻看了一眼那张贺卡，上面简简单单地写了几句祝福，不过最底下有写寄出的地址。燕姐也说过，她就是根据这个地址才找到了贩毒团体，潜伏许久才打探到自己姐姐的信息的。

这算是燕桥的呼救吗？让自己的亲生妹妹大老远地前来救她？

唐泽突发奇想，问道：“燕姐，你以前每次收款都是在同一家邮局吗？”

燕姐一愣，似乎摸不清这小子想做什么，有些迟缓地答：“对，小地方邮局不多，所以每一次都是在那一家。”

唐泽微微闭上眼，大脑经过一番深思，做了决定：“那我们就去一趟这家邮局。”

别的都没什么好查的，时间太久远了，唯一能寄予希望的就是这张收款凭证，上面写了邮局经办人的名字，收了那么多次款，总会有点印象；或许还有存根，内部人员总能知道是从哪家邮局汇过来的款，说不好还能看到汇款单的扫描件。因为汇款单上需要填写个人的住址，也要核对身份证件。或许从这里下手，能找到一些有关燕桥的线索。

这种希望几乎是渺茫的，可唐泽却不能放弃。已经看到光了，再微小，也比暗无天日的黑夜要耀眼千万倍。

燕姐以外出办公为由，和唐泽结伴来到与燕桥共同居住过的小镇。

唐泽虽然没有暴露自己的身份，但提前和张队长协商了一下调查方面的工作，需要他们积极配合唐泽等人单独的询问工作，又禁止他们曝光卧底的身份，导致任务失败。有张队长的打点，事情变得简单许多。通过层层申请，他们取得了邮局人员的信任。

十几年时间，让小镇完全变了一个样子，到处都是高楼林立，可谓是日新月异。兜兜转转了大半天，他们总算是找到了从前取款的那家邮局。

唐泽暗地里和负责人点了点头，算是交接过了。于是去柜台询问的时候，工作人员也很客气。

他将手臂抵上冰冷的柜台，问："请问你们这里有叫胡倩颖的工作人员吗？"

"你们是找胡姐？她现在是大堂经理，喏，就在那边，你们找她就是了。"

"好，谢谢。"燕姐答。

他们找到了胡倩颖，就是当时和燕姐交接过的那个汇款经办人。

燕姐说明了来意："十几年前，我在你们邮局收取过我姐姐的汇款。她从那次汇款以后就失踪了，我找了她很久。现在想知道我这张凭证上的单号能不能查出她汇款单上所写的地址，我想至少要知道她当时是在什么地方。"

胡倩颖皱眉，一副爱莫能助的样子："这算是失踪案件了，我很想帮你们，然而邮政汇款查询有效期只有一年，也就是说，一年后无论汇款凭证有没有在邮政处理记录里保存，都没有办法为你们提供查询服务。根据你这种情况……唉，我说句老实话吧，我们内部的查验档案实际保管时间是两年，但是你这都十几年了，肯定被删除了，没有办法的。"

燕姐咬了咬下唇，没想到刚出师就不利，手上的照片与贺卡被攥得死紧，渐渐生出几道褶皱，纠缠在一块儿。

胡倩颖像是想到了什么，突然说：“你手上的凭证和贺卡能不能给我看看？”

燕姐愣了愣，点头，递给了她。

看了有五分钟之久，胡倩颖道：“这个凭证上的日期是2002年2月4日，也就是说汇款最早也是2月1日左右，因为需要1到3天才到账。而贺卡这些一般都是投递以后当天收取，邮票旁边还盖了个红戳，写着2月1日的日期，我想那天你姐可能是在邮局里汇款以后，临时起意买了贺卡寄出去，寄贺卡日期和汇款的是同一天，邮局也是同一家。你们不妨去这间邮局看一看，没准有什么收获。这是岐山区的邮局吧？贺卡下面有一行小字也写了是邮局专门印刷的独家特售贺卡，我之前也收到过一封，是我老公寄过来的，他在岐山区出差，所以我印象很深刻。”

燕姐很感激，没想到这番过来，竟然还有所收获。当然，她的心里也有了个底，工作人员这样积极配合，态度很殷勤，极有可能是唐泽事先打过招呼的。可他是什么样的人不要紧，她最开始也就是想利用他的卧底身份……毕竟有些事情直接找警察没用，她作为一个毒贩去寻求帮助肯定会被逮捕，但像这样和卧底合作，可就顺利多了。谁又能保证，她后期逃不掉呢？怎么说这都是一笔不亏的买卖。

总之不算是白来一趟，他们在当天又返回了岐山区。

唐泽和钉子见面，吃了顿饭后，又要跟着燕姐出门。

钉子嬉皮笑脸地道：“还是阿泽哥有本事。”

唐泽皱眉，不解。

钉子嘿嘿两声笑：“你聪明，能拿下燕姐，还怕不能高升？不过要记得安全措施啊，谁知道这种女人有没有病。”

“少浑，嘴巴欠抽了？”唐泽呵斥。

钉子又笑了笑，猥琐地开溜了。

这番话正巧被燕姐听个正着，她摘下墨镜，一双眼比繁星还要耀眼，勾唇一笑："作为报恩，你想怎样都行哦！"

"不用了。"唐泽拒绝。

"你看不上我的身体？"

"我喜欢纯洁的合作关系。"

"呵，这样呀。"燕姐自讨没趣。

没有燕桥的地址，就无法再寻找相关的人与事。她寄来的贺卡上并没有写寄件人地址，只有寄件人姓名和邮局的标签。因为贺卡不像是快递，也基本不会有寄不到退货的情况，所以邮局的人也不管这么多，想匿名就匿名好了。

初看贺卡上的邮局地址，原以为是从这个邮局发出的意思，却没想到这贺卡是邮局内部发售。要不是胡倩颖的提醒，还真不知道要走多少弯路。

在信息这么不明确的情况下，燕姐还能找到这个贩毒组织，并且成功爬上去，这一点让回过神来的唐泽感到匪夷所思，他诧异地问："我记得你之前说你通过一系列的调查，才找到这个和你姐有关的组织，你是怎么找到的？"

燕姐笑了笑："可能说起来有点匪夷所思，但是当时也是没办法了。"

"嗯？"

"贺卡寄出的时候，我姐给我打过电话。当时她身边很吵，能听到不远处的音响声，放的歌是周杰伦的《半岛铁盒》。"

唐泽点点头，他知道青春期的言雪曾经喜欢过周杰伦，她还买了一系列他的专辑，老的新的都搜集到了，青春期的女孩就是这样疯狂，有些不可理喻。《半岛铁盒》好像是周杰伦 2002 年发行的专辑《八度空间》里的主打曲，后来还获了奖。再后来，她好像就不怎么听歌了，也没有像最初那样亲昵地黏着他，看起来有心事，可又说不上来。因为言雪对他还是有那种孺慕之感，并不是反感与厌恶，权当女孩子的心事与小秘密吧，他不想过多置喙。

燕姐继续往下说："当时我通过贺卡找到了这家邮局附近的邮筒，倒是没想过汇款单也可能从这里出，就没深入打听。四周打探了一阵儿，都没什么人回应。绕了一圈，发现一间电话亭，隔壁就是一家碟片店，一直循环周杰伦的歌，恰巧当时放的歌就是《半岛铁盒》。我想，我姐应该就是在这里打的电话。这是女人的直觉。"

"后来呢？"

"后来，我给店主出示了照片，询问我姐姐的下落。他告诉我，不要再和她接触了，"燕姐想到了什么，嘴角勾起一丝苦笑，像个陷在回忆里走不出来的人，"他说那天看到她打完电话就跑到一群男人中间，因为长得漂亮，所以印象很深刻，还以为是哪里来的大明星，所以对其他人也留意了一下。结果没过几天，就出现缉毒任务失败，有警察丧命的新闻，被抓的毒贩里就有那群人里面的几个。"

"所以你就在附近蹲点，处心积虑地想要混入那个残存的贩毒团体？"也就是说，燕桥很可能被那次卧底行动牵连才人间蒸发的，否则燕姐怎么会至今没在团队里找到她？ 2002 年的冬天，究竟发生了什么？

燕姐缓缓地点了点头，像一座起锈的钟楼："是的，是不是很可怕？明明清清白白的姑娘，又是哪来的一腔孤勇，让我奋不顾身投进去的？"

这个问题问别人或许答不出来，可问唐泽，算是问对人了。

唐泽若有所思："我能明白，这是不得不做的事情，否则一辈子都会被其纠缠，活着也跟死了一样痛苦。"

燕姐没多说什么，只是补充道："我是我姐的依靠，换句话说，她也是我的依靠，没有她，真不知道那个冬天，我该怎么熬过来。"

燕姐的脑海里至今还有那个严冬的印象，那时候没有太多钱买煤气罐，就用蜂窝煤点炉子，上面烧着一壶水，滋滋的开水沸腾声总能让屋里变得很暖。

大年夜里，蜂窝煤正好用完了。她们身上也没什么钱，只能蜷缩在床脚，脊背贴着犹如冰块的墙，一动不动地环抱着对方，汲取彼此身上的体温。如果不是这样互相依赖、互相取暖，也许那天晚上，她们就一块死在那个雪夜里了。也是从那一刻开始，她们的生命密不可分，共生共存，交织成一棵参天大树。

燕姐下了决心，一定要找到姐姐燕桥。这是她的宿命，也是她的夙愿，不论付出什么代价。

本质上来说，她的亲情，和唐泽的亲情，并无两样。

晚上随意吃了点饭，他们就去了邮局。先是按照之前的套路询问了工作人员，对方也一脸遗憾地道："我们这里的信息只能保存一年，所以提供不了查询工作。"

燕姐被打击习惯了，倒也没说什么，只是出示了一下手中的贺卡，问："这是你们邮局的吗？"

"是的，这是2002年特别版贺卡，现在还有一些保存在邮局里，作为珍贵的纪念品。哦，对了，我记得那时候有关贺卡的销售是专门由一个部门的人负责的，你们如果是想咨询有关贺卡的信息，我可以帮你们联系一下人事部门。"

"太感谢了！"

"请稍等一下。"工作人员知道这和一起失踪案有关，也拿不准主意，只能马不停蹄地去请示大堂经理，希望能尽快提供给他们需要的信息，打发走这两个人。毕竟和案件扯上关系的事情都很严重，谁不想要良好的工作环境，谁愿意惹上刑事纠纷？

没过一会儿，有人将他们往茶水厅领。

唐泽直接说明来意，大堂经理点了点头，道："2002 年发行的贺卡和邮票，我记得是徐姐负责的。"

"记得？"唐泽的眉头皱起来，十几年前的事情，这个女人居然说记得？她的记性有这么好吗？

大堂经理摆摆手，道："倒不是记得，而是 2002 年，是我们邮局首次发行邮局纪念贺卡，所以特地安排了徐姐去负责这方面的事情，再后来又出了一系列的邮票之类的特售，人手不够，就又找了几个人帮忙。徐姐是元老，一直都是她指导新人推销商品。"

"也就是说，如果 2002 年购买贺卡，就极有可能和徐姐接触过？"燕姐问。

"是的，我是这么想的。"

唐泽抿唇："那么，那个徐姐现在在这里吗？"

大堂经理摇摇头："她提前退休了，身体不太好，好像是乳腺癌初期，要去做手术。"

"那她现在应该在医院里？"

"我不知道你们能不能碰上她，不过事情这么棘手的话，我建议你们先报警，由警方联系她吧？"

燕姐微笑着搪塞她："已经报警了，警方也在调查。您能告诉我徐姐的全名及她所在的医院吗？其他的比如住址这些如果不方便就不用说了，我们会和警方沟通，让他们来调查的。"

大堂经理如释重负，徐徐吐出一口气，道："她叫徐天娇，在这附近的人民医院。"

"好的，谢谢您。"

"不客气。"大堂经理站起身，抚了抚膝盖上已然有褶皱的筒裙，点头道别。

他们已经知道了医院所在位置，可徐天娇究竟记不记得那个十几年前买过她贺卡的燕桥，还真是两说。毕竟时间会冲淡一切，就连罪孽也能一并洗刷。

有了病人姓名及病症，到时候再买一捧花伪装成朋友，就能很轻易地混入病房。恰巧徐天娇刚做完切除手术，正在病房里休养，是急需爱与关怀的时刻，所以唐泽和燕姐的到来，丝毫没有惹人怀疑。

唐泽又说了一遍寻人的说辞，轻声道:“听说2002年，您负责这种贺卡的售卖，所以我们想问问您，有没有见过照片上的这个女人。”

徐天娇精神还算好，许是乐天派的人，脸上并没有愁云满布，做完手术也依旧是神采奕奕的样子。她接过照片，侧头，深思很久，说道:“太久的事情了……”

唐泽早料到是这个结局，点了点头，一句话都没多说。反倒是燕姐的双手紧握成拳，显得很失落与不甘。她抿唇，不忍心线索就此中断，咬着牙道:“真的一点印象都没有吗？您能不能再想想？拜托了，求求您。”

徐天娇无奈地将视线又放回照片上，轻轻啊了一声，说:“我想起来了,她那时候和我买这种贺卡,没填写寄件人的地址,我催她填写,她反倒对我笑笑，说地址这种东西是有家的人才写的，她没有家，连住的地方都害怕被找到，所以不敢写。我当时还在想，这姑娘是不是遇到什么事了，连家都不敢回，或者是私奔出逃，被家族除名了，过年过节只敢寄张匿名贺卡回去。当时我上了点心，等她出邮局门，还盯着她看。果然，我的推论应该没错，有个男人来接她，鬼鬼祟祟的，很快就把她带走了。”

“男人？”燕姐眼前一亮。

“是啊，她长什么样，我还真忘了，就是觉得漂亮吧，还以为是大户人家的千金小姐，被人骗走了。”

“那个男人，您还有印象吗？”

“这个真的记不清了，不过男人躲躲闪闪的，好像很怕被人看到脸。要说印象特别深刻的，就是他背对我的时候，脖颈上好像有个红块，像是拔罐后留下的圆形印记，颜色很深很浓。这附近就有拔罐的店，我也是常客。估计是他在享受的时候，自己太太却拿着救济的钱来汇款吧。如果是这样，那还真是禽兽。你们是想找出这个男人吧？唉，这姑娘失踪了这么多年，怕是凶多吉少，和这男人脱不了干系！”

燕姐点了点头，记下拔罐店这个信息，等了一会儿，诧异地问：“对了，您怎么确定他们就是恋人关系呢，万一只是朋友呢？”

“那个男的是牵着姑娘的手出去的，朋友会有这么亲密？”

那就是说，燕桥和老大真的有过一段情。只是女人在八卦的驱使下，隔了这么久居然还能记得，真是让人惊叹万分。

除了拔罐店的信息，唐泽又在一瞬间想到了那几名被抓捕的毒贩——燕姐说过，音像店卖影碟的老板曾见过燕桥和毒贩待在一起，那么，是不是也能从那几个毒贩口中问到有关燕桥的行踪？

燕姐之所以不走这条路是因为她在得知自己姐姐和毒贩混在一起的时候，有了强烈的危机感，她害怕自己贸然去询问警察，会给姐姐带来灾祸，万一她也是其中的成员呢？

她在地狱门口看见了自己姐姐的身影，这才义无反顾地投身地狱。可她寻寻觅觅十几年，也没有找到这个女人。燕姐这才慌了，寻求极有可能是卧底的唐泽的庇护，以将功补过的借口，引他帮忙寻找姐姐。这是唯一的出路，即使她知道唐泽是卧底又怎样？如果姐姐真的被老大杀害，那么她领警察入门，也是为燕桥报仇的。只要能达到目的，暴露自己的身份又怎样，她就算是死也在所不惜。

唐泽叹了一口气，拨号给张队长，询问十几年前在言雪父亲言淮的卧底行动里，被抓捕的那几名毒贩的下落。

张队长的语气里带点疑惑，反问：“怎么突然问起这个？”

“和燕桥有关，他们是重要人证。”

张队长一口气没顺上来，猛烈咳嗽起来：“咳，这怕是不成。”

“怎么？我们无权过问吗？”

“不是无权，是他们不会说话了。”

唐泽皱眉，不明就里：“嗯？”

“他们贩卖、运输毒品，非法持有枪支，以及袭警，情节十分恶劣，经过法院判决，对他们执行死刑。”

唐泽几乎是在一瞬之间丧失了听觉，耳朵里有海风呼啸，卷走他所有的思绪。脑内却静谧极了，像是一汪无风无波的海，海平线持平成一面镜子，任何骚动都打不破这一刻的宁静。也就是说，从这里再也问不到燕桥的信息了，要是有其他途径，燕姐也肯定都试过了，必定是走投无路，才寻上了唐泽，也怪难为她的。唐泽苦笑一声，现在他们只能寄希望于拔罐店。要寻找十几年前的蛛丝马迹，听起来真比登天还难。

汇报好自身情况给张队长，唐泽很快就开始了新的调查工作。

唐泽去找燕姐的时候，她在电话里说自己在一家会所的包厢里，声音嘈杂，旁边人声鼎沸，很喧闹。他犹豫了一会儿，问：“今天去调查拔罐店吗？”

燕姐说话语气里带有不屑与嘲讽，不过是对其他人的态度：“恐怕不行，这里有一批狗很难赶。”

话音刚落，就听见有人嘻嘻笑着嘲弄她：“来，燕姐，喝！很快你就是我们的人了，对吧，来喝啊！”

燕姐的手机咣当一声砸地上，在挂断之前，唐泽只听到了咕咚咕咚被水堵住唇的冒泡声，听起来是她不想喝酒，却有人在逼她喝。

不知为何，唐泽想到了读高中的时候，他和狐朋狗友去酒吧喝酒。那时候他妈妈刚死，心里不痛快，连看着言雪也厌烦。他本就没资格讨厌她，说起来他们还是相依为命的可怜虫，可真当事情降临在自己身上，唐泽又知道了什么是抑制不住的自私情绪。他做不到感同身受，做不到谅解她，只能讨厌言雪，所以下意识地冷落她，借以来掩饰自己濒临崩溃的心。

那天，言雪跑到酒吧来寻他。他一个朋友是这里的少东家，所以未成年也不打紧，只说朋友生日，租一个包厢聚聚。

他喝得醉醺醺的，歪在角落里。言雪刚一进门，就被他朋友堵在角落里，逗她喝酒，却也不敢太过放肆，毕竟她是唐泽的妹妹。可能是言雪长得太过好看，让唐泽也曾有过一瞬失神，最起初的语言调戏逐渐升级到灌酒，一群人堵着她，催促她快喝，不喝就是开不起玩笑。这些人笑得真吵，唐泽皱眉，迷迷糊糊地睁开眼。那时候，耳边就是这样的声音，言雪被灌酒，嘴里发出咕咚咕咚的抵抗声，明明想挣脱，却还被扣着不让走。

唐泽站起身，一下子扣住言雪的手腕扯到宽阔的身后。其他人看他这样护妹妹，一下子又怂了。话还没说出口，唐泽就猩红着一双眼睛，狠狠将灌酒的人击倒在地："跟我玩可以，少闹我妹妹！"

他摇摇晃晃地将言雪带回家，一回到房间，就头疼欲裂，歪在床上睡了。

恍惚间好像看到有人影来来往往，有声音踩踩踏踏，来回几趟。片刻，又有柔软的东西印在他的脸上、额上、心上，带着少女独有的芳香与气韵，还有潮热的呼吸如影随形。是梦吗？这样缱绻的梦。

他好像幻想了什么不该想的东西，真是可恶。

现在的燕姐就是从前他没来得及救的言雪，他既然看见了，就不能放任不管吧？

言雪的哥哥，不该是这样的人。

想明白了，唐泽打辆出租车赶到那间会所，根据燕姐说的那间包厢号码，找到了他们。大概有三四个人的样子，手臂上文着蜥蜴，是燕姐之后要晋升的那个队伍。在一群人愣怔的时候，唐泽的视线飘远，落到一侧穿着吊带，手臂上尽是因男人用力过猛而握出道道红印的燕姐身上。她衣服也湿了一片，颜色变得深沉，内衣轮廓若隐若现。

这些疯子！

他想冲上去，却被挣脱束缚走过来的燕姐巧笑嫣然地拦住，对其他人打着哈哈：“这是我小弟，之后跟着我混，也请大家关照一二。”

“关照好说，只是燕姐还背着我们养了个小的啊，哈哈哈哈。”

她也笑，只是一双眼冷得刺骨：“别瞎说，让老大听见怎么办？”

那些人呼吸一窒，他们不是不怕老大，只是一直以为是谣传罢了，哪知道燕姐真的敢搬出那个人，看她的样子又不像是说谎。他们碰了和老大有牵扯的女人，这双手还要不要了？想想也是，如果不是上头有人，这样的女人怎么可能节节高升，他们还因一时不忿给了她下马威……

那些人现在回想起那个女人见抵抗不过，就张嘴笑纳，不哭不吵，嘴角一直带着阴毒的笑的样子，一点都不害怕，也一点都不觉得受辱。究竟是有多么强大的心理，才能做到这样？这样的人，搞不好会背地里捅他们一刀。不是没见过女人，所以知道枕边风的能耐。何况，老大每月都会外出，他去干什么谁又说得清楚呢？

燕姐扯着唐泽的手臂往外走，走了两步，她回头，轻笑：“喝酒有的是时候，兄弟们，咱们来日方长。”

来日方长，我让你们死无葬身之地。这才是潜台词吧？包厢里明明开了暖气，男人们却纷纷感觉如坠冰窖，也没一个人敢上去拦她。

出了包厢，燕姐整个人冻成一团，抚着手臂瑟瑟发抖。她嗔怪地看了唐泽一样，依旧笑得暧昧：“你怎么来了？”

“顺路。”唐泽没想和她调情，既然脱离了危险，那就更没必要深入接触了。

“你还真是个好人。”她笑。

“不算。”

“算，要是我的话，绝对不会多管闲事。”

“为什么？”

燕姐望天，笑得阳光，露出森白的牙齿：“你想啊，得罪了他们，我怎么跟着燕姐混到上层？所以我是你的话，我非但不会拦，还会让他们玩个尽兴。”

“你还真是坏。”

“还行，这又算得了什么呢？”她不笑了，也不说话了。方才眼底的群星璀璨，又在瞬间消失了，平静无波的瞳孔比深渊还黑，比黑夜还深邃。

唐泽不免想问——为什么有些人的人生又好又长，他们却要在油里煎熬翻滚，这么苦又这么短？

人生这事啊，甲之砒霜，乙之蜜糖。

第十二章

言雪又跟唐泽联系了，唐泽把他和燕姐的合作告诉了言雪，又说他们有共同的目的，所以要一起挖掘真相，这一切，都是为了让荒诞的事件尽快结束。

有了其他并肩作战的女人？言雪被吓了一跳，她有些慌乱：“唐泽哥哥一直和她一起工作吗？”

“嗯，为了查出她姐的去向，找到她姐，就能找到杀了你爸和我妈的人。”

“但是，你唯一的搭档不该是我吗？”

“嗯？”唐泽愣了一秒，不知道该怎么继续说。

言雪的声音冷了下来，再也没有平时娇憨的语态：“我知道了，我们这边也在调查。如果能找到斐乐，那么再找他就会更方便，会比找到她姐方便上成千上万倍！”她赌气似的说完这句话，随之挂断了电话。唐泽一定不懂吧？自己这样奋不顾身地帮他的真实目的，是想做唯一能帮助他的女人，而不是让其他外来的野路子捷足先登。

言雪胸口闷闷的，像是被油腻住了，如同厚厚的一层透亮的晶状物。明明唐泽只要探头一看，就能看到被油层隔膜包裹住的浓郁的真心，可他无暇顾及，连看都不看一眼。

都是她自作多情，这样，会给他带来苦恼和困惑吧？

本来就是……不该出现的身份。

最近不下雪，倒开始下雨了。比棉絮还轻的雨，被风一吹就乱了坠落的方向。

薛野白朝前拉了一把言雪，将她扯进咖啡厅的屋檐下，一滴水珠正巧落在了她的鞋尖，不知道是雨还是其他什么。

薛野白不看她，捧着咖啡喝了一口，问："要去查五年前的事情吗？"

"查。"言雪抿唇，闷声闷气地问他，"为什么薛警官这么执着于陈森的事情？"

他转了转咖啡杯口，拇指突然一顿，缓缓将纸杯下移一寸，回答："他妈妈救过我，这恩得报答。"

言雪怔忪一会儿，心想，原来人间世事都有牵扯，有因必有果，在别人眼中的微不足道，或许就是自己的毕生求索。

像是要倾诉一般，薛野白自言自语："小的时候，陈森就住在我隔壁。我爸酗酒，一喝醉就打人，门是上锁的，我没地方跑。有一天，我在被追打的时候成功跑出去了，没有别家的人敢开门，他们知道我爸是地方上的无赖，都不想沾上我家的事。只有陈森他妈开门了，把我接进去，救了我一条命。"

"后来呢？"

"那次我爸喝多了，酒精中毒，好像还有其他的一些潜在病，反正是死了。"

"嗯……"言雪不擅长安慰人，而且一般倾诉者大抵都不爱被同情。

"挺好的，是不是很可怕？我居然会觉得挺好的，还松了一口气。"

她无话可说，只能点头。

"继续查吧。"薛野白拍拍羽绒服上的雨点，站起身来。他回头，路尽头已经燃起了白色的烟雾，破败的屋里升起了一道道炊烟。以前，陈森的妈妈就是这样做饭的。他回家时，路过她家的窗前，这个女人总要探头出来，给他递点吃食。他曾经无比羡慕陈森，拥有世间最好的家人。家里有灯，有人守候，一年四季，一日三餐，这样的场景是人间最曼妙的烟火，也是他做警察这一行的最终目的——希望所有人都能平安回家，吃上一口热乎饭。

五年前的事哪这么好查？要么去问谢楼南这个当事人，要么去问陈森。可是用脚指头想想就知道，他们怎么可能会说，好不容易隐藏了这么久的事情，见警察来挖，恨不得将秘密埋得更深些，更加警惕，严防死守，怎么还会暴露？

为今之计，也只能去医院看看了。

五年前的事情要挖出来，说容易也容易，说难也难。但是只要人来过这个世上，就一定会留下痕迹。言雪有信心挖出这些痕迹，尽快找出他们与斐乐之间的联系，这是言雪能够“挽回”唐泽的方法。

吃了饭，他们就赶往医院。

出示警察证件是一般调查流程里最重要的一步，不出五分钟，就有负责人员带他们去一侧办公室详谈。

言雪单刀直入：“我想问一下谢楼南小姐当时在医院里的情况，她是陈森医生那起事故里最重要的人证吧？”

负责人点点头：“是的，不过警方也没找到其他指证陈森医生的线索，又有人证，这就是一起事故……我想问一下，为什么事隔五年，警方还来调查这桩事故？明明没有什么可以调查的了，当时都结案了，说是个意外。”

“谢楼南小姐最近牵扯进一起案件，而证明她清白最重要的证据是由陈森医生开具的诊断书。”

对方一听就明白了其中的关键——两个人在两起案件里互相做证，时隔五年，想想都匪夷所思。负责人知道里面关系重大，小心翼翼地问：“那你们警方……是怎么看的？”

言雪知道他在担心什么，微微一笑：“我们的调查涉及一个机密任务，所以只要你们配合，无论结果如何，我们都不会声张，不会让它变成一起社会新闻。可如果你们不配合，事情闹得沸沸扬扬，我就不知道那些嗅到味儿的媒体会不会来采访一下，写个什么案件跟进报道了。”

负责人也不想因自己的疏忽导致整个医院被推上风口浪尖。要是这事真的有反转，真的是陈森医生杀母、病人做伪证的话，一旦宣扬出去，谁还敢在他们医院看病？这就是不诚信、安全系统不过关的反面例子！他擦了擦额头上的冷汗，叫来当时在住院部工作的所有护士。五年时间不算长，还没有人在此期间离职，毕竟医疗单位的工作是铁饭碗，只要不累死，别的保障还是有的，能一直做下去。

言雪眯起眼睛，问道：“我和薛警官只想调查一件事，那就是在五年前，谢楼南和陈森医生的关系怎么样？有没有什么除了医生与病患以外的暧昧关系？”

他们俩，一个是犯罪嫌疑人，一个是最重要的目击证人，而陈森的案件在前，谢楼南如果是帮陈森证明清白，那必定和他关系匪浅。只要挖出这层关系，就能让这桩案子重新进入审理，而谢楼南的证词就充满了疑点，也无法证其清白。

护士们倒也没含糊其词，想来是陈森魅力极大，离开医院三四年了，还有人记得他俊俏的样子。不一会儿，就有人说：“我当时没在那层楼工作，所以没有很上心。不过即使陈医生和谢小姐真的有关系，陈医生那时候也有女朋友了，肯定不会明面上来。对方还是大医院院长的千金，不管出于什么原因，搞出轨都划不来……”

言雪抿唇：“这种事情，我也明白，但是他们两个之间肯定是有关系的……等等，你的意思是，在医院这种场所里不敢光明正大调情，但是私底下没准可以？”

护士有点怕惹事，怯懦地避开了眼神，没敢往下接。

别的护士想了想，说道：“好像也没什么特别的，我当时对陈医生挺有好感的，要是他们在医院里有特殊行为，我肯定盯紧谢小姐了。”

“哎？你对陈医生有好感？”一侧的女孩惊讶地问道。

“现在肯定没有了，我都结婚了。”

除了她们俩，剩下的护士都纷纷说对五年前的事情没印象。

言雪问不出其他东西，只知道一点，如果他们两个之间有联系，也肯定是背着人的勾当，不可能明目张胆这样做。那么，还有一种可能，如果是谢楼南心甘情愿为陈森做伪证呢？她是不是暗恋陈森？病患喜欢上自己的主治医师，并不是没有这种可能。

如果是言雪的话，她在做伪证之后，肯定会偷偷联系陈森，以此威胁他：“我为你做了伪证，我付出了这么大的代价救你。我喜欢你，所以你必须和我在一起。”

可如果是这样，陈森的太太早就不是院长女儿，而是谢楼南了。不过，也有另外一种可能，就是陈森稳住了谢楼南，又保住了太太……总之，不是他们私下两情相悦，就是谢楼南暗恋陈森，绝对不可能存在第三个答案，譬如，陈森胁迫谢楼南做证——因为想要胁迫一个人，必须有对方的把柄。如果陈森有谢楼南的把柄，那他和谢楼南在第一次杀母做伪证的时候就两清了，轮不到谢楼南威胁他做假的诊断书。所以，陈森一定欠着谢楼南一个人情，而这个人情，他必须赴汤蹈火来偿还。而谢楼南给这个人情的原因只有爱慕，那时的谢楼南什么都不缺，只想让陈森有愧疚的心理。

言雪又幻想了一下，如果她是陈森，谢楼南找上自己，说：“我给你做了伪证，我爱你，你必须和我在一起，否则我就抖出所有的事情。”那么，自己会怎么做呢？一边是自己一心想要攀高枝的太太，一边是足以毁掉自己人生的谢楼南。自己必定要想出个万全之策，至少要稳住谢楼南：“如果现在我们在一起，太惹人注意了，你保不了我，别人也不信你的证词。所以，我表面上还是和我太太在一起，我私下只爱你一个人，等风头过去，我就和你在一起。”

如果谢楼南真的爱自己，肯定会吃这一套的，因为她别无他法，也不能逼急了陈森。于是，陈森就这样稳了两年，直到一个契机：谢楼南惹上了斐乐的事情，她想要他帮她，以做伪证相要挟。

如果陈森不爱她，这个时候就该摊牌了："我帮你也可以，不过这事以后，我们两清，你再也不许来找我，否则我也会抖出你的事情。"

即使谢楼南恨他又怎样呢？敢杀自己母亲的男人，怎么可能是好人，他不过是道貌岸然的衣冠禽兽而已。

于是，他们达成了共识。谢楼南解脱了，陈森也是。

言雪拿他们没办法，其中的纠葛，不是有了推论就能证明的。这一切，也只是她的臆想而已。不过陈森如果想和谢楼南谈判，必定会有碰面。言雪能找到这个碰面的证据吗？

能，她必须能。

天色渐暗，夜幕来临。薛野白和言雪却没有回家的意思，仍旧执着地调查。

薛野白问言雪："你是想找谢楼南在这个小镇里生活过的痕迹？"

"对。"

薛野白把笔叼在嘴里，一手从羽绒服内侧的小兜掏出笔记本，含含糊糊地道："我有她以前住过的公寓地址，你如果想的话，我们可以去看看。"

言雪点点头。

要起程了，言雪上了薛野白的摩托车，戴上头盔，揽住这个男人的腰，问："薛警官以前也查过谢楼南？"

"唯一的人证，总要查的。只是那时候她在家，不肯和我多透露东西。跟踪了一段时间，也没发现和谁联系。我还有工作，不可能每天都跟着她，就此错过了重要信息也不一定，所以调查工作就此搁浅了。"对方说得云淡风轻，实际上也能猜到他在多少个夜里因查不到线索而感到不甘，毕竟死去的人对他来说犹如再生父母，是他悲惨童年里唯一的星光。

问而不答……言雪苦笑，要是真的问什么答什么，这世上就没有凶杀案了。

他们到了那间公寓，敲了门，是别的住户来开门的，说谢楼南早就搬走了。估计在陈森离开这个城市的时候，她也走了。有了新的生活痕迹，谢楼南生活过的痕迹也肯定不复存在了。

言雪不抱什么希望，出示证件以后，问道："之前住的人是谢楼南谢小姐对吗？"

房客对她还有印象，笑着说是："还是她找上我们，给我们提供房源的。"

"为什么？"

"因为这里租房有押金，合同上写了需要住满半年。如果没有这个规定，住了几天随时拿了押金走人，房东也不方便吧？所以她说第六个月只要我们入住，给她这个第二房东付普通租金就好了，到期后，她会去房东那拿回押金，然后跟我们正式签合同。这样虽然违反合同上的条款，但是她处理得还算不错，房东那也就睁一只眼闭一只眼了。对我们来说，一次性拿出大笔押金也实在是手头紧，能缓上一个月再好不过，就这么答应了。"

言雪了解了，这样做其实也是合理的，能变通，自己的利益不受损害，一般的人都会放放水，规矩是人定的。

薛野白问："她给你们推荐房子，大约是什么时候的事情？"

女主人答："等一下，我让我老公拿一下合同，反正是最早一份合同日期再往前推一个月。"

她丈夫看起来是个稳重的人，夫妻感情也不错，一听太太有吩咐，很快就上楼拿了合同，包括已经过期的合同备份。

女主人给他们泡了茶，翻了一下合同，说："看来是 2012 年 9 月的事情了。"

陈森的事件发生在2012年5月，三个月正好过了热潮期，在这个时间段搬家也不会引人怀疑。警方差不多也结案了，何况这也不是什么谋杀性质的案件，再查也查不出个花来，还是要相信正常的逻辑推理的，没必要咄咄逼人，除了薛野白。

言雪抿唇，想和女主人闲话一下当年的事情："你应该也知道我们是为什么事来的吧？"

女主人笑了笑："警官们一过来，点名要问谢小姐，我大概就猜到了，还是那起医疗事件吗？"这件事引起了轩然大波，在小镇上闹得沸沸扬扬的，她不可能不知情。

"对，我想问一下当年有关谢小姐的事情，任何琐碎的、无关紧要的事情都好。"

女主人点了点头："其实我对她的印象挺深刻的，她看起来才二十岁左右吧。一个人在这边医院做手术，没个家人，怪可怜的。这样的小姑娘应该不会说谎骗人，对她来说没好处。"

言雪听出了重点："她没家人在身边吗？"

女主人叹了一口气，同情地道："据说父母都在国外，原本跟着外婆长大，是留守儿童。哪知道长辈病来如山倒，突然就去世了，那时候她刚刚成年吧。她父母本来想把她接到国外去的，但是她不肯，自己来了这边的医院就医。不好意思，我当初觉得她一个小姑娘不容易，所以就多打听了几句。"

"没事，你继续说。"薛野白淡淡地道。

女主人可能觉得言雪比较好亲近，有点怵薛野白，再说话时，目光完全投注在了言雪的身上："其他的我也没问太多，打听了底细，我们租房也放心一点。哦，对了，后来我们搬进来的时候，她还有一些零碎的物件留下，我把那些东西收集起来存在柜子里，本想着等她下个月来拿押金的时候再还给她。结果联系了房东，这才知道她拿了钱就匆匆忙忙走了，房东让我们自行处理，可这些东西我也不好丢，毕竟也算是认识的人，所以一直放着，以为她有朝一日会回来取。结果转眼间就过去了五年，时间真快啊。”

言雪像是找到了希望之光，眼睛也不住发亮：“那些东西你还留着吗？”

“留着，我让老公拿给你们看。要不是你们问起，我都忘记了还有这些东西。如果不介意的话，你们可以带回去慢慢看，我估计也是一些无关紧要的废弃物，不然不会留在我这里。”

大概女主人是不太欢迎警察的，希望两人拿了有用的东西就尽快离开吧。言雪怀抱从她先生那递过来的纸盒，和女主人说道：“那我们看完就再送回来。”

“其实，你们如果能找到谢小姐，就帮我转交给她吧。这些东西放在家里也挺不方便的，还占位置。”

“好的，那再见。”

“再见。”他们关上门，楼下的灯熄了。

言雪抱着这一盒子还算是轻的私人物件，嘴角忍不住上翘。没料到这一趟来得这么值，能拿到这些东西。

薛野白感慨道：“也幸亏有你，否则我无权再调查这个案子，也得不到这些东西，感觉这次，肯定会离真相越来越近了。”

言雪也有这种预感，原本满布迷雾的前路终于有了一线光，总有一天，太阳会升起，会将一切阴霾驱散，露出最原始的面貌。

为了方便，言雪直接去了薛野白的住处。他换下了厚重的羽绒服，穿着居家的白色毛衣，领口很大，露出锁骨，一道月白似的亮，很好看。

薛野白戴上手套，拿着物证袋将纸盒里的东西分类摆好，东西不算多——一本借来还没来得及归还的书，上面有借书卡，可以去借书的图书馆询问一下；几张拆了封的专辑，看碟片背面的刮痕就能知道这里面的歌被放了无数次。

言雪翻了一下专辑，几乎没什么特殊的东西。逐一拆开，才看到一张皱皱巴巴的纸，折成小方块，像是秘密一样塞到专辑影碟盒的缝隙里。

她和薛野白面面相觑，拿着小镊子小心翼翼地夹出来，上面写着细密的小字，虽然模糊，晕染在纸上，但也能从肉眼辨别出来：陈年老酒，雪夜白森。头字和尾字组成了“陈森”两个字，这是她不能说的秘密，也是她无言的宣泄！

言雪能懂这种感觉，喜欢的人最终只能藏在心里，不敢说，也不会说。那些暧昧的字眼，光是那个人的名字，都会让自己心潮澎湃。而这些暗恋的思绪最终会被时光冲淡，被岁月掩埋，变成了不可变换的青春旧事。

青春，也代表着失去。

言雪总算是找到了一点希望，她之前的所有推理都在一瞬之间回溯，堆积在一起，爆发出强烈而巨大的力量。果然，她猜得没错，这肯定不是巧合那么简单！他们肯定有暧昧关系，至少谢楼南对陈森有！也正是这种爱慕促使她去救那个伪装虚弱的恶魔，是她一步步将恶魔带回人间的。

谢楼南应该也发现了吧？所以，她现在陷入两难，一方面是自己因爱生恨的男人；另一方面是为了自己的命不得不伪装一辈子的盲人。她应该也快崩溃了吧？

所以，言雪此番才会这么顺利。那么，她之前给的“不是盲人”的提示，究竟是刻意为之，还是言雪细心观察所推理出来的呢？

不管怎么说，希望就在不远处。她好像，逐渐看到升起的太阳了。

薛野白问：“好像有点苗头了，之后去图书馆看看？”

“好，既然她去过图书馆，应该会有一些借书的记录，总有认识的其他人。我们可以一步步摸上去，找到线索。”

薛野白倒是没其他意见，突然，他眯起眼睛，就着屋内昏暗的光，问言雪:“我都没有问过你，为什么要这么拼命?”

言雪粲然一笑:“我和你一样，心里也有一个至关重要的人，我想救他，所以必须拼命。”

在去图书馆之前，言雪还是光明正大地找了一趟谢楼南。她们约在了一家青年旅舍的咖啡厅，门窗皆为文艺的复古样式，油绿色的窗，质感模糊的大块玻璃，四个角都堆积着厚厚浓浓的雾，只有最中心处清晰剔透，晕出一道光，映亮了冬夜。

言雪坐在位子上，喝了两杯大麦茶才等到了人。

谢楼南拄着盲杖进入包厢内，微微一笑:“是言雪小姐吗?这么晚找我有什么事情吗?经过上次的事，我想我们不太合适见面吧?虽然我个人觉得你肯定有苦衷的，然而跟踪我……总归不太好。”

言雪懒得跟她玩唇枪舌斗这一套,将上次拿过来的专辑摆在桌上,又摊平那张写了“陈森”名字的小纸条给她看。

许是听到专辑碟片和桌子撞击在一起的清脆声,谢楼南视线下移,落在了桌子上。她抿唇，不出声，因为言雪并没有念纸条上写的东西，她不能开口说话。

“这是你以前写的吧?陈年老酒，雪夜白森，一头一尾的字合起来就是陈森。”她目光灼灼，盯着谢楼南的反应。

对方没什么反应，只是盯着桌上的一堆东西出神，大脑放空，不知道是看得见还是看不见。言雪的心里不免有一个恶毒的嘲讽念头:她装不装盲人都挺像的。

谢楼南不说话，言雪只能先发制人:“谢小姐，还记得陈森这个人吗?”

“我的主治医师，当然记得。”她回过神来，抬头，微笑，装作积极向上的样子。

“你觉得他怎么样?”

“是个很好的医生。”

“对人很温柔吗？”

“很温柔，也很有耐心。当时我治疗眼睛的时候，病房里好像有很多小护士围观，对我也很亲切，或许是想博取他的好感吧。”

言雪讽刺道：“不过他肯定很自责，很内疚吧。”

“嗯？”

“自己的病人在经过悉心治疗后，还是摆脱不了失明的噩梦，他肯定很伤心。”

谢楼南苦笑：“是啊。”

“由于案件需要，我们还去找了一下陈森医生……结果得知，五年前有一起医患事故，为陈森医生做证的就是谢小姐。”

“哦，那件事，怎么了？”

言雪摇摇头：“只是觉得感兴趣，就多打听了一句。谢小姐是真的确定当晚陈森没有在他妈妈的病房里？”

谢楼南笑，四两拨千斤地说道：“案子都结了，该说的都说了。”她的言下之意是，关于伪证我不承认，也不会多说，总之五年前我说了什么，审讯记录里有什么那就是什么，问再多都没用。

谢楼南还是不肯配合，但言雪的敲打目的已完成，于是她做出要告辞的姿态，临走时，回头问了一句：“还有一件事，我记得那天……你对我说，言雪小姐，你没看到我的人，也没听到我的声音，怎么知道是我？”

谢楼南不慌不忙地道：“我忘记了。”

这下，言雪可以毫无留恋地走了。她这次过来就是想看看谢楼南会不会害怕，如果惊慌失措之余能联系一下陈森，那再好不过了。这是言雪惯用的心理战术，有没有效果，于她都不亏。她走了几步，突然又想起，既然都已经用了这招，那不如再去联系一下陈森，跟他摊牌。五年前的案件，既然言雪他们找不到线索，陈森也必定找不到其他痕迹。他只会自己暗暗思索，对过往的阴暗回忆产生怀疑——我究竟还有没有露出其他马脚，说不定那时候除了谢楼南还有其他人在，他不出声是因为不想惹麻烦吗？万一这次被挖出来……不，不对，怎么可能有其他人在？那么，谢楼南会报复我吗？万一她因爱生恨……

最不信任别人的应该就是陈森吧？所以，即使谢楼南一直守护他，这个男人也会因为心虚露出马脚的。言雪打算试一试，她让薛野白去图书馆查认识谢楼南的人，自己则驱车去医院找陈森。

抵达医院的时候是傍晚，言雪饿惨了，就在医院外的面馆里吃了一碗酸菜肉末手擀面。面条细滑劲道，不是那种机器压出来的，所以表面有凹凸不平的痕迹，吸溜入嘴，还滚进了许多汤汁，滋味饱满又浓郁。她三两下吃完了面，在医院门口等人。

言雪记得陈森的长相，在调查时也看了他的证件照好多次。所以，在陈森经过医院门口路灯的第一时间，言雪就认出了他，喊："陈医生。"

陈森回头，清俊的脸上带了一丝疑惑，他把白大褂脱在办公室，现在穿的是便服。"你是？"他脸上的疑惑并未作假，他是第一次见到言雪，也没有听谢楼南提起过。

"方便找个咖啡厅聊聊吗？"言雪微笑，出示证件，"我是禁毒局的调查员，手上的案子与你有关。"

陈森抿唇，不知该做什么反应，此刻却不能做贼心虚："那就去远一点的地方吧？在医院附近被人看到，恐怕不太好。"

这个男人最注重的就是自己的声誉，自然也不想让言雪毁了他的后半生。

晚上八点，两人咖啡厅碰了面。

言雪点了一杯冰咖啡，在暖和的屋里喝冷饮，跟在夏天吹空调盖棉被一样，都有种离经叛道的畅快感。

陈森想尽快摆脱她，问："警官，你找我有什么事情吗？"

"你知道谢楼南谢小姐最近牵扯上了一桩案子，有做伪证的嫌疑吗？"

陈森拒绝得很快："谢小姐？哦，我想起来了……她的事，我并不知情，也很久没联系了。"

"是这样吗？不过我们在调查谢楼南小姐的时候，发现她以前曾在一些私人物品上写过你的名字，你们那时候是不是有其他关系呢？还有，五年前，陈医生好像深陷一起医患事故，受害者是你的母亲吧，而谢小姐则是唯一的人证，她的证词帮你脱罪，这也是真的吗？"

陈森的薄唇抿了起来，压出一道丧失血色的白线："之前都已经结案了，审讯记录上怎么写的就是怎样的。"

"那么，谢小姐那张丧失视觉的诊断书也是你开的吧？"

"她几年前曾在我工作的医院就医，那次偶然遇上，找我继续医治眼睛，应该是再合适不过的事情，有什么问题吗？"

"没什么问题，只是谢小姐看起来……好像和诊断书上的说明不符，她没有完全失明。"

"是吗？你究竟在怀疑什么？"

言雪轻笑："这些都是我们的推断，我会继续调查下去的。那么，晚安，陈医生。"她说完这句话就离开了咖啡厅。

比起谢楼南，陈森道行可低了不少。或许是谢楼南知道他是怎样自私自利的人，咬紧牙关也不会背叛，因为这事关他的前途。可陈森就不一样了，他不信谢楼南，那么会去找她核对情况吗？这是囚徒困境里的一招，并不算是法学内容，而是经济学的一个典型。把犯人分开审问，假如A说了真话而B没说，A则被无罪释放，B要被判刑三年，反之亦然。假如两个人都说了真话，则都判刑一年；如果皆不说，警方无可奈何，只能将他们一起无罪释放。

谢楼南就是这里的B，她百分百相信A，所以才坚持说谎话。但是难保A不信任她，为了保全自己，必定会说真话，又或者是越过这道墙壁，去打听B究竟说了什么，再自行选择说辞。

那么，越过这道墙壁最要紧的一点就是见B，当面问清楚。陈森为了不惹人怀疑，肯定删除了谢楼南的信息，所以只能当面去找她了。言雪只要拍到他们相见的照片，证词的真实性就会不攻自破，两桩案件都得重新审理……

夜色越来越浓，远处的灯光变成稀稀疏疏的几点微光。

言雪一回头，突然看到巷子里有人影闪过，她三两步追了上去，将那个带着相机的男人撞倒在地。

“你是什么人？”言雪问他。

男人不说话，手里的拍立得相片散了一地——言雪和陈森见面的照片，陈森对面的人侧颜模糊，只能隐约看出是个女人，看起来男人没有认出照片上的人是面前的言雪。

言雪明白了，笑道：“你是私家侦探？陈太太派你来调查婚外情的？”

对方还是死咬着不肯说出口，言雪只能出示证件：“我是调查员，你最好老老实实说清楚，不然我就把你扭送到派出所去。”

男人无奈，只得点点头：“都是陈太太的命令。”

“没事，这事你继续跟进，陈医生没准还真有其他女人。至于这个照片，你也转交给陈太太，不过你不能暴露我的信息，只说好像看到一个女人跟陈医生接触，后期还要继续观察，我会再联系你的。”

言雪留了联系方式，此时此刻，她的心中已经有了计划。

说来也是讽刺，不管陈森当年和他太太在一起是为了财，还是为了爱，他真的为此付出了很多——包括铲除这条路上的一切阻碍。他也算是付出很多了吧？至少对太太还是忠心耿耿的，连最该搞暧昧的谢楼南都拒绝了。

这样的男人，为何太太要处心积虑地调查他呢？言雪有了一个不太好的设想……她联系了那天晚上撞见的私家侦探，问他："陈太太要你跟踪陈医生，为的是什么事情？"

"我签过保密协议的，不能说，说了就完了。"

"那么，要不要我帮你把这件事抖出去，顺便告诉陈森……这样的话，这笔钱你也捞不到了吧？"

侦探犹豫了一下，态度也恭敬了许多，大概是没想到言雪这样刁钻。

言雪用手指勾了勾鬓边微翘的头发，温柔地笑道："只要你帮我，我不但不举报你，不干涉你，还会协助你调查。"

那个男人的声音有点含糊不清，像是被隔绝在厚厚的玻璃里，说话瓮声瓮气的，带着浓密的白色雾气。他轻声问："警官，你究竟想做什么？"

"陈太太为什么要你调查陈医生？"

"……"他不敢说。

"不说的话，我就自己猜了。陈森医生为人还算是正派，不应该会引起太太怀疑，所以，是太太想要离婚吗？为了离婚官司可以多判财产，所以派你找他的出轨证据？找得到最好，找不到就算了？如果找不到，是不是还会安排人诬陷他，伪造一份'小三被捉'的证据？"

男人叹了口气："你都猜对了，还问什么？"

"那看来还真就是我说的这样……"

"我想问一下，你为什么要调查陈医生？他是犯了什么罪，被警方盯上了吗？"他的声音虽然极力压制，但也透露出一点亢奋，想来也是找到了绝望中的一丝光明，紧拽不放。

"他是我案子里重要的犯罪嫌疑人。"

"哦……"男人沉吟一秒，还没出声，舌头与上颚就剧烈碰撞在一起，发出啧的一声，许是因为太过紧张了，他缓了好久，才继续说，

“刚才有事情瞒着警官……”

“嗯？”

“实际上，并不是没有出轨对象。”

“什么意思？”言雪大概明白了，陈森可能真有个出轨的女性对象，并且让陈太太抓到了把柄。

“我们这一行，有个规矩就是嘴巴要严，客户的事情，就算警察来也不能说。要不是你说陈先生牵扯进了案子，我也不想讲的。陈太太见过陈森的出轨对象，她在三年前偶然看到陈先生手机里的短信，于是跟踪过去，发现他正和一个女人约会。那时候陈太太还爱她的丈夫，不敢贸然质问，私下跟踪过几次，发现他并没有再和这个女人见过面，也就没多想了。她自我安慰，那次碰面只是病患的家属有紧急事情联系他而已，如果去质问陈先生的话，反而会暴露跟踪他的事情，破坏夫妻感情。”

“那三年前的事情，怎么现在突然想起要调查了？”

男人冷笑：“女人的事情谁说得清楚，她看上了新人，想要离婚，但是又想让陈森净身出户，所以开始翻以前的事情，寻找那个女人的下落，只要有他出轨的证据，离婚官司不是不能赢。”

言雪无话可说了，明明爱过一场，也是自己先背叛丈夫，却能转过身倒打一耙。

不过三年前，正巧是斐乐和谢毅杀人的时候，只要能证明那个时候的谢楼南不瞎，这一切都能真相大白。

谢楼南的诊断书日期证明她在五年前就失明了，然而诊断书的日期是可以伪造的，医院也早就没了记录。难保是谢楼南在陈森杀母之后的两年，遇到了斐乐这事，为做伪证找到了陈森，让他伪造一份诊断书。这样的话，目击斐乐运尸是在三年前，而她五年前就瞎了，所以看不到，也不会再受这个女人逼迫了。

为今之计，恐怕是要去找陈太太了。

言雪不疾不徐地道："我可以帮助你拍下陈森和出轨女人见面的那一瞬间，不过，你得答应我一件事。"

男人没想到饭碗没丢，还有这等好事，惊讶地问："什么事？杀人放火我可不做。对，你是警察，怎么可能犯法……"

"我想伪装成你的搭档，见一见陈太太。"

"呃，这事和陈太太又有关系了？"

言雪扯出一缕意味不明的笑："至关重要。"

原以为再也不会生出波澜的死水在这一刻微微颤动，底下有不知名的阴暗怪物呼之欲出——这就是复杂的人心吗？人心即怪物，人性也是。言雪终于明白了前辈所说过的那句话："世界上的一切真相终将昭雪。"

不只是冰冷死寂的线索，还有复杂的人际关系会随着时间的河流逐渐浮出水面，谁都无法逃过命运的安排，这就是坚持不懈调查的最关键一点。有些事情在看似不可能的情况下，只要用时间洗刷，都会出现转机。

言雪就等到了这第一个转机，且来自于陈太太。

有了私家侦探做媒介，言雪很快就见到了陈太太本人。

他们约在了一间人流稀疏的会所，开的是仅限四个人的小包厢，一张棕色长桌摆在最中央，将他们三个人的座位分隔开，疏离又亲密，有种背地里一同谋事的错觉。

陈太太将嵌满银鳞的手包放在腿侧，说话时，身体微微朝前倾，摆出既亲昵又温柔的姿态。侧头时，栗色的大卷将脸颊挡住，阴影糅合着柔美的五官，爆发出一种难以言喻的惊艳力量，就连言雪这个女人都忍不住因她心头一跳。难怪陈森会做那样可怕的事情了，他太太的皮囊确实美，而底下的温热心脏却如蛇蝎一般狠毒。不，也怪不了她。

陈太太缓缓启唇，能看到唇间红润的唇釉微触，绞丝，又分开，说道:“你们找我来,是查到什么线索了吗?”

这种事情,是聪明人就不会委托第三人去办,必须亲力亲为,才够隐秘,所以陈太太才会单枪匹马过来。

侦探不吭声,倒是言雪从包里抽出两张照片,一张是那天晚上侦探拍到言雪与陈森在一起的照片,看不清脸,只能认出陈森以及一个女人的身形,另一张是谢楼南的照片,问道:“我们拍到了这张照片,你先生的确有和一个女人私会。经过我们的跟踪,还拍到了这个女人的近身照,就是这张。你对这个女人有什么印象吗?我听说,陈太太你在三年前见过陈森和一个女人私会吧?”

陈太太点点头,捏起照片,眯起眼睛,将注意力都集中照片之上,似能用目光将这张胶纸灼烧干净。突然,她啊了一声,说道:“我记得她!绝对记得她!”

言雪知道是自己的心理暗示起了效果,在她的暗示下,陈太太肯定会千方百计地去回忆这个女人……现成的证据就在眼前,不需要去伪造出轨对象,送上门的肉,能吃到就吃了它。言雪拿出纸笔,打算开始记录:“你能详细说说关于这个女人的记忆吗?还有,你三年前见过的那个女人,是她吗?”

“是她!我很确定!”

“为什么?那可是三年前的事,怎么可能记得这样清楚?我们是朋友,可要实话实说,造一点假都不利于我们之后的调查工作。”

“千真万确!”她的笑容颇为得意,“女人对这方面的记忆力可是很惊人的,就连那天她穿了什么样的衣服,我都记得。毕竟是勾搭我丈夫的女人,我绝对不会记错的!”

“给我从头到尾说说吧。”

“三年前,我看到有一条没备注的短信,号码很陌生。原本没在意,可因为是单条,所以没解锁手机也能看到信息内容,上面写的是‘晚上八点,森源酒吧等你’,晚上八点早就是下班时间了,我直觉不是病人，怕误会陈森，又想捉奸在床。凭着女人的直觉，我没有声张，就这么跟了出去。我记得一清二楚，他们在酒吧里碰面，我躲在暗处还拍了一张照片，毕竟是证据，总要给陈森看看的。然而，他们并没有亲密举动，只说了几句话就散了。我搞不清楚状况，所以想等他们下一次碰面。就这样观察了半个月，陈森都好好的，也没早出晚归，我想可能真的是我误会了，就没有过多在意。”

三年前，正巧斐乐被谢楼南看到的日子。

“这个女人，她……是盲人吗？”

陈太太愣了愣，没明白言雪为什么这样说，迟疑道：“盲人？她怎么可能是盲人？走路还有说话都没问题，也没有执盲杖，和正常人一样啊。”

“你确定吗？”

“我确定！”陈太太像是要寻求认同一般，拽住言雪的手，急不可耐地说道，“由于三年前的机缘巧合，我记下了这个女人的号码，前几天打过，她仍在使用。现在还有三年前拍摄的照片，错位镜头看起来像在接吻一样。我觉得这是个机会，如果实在找不到我先生出轨的证据，凭着这些，我们可以捏造一些证据，有了证据，我先生的解释也只会被判定是诡辩，对吧？”

她说得再多，言雪也听不进去。原本压在她心口郁结许久的大石头终于被搬开了，散发出被沙石掩埋了成千上万年的腐朽气息。她终于找到了一点痕迹，凭这点痕迹就足以让她描绘出整张地图。有了照片，又有了陈太太的证词，足以让谢楼南重新去检验视力，也足以让她的证词证明力不足，案件肯定会重新审理。

现在，只要再让他们相遇一次，在言雪的悉心部署之下，他们肯定插翅难逃。

然而，要想将陈森定罪，就必须找到他与谢楼南之间的联系，不然谢楼南作为无关人士为杀母案做证的证词证明力就会非常强，再联系陈森母亲呼吸罩上是她自己的指纹，可以完全证明这就是一起医疗事故，与陈森无关。

岂能让这只狡猾的野狼白白溜走？言雪得想个法子。与其从谢楼南那里下手，还不如从陈森这里下手。如果他做贼心虚，必有回应。

言雪用新的手机给陈森发了一条短信："你应该知道我是谁，我被那个叫言雪的调查员找上了。"

发完这条短信，她就将手机嗖的一声抛到角落里。

陈森没有立即回复，应该是在犹豫。他现在被困在囚牢之中，上天给他一次翻墙去偷听同伴证词的机会，他总不会错过吧？把握好了，这一战旗开得胜；把握不好，满盘皆输。他也不想落到那样的地步吧？所以，他必定会有行动。

不仅如此，言雪还把从陈太太那拿到的手机号码交给了张队长，让他去查号码所属人。只用了半天的时间，就有了结论——这个号码真的是谢楼南的，而且没有注销号码，至今还有人使用。

张队长想收网，言雪还不肯："有另外一桩案子需要了结，现在先不要打草惊蛇。"

"如果给他们喘息的机会，没准会放跑这只老虎，拖不得！"

"那么，张队长你再给我两天时间，就两天，不管查不查得出陈森的案子，我们都收网。"

"行，就两天，不能再多了。"张队长咬咬牙，答应了。

与此同时，薛野白那边也有了进展。

他们约定碰面的地方正是那家图书馆，进门往左拐就是茶水间，看书累了的会员可以在这里的自动贩卖机里买点饼干，也有饮料供人挑选。言雪拉开一听软饮，哧溜一声，气泡从中涌出来，她赶紧用嘴去接，吸了满口甜腻的泡沫，喘息的空隙，问他："查到什么了？"

"图书馆有大发现，我找到了谢楼南的高中同学，并且在五年前，她们有碰过面，还吃了一顿饭。”

“是不是骗人的？五年前的事情，她记得这么清楚？”

薛野白点头：“我觉得不是骗人的，她们曾经是亲密无间的玩伴，上了大学才各奔东西，所以难得一次碰面，怎么说都会印象深刻。”

“能找她聊聊吗？”言雪问，她还是不太相信薛野白的判断，得眼见为实。

“已经约好了，下午五点的时候，去她家见面，地址我有。”

“干得好！”言雪由衷赞叹。

言雪不认路，由薛野白一路带她去。

走了近半个小时，好不容易才到了谢楼南高中同学的家。她的名字叫惠子，据说是当年父母查胎儿性别，以为是个男孩，就想了“慧子”这个名字，寓意智慧之子。结果一出生是个漂亮的女孩，临时起意改成了惠子，希望自己的女儿将来温婉贤惠。

惠子人如其名，二十多岁的年纪，的确比一般女孩要安静成熟得多。她站在阳光下，温柔浅笑的样子仿佛有力量，糅合着和煦的阳光，给人一种强烈的亲和力。难怪能和谢楼南成为朋友，她这样的人，应该很少有人讨厌吧。

言雪简单地做了一番自我介绍，问惠子：“你和谢楼南认识多久了？最后一次见面是在什么时候？”

许是言雪询问的态度过于严肃，惠子也收敛了那种待客的含蓄笑容，微微皱眉，认真回答：“是五年前，我记得很清楚。我是在图书馆碰到她的，高中的时候说过我的家住在这里，所以还自恋地以为，她是来看我的，所以当时看到她很高兴，反应很夸张，朝她摆手，在图书馆里也忍不住喊她的名字，可楼南第一时间却不是欣喜若狂，反倒有些手足无措。”

“手足无措吗？”言雪呢喃自语。

“是的，后来我才知道，她来这里是看病的，不是为了看我。”

“她有眼疾的事情，你一直都知道吗？”

“嗯，我一直都知道。不过应该没那么严重，没有到失明的地步。对了，她的眼睛在八年前受过伤，可能在那时候加剧了她的眼疾。”

“受伤？”

惠子皱眉，显然回忆那么久远的事情有些困难，她抿了抿唇，说道：“对，那时候我和她在南河堤坝上散步，迎面冲过来一只狗，把她吓到险些摔下堤坝，眼睛也就是那时候跌到地上被碎石扎到了。哦，那时候有一个实习医生路过，要不是他帮忙，楼南的伤势可能会更严重。”

“实习医生？”言雪好像听到了什么了不得的东西，眼睛一下子瞪大了。

“他救人的动作娴熟，看姿势就像是医生。楼南迷迷糊糊地问他是谁，那人也回答了自己的姓名，自称是实习的医生。”

“名字？还有名字？他叫什么？”

“叫陈什么来着……”

“陈森？”

“对，应该是。”

言雪的情绪不太稳定，紧拽住惠子的手臂，大声问：“是还是不是？这个名字对我来说非常重要，拜托你想一想。”

惠子发出细微的呻吟，像是被弄疼了：“是，我记得是他。”

言雪松开她，整个人都松懈了下来。

全部串成线了，没有白走这一趟。

谢楼南与陈森的联系也有了证据，可能不止是爱情的原因，还有救命之恩。也就是这一微不足道的小事，让她铭记了整个青春，导致最后她义无反顾地拯救陈森，或许在那时候，谢楼南就爱上了这个男人，所以不甘心，也贪心地想利用这一点去拥有陈森。然而对方不是什么善茬儿，利用她目击斐乐搬尸一事，了结他们之间说不清道不明的复杂关系。此后，你走你的阳关道，我过我的独木桥，咱们江湖再也不相见。

通了，一切都说通了。

言雪只需要联系他们，让他们会个面，再一网打尽就行了。

言雪刚跟张队长汇报完情况，陈森那边就来了消息：“你是XLN？”

他胆小如鼠，都不敢直呼其名，用拼音缩写来代替。

“对，我就是谢楼南。”言雪勾唇，现在一切都解决了，正是收网的时刻，还有很多时间，所以可以陪他好好玩玩。

此时的言雪就是一只被暖阳晒得慵懒的猫，伸着爪子，不断放跑，再抓回掌中的老鼠，肆意玩弄奄奄一息的宠物。

“她找你了？说什么了？你……没说什么吧？短信里说不清楚，要不要电话？”隔着屏幕都能感受到陈森字里行间的恐惧，人越爬得高，就越疑神疑鬼，怕出什么不可预测的意外，丧失自己所拥有的一切。

“不能在电话里说，警察知道我的号码，可能会监听。你放心，你的那件事，我还没有暴露。你呢，你暴露我的事情了吗？”

“没有，我只字不提，也回避她了。”

“我们该怎么办？”

“只要像以前一样，坚持自己的证词就好了。他们找不到我们的破绽，所以拿我们没办法。你什么都不能说，只要你不说，我也不会说的！”陈森反威胁言雪。

言雪轻笑一声，回短信：“事到如今，你还威胁我？我只是让你开了一张假证明，做伪证不过是刑拘一段时间。你呢？如果你的事情被抖出来，那可是要把牢底坐穿的！你最好给我想清楚了！”

陈森气急败坏地发来短信：“你什么意思？当初不是说好了吗？你这话是什么意思？”

“我不想再这样下去了，每天接受警察的审讯。一闭眼，好像还能看到你妈妈的样子，我快要疯了，我们自首吧，好不好？”言雪也就是诈一诈他，不知道陈森有几分信她。

“你别急，我们面对面好好谈一谈，行吗？”

陈森说要跟她面对面谈一谈？

言雪想了想，突然通体恶寒，这个男人难道是想……他知道谢楼南做伪证不过是小事，只要不被斐乐逮到，她就没有性命之忧。可他不一样，一旦谢楼南想要自首，把他抖出来，那么一点社会舆论就能将他辛苦经营的一切击溃。不行，陈森绝对不想落到如此境地。那么，该怎么办呢？只有让谢楼南永远说不了话，所以他会杀了她吗？

言雪的鸡皮疙瘩一点点从毛囊激出，在皮肤外壳游走，浑身触电一般，抑制不住发抖，她敲下几个字：“好吧，× 镇 × 路的南河堤坝见，明天下午四点半碰面，你来找我。”

“好，不见不散。”

言雪要看看他究竟想做什么，如果真的像她所想的那样——这个男人也真是坏透了。

她灵机一动，又给谢楼南发了一条短信，是陈太太给的那个号码：“我是陈森，言雪找上了我。明天下午四点半，× × 路南河堤坝见，有事谈。你别打过来，我怀疑他们会监听我的电话内容，以及，你的号码我一直存着。”

不管她会不会来赴约，就算只逮住陈森也行，他身上但凡藏着一点凶器，就能作为蓄意谋杀的罪证。

言雪将这一切再转告张队长，那头也明白了，隔天下午就在堤坝附近布下了天罗地网，就等着那些人落入圈套。

南河堤坝是在十年前修筑的，是用来防水拦水的土石坝。现在水位低了，直接改建成跨河大桥，上面有道路，有护栏。时不时地有车从堤坝那头穿过来，带着沙土，扬长而去。若是夏日炎炎，还有三五成群的附近居民来此散步，底下有河风，兜进衣里，凉爽舒畅。

这里不好埋伏人，于是警方决定窝在非警车的普通面包车里，停到路边，观察谢楼南与陈森的情况。

现在是下午四点半，陈森如约而至。不过奇怪的是，他把车停在了桥边，车牌好像刻意用卡纸挡住数字，或许是为了随时能逃之夭夭。

还没见到谢楼南的身影，言雪打算最后等二十分钟，如果还没来人就收网。

没过多久，真的来了人，是谢楼南。她盛装打扮，穿着一身正红色的呢绒大衣，围着羊毛围巾，下摆的须线不住地迎风摇曳，扫在脸上，遮住唇瓣上颜色艳丽的口红。

即使多年不见，只因陈森一句话，她还是千里迢迢地来了。

他们交谈了几句，因为风大，只听到零星的几句话。

“你暴露了？被言雪找到了？”陈森说。

“嗯，你也是？”谢楼南笑了笑，自言自语道，“原来你还记得这个地方，记得我。”

“这个地方？”陈森丈二和尚摸不着头脑。

“如果不是当时你救我，我就没命了。”

陈森迟钝地哦了一声，脸上的笑容很僵硬，那种违和感即使在很远的地方也能明显感受到，他问道：“你还记得我是在哪里救的你吗？”

“就在这里。”谢楼南踩上桥边的围栏，张开双臂，迎着风，“我还记得这个地方，那时候还没修这么高的护栏，要不是你，我可能就滚下去了。”

陈森一声不吭，从风衣内侧摸出一把匕首，由于光线正好，那银色刀面上折射的光刺入了言雪的眼睛。

“嫌疑人陈森有凶器，大家注意，开始行动！”言雪朝对讲机发号施令。

陈森以迅雷不及掩耳之势将匕首抵到谢楼南的腰侧，逼迫她：“那时候死不了，就现在死吧！给我爬上去，往下跳，不然我杀了你。”

“你……你！”谢楼南惊慌失措，却不敢从命。她罪不至死，所以还有求生欲，可陈森不一样，他走投无路了，唯有杀了她，才能保全自己。

然而现在，他说什么、做什么都没有用。言雪领着警员很快冲上去，远处也有狙击手瞄准陈森，以防他伤人。

“放下武器！”张队长将枪上膛，恐吓陈森。

陈森惊慌失措，意识到此时谢楼南才是自己的挡箭牌，他很快将她搂到怀里，将冰冷刺骨的小刀抵在女人脆弱又娇嫩的脖颈上。

谢楼南嘴角上扬，露出苦涩又嘲讽的笑容。想当年她那样低声下气地奢求他的爱，这个男人都没有搂过她，反倒是现在为了要她的命，竟然主动张开双臂拥住她。

“你们都后退，不然我杀了她！我是医生，我知道往哪里割她会大出血，会在半小时内因失血过多而死亡！”陈森急切地喊道。

言雪拿他没办法，却也不想放跑他。这时候既然要救人，就赌一赌心理击溃法。

“你最好马上放下刀，我们的医护人员即刻抵达现场，即使人质受伤，我们也能第一时间进行救援。反倒是你……只要你敢下手，狙击手会在第一时间瞄准你的后脑、后背、腿部，每一个可以攻击的部位。你知道狙击步枪的枪口初速有多快吗？每秒 895 米。他们就埋伏在你四周，距离都在 1000 米之内。你一秒内能杀人吗？不能，所以你无处可逃、无路可退！你挡不住那么多子弹，也伤不了任何人。没下刀之前，你还有辩解的可能；下刀之后，就是杀人犯，没有人能原谅你，毁去的不止是名誉，还有你的一生。陈森，你最好考虑清楚，我给你五秒时间，放下武器！”

他被逼得毫无退路，脸上的表情狰狞，胸腔也剧烈起伏着，像是被塑料袋套住了脑袋，每吸一口气，里面的空间就会变得越发狭窄，厚重沉闷的塑料袋也紧紧吸附到皮肤上，再等一会儿，或许就会因窒息而丧命。

怎么办？言雪说的话有几分真几分假，他自然清楚。逃是逃不了了，那么装傻呢？陈森梗着脖子，僵硬地喊："你们后退，放我们上车，不然我杀了她！"

"陈森，你逃不掉的！我劝你现在放下武器，没准能减轻罪行，一旦伤人，那就是罪孽深重，谁都救不了你！"言雪不死心，陈森的态度明明松动了，就差那么一点，他就放过谢楼南了。

"不行，我怎么可能松开她？被你们抓住才是全完了！我下周有个电视访谈，好不容易才得到的明星医生称谓，怎么能就此放弃……都怪你们，都怪你们！你们这些罪大恶极的人，喜欢破坏别人幸福人生的人！"

谢楼南不耐烦地接话："闭嘴吧！你还不够吗？我本想着就这么算了，可没想到，你这个男人呀，就是贪心。我说过，我喜欢你的，对吧？为什么不肯相信我呢？"

陈森激动地握着刀柄，因为谢楼南这些嘲讽意味十足的话，手不住颤抖，像是一名癫痫发作的患者。

谢楼南又笑："你是被她骗了吧？约我的人不是你，是她！约你的人也肯定不是我，是言雪警官以我的名义骗你过来的吧？真是可怜呢，像是握住最后一根救命稻草一样，苦苦哀求我不要说出所有真相，现在竟然还想杀我灭口，没想到有人埋伏在这儿吧？告诉你，我根本什么都没有说。我也料到了你是被骗来见我的，我只是想看看，最后一次，你见我是带花带酒，还是送我去死的刀。现在我释然了，之前的几年，我确实是瞎了眼。"

看着陈森错愕的表情，谢楼南的心中无比畅快。她趁机将手伸到口袋里摸索，以迅雷不及掩耳之势抽出一柄军刀狠狠捅到了男人的腹侧，鲜血犹如泉涌，一下子喷射到她的身上，融入原本就热情似火的大衣的红颜色里。

言雪没料到这女人还能绝地反击。不出两秒,现场的人反应过来,急忙将陈森送去急救，谢楼南也被抓住了。

事情过去了一天，等谢楼南情绪稳定，就能进行审讯工作了。

看吧，一切终将昭雪，一切终将尘埃落定。

你们苦苦逃亡了这么多年，最后还不是被抓回来了？国内也就这么大，背负罪孽的你们又能逃到哪里呢？不论天涯海角，你们都不过是逃亡者而已，没有家，没有根，无法陷入香甜的梦境，真是悲哀。

言雪在本子上记下时间，问谢楼南:“能告诉我，你那些不为人知的往事吗？”

谢楼南毫不抗拒，微笑着点点头，回答道:“五年前，我第一次看到他的时候，就认出他了。那种感觉，就像是有花在心中噗的一声绽放，我的世界都开满了花。可他不知道，依旧是温文尔雅的样子，跟我说话的时候轻声又温柔，还会抚摸我的眼睛。我想，他这个人真是好，和救我的时候一样。所以听到隔壁病房骚动的时候，我撒谎了，我本能地保护他，相信他一切都是有苦衷的，他这样好的人，不应该被人猜忌，不应该遭受牢狱之灾。而我也有私心，我想借此占有他。”

“后来呢？”

“后来，我和他这样私密联系着。我嫉妒他的太太，想大肆宣扬他和我在一起的事实，但是我给他的爱必须很安静，我也不能拥有姓名，这样才能保护他，不让他再陷入那场医患事故纠纷里。这一切终止于三年前,我看到了那个女人。她和一个年轻人搬运着奇怪的东西,看形状像是个人，还有粉色的水渍缓缓往下滴。我怕是看到了不太好的东西，本能地想逃跑，但是那个女人死死地盯着我。她警告我，不要有异常举动，并且将手机号码写在了掌心，示意我等一下打给她。我明白自己看到了什么，等了十分钟左右，才后怕地上楼。”

言雪问:“你打那个号码了吗?”

“打了。”

“你们聊了什么?”

谢楼南至今还记得那个女人的样子，她明明很美，可那一双眼犀利又亮，毒蛇一般，令自己遍体发寒。

“她让我闭上嘴，否则会杀了我。我很怕，跟她承诺，我有眼疾，医院里也有认识的人,可以伪造失明的诊断书。我一遍又一遍地承诺，我会尽快完成好这一切，绝对不把她暴露出来。”

现在就对了，他们的案子了结了，斐乐和谢毅的案子也了结了，之后就只要揪出那个消失在茫茫人海的斐乐就行了。

言雪问她:“然后你去找了陈森?”

“没错,”谢楼南苦笑,“我拿不纠缠他为条件，制造了虚假时间的诊断书，这样更可信一点，也是在那一刻，我才知道，这个男人原来这么恨我。我知道那条短信不是他发的，他恨我入骨，怎么会存我的号码?可我的心里总有一丝期待，万一他突然意识到我的好……可很显然，我错了。”

“错得很离谱,”言雪咋舌，突然问了一个无关紧要的问题,“为什么那时候，你要跟我暴露你没有瞎的事实?”她本来不会沦落到这个地步，完全可以瞒天过海。

谢楼南轻咬下唇:“我不想这么过下去了，我想来个了断。所以我宁愿坐牢，寻求警方的庇护，让你们抓到那个女人。我还想见那个人一面，以什么方式都好。”

“还有一个比较私人的问题，你是恨他，还是爱?”

“谁知道呢。”

是啊,谁知道呢。该知道的事情,早已掩埋在无数个难眠的夜里，问得那么清楚，又有什么用呢?

爱或恨，都是一段已经消失的人生故事。

第十三章

唐泽在和燕姐去拔罐店询问燕桥信息之前，燕姐说她有一个请求。

他诧异地望向她，以眼神询问："什么？"

"陪我去吃一顿肥牛火锅。"

"怎么突然想吃这个？"唐泽觉得这样的要求一点也不过分，只是不懂她为什么在这种节骨眼上提起要吃火锅。不过现在是寒冬腊月，吃点热腾腾的牛肉片的确能暖和人心。

燕姐孩子气似的笑："我刚来这里的时候，没钱，大半夜路过夜市，一圈人都在吃大排档，那时候就看到了肥牛火锅，原本红色的肉片放红油锅里烫一烫，马上蜷缩成了灰白的肉片，裹着一层层白气，蘸点小料，看起来味道真好。那时候，我就想着，以后我有钱了，肯定要吃上那么一锅，一个人包个小房间，吃火锅肉片吃到饱。要不是认识你，我都险些忘记了这么个'梦想'，今天想起来了，就去吃一回，人生需及时行乐嘛！"

唐泽扯了扯嘴角，没想到，叱咤风云的燕姐还有这么童真的一面。

"陪我去吧，一个人吃怪可怜的。"

"嗯。"唐泽没拒绝。

他们去了火锅店，专门点了肥牛火锅。店长问他们要不要加点别的菜，燕姐摇头拒绝，笑称："全上肥牛，我只有点肥牛的钱。"

没过一会儿，服务员就上了好几个平铺牛里脊肉的碟子，这些都是剔去了筋膜以后，再切成薄片的牛肉。小料也是香油加上碾碎的芝麻，添了醋和辣椒酱，又香又酸。把牛肉片往里一蘸，淡淡的肉味，染上了厚重的酱味，爽辣的口感在舌尖味蕾舞蹈跳跃，味道惊为人间至味。

燕姐吃得心满意足，喝了啤酒，眼睛都眯成了一条缝。她这样开心，倒让唐泽感到不适。他本以为她是坏人，应该心狠手辣，可看到这一面，又有一种强烈的违和感。人心，还真是够矛盾的。

下午四点左右，他们去了那家拔罐店。开了十年，历经世事变迁都没倒闭的店，肯定是有些手段的，譬如懂得如何与常客交流，如何与客人建立良好的关系，让他们长期光顾这家店。

前台有服务员，一见他们进来，就笑脸相迎："你们好，是第一次来吧？"

燕姐一身酒气，像个闹事的，笑眯眯地回道："对，小姑娘眼力挺好，平时熟人你都认识？所以生客一眼就瞧得出来？"

服务员也是个伶俐人，面对燕姐的抬杠不紧不慢地答道："老客人都记在心里，只要光顾过我们店的，大家都当家人一样对待，所以都有个印象。您是想拔罐还是蒸桑拿？我们这里都有服务，精油按摩也有专门的女性按摩师。"

"你们这里资历最老的拔罐师傅是谁？"

"是我们店长，他在这里做了快十五年了。"

"就他了。"

服务员面露难色："不过店长可能没空，老客人太多了，档期都排满了。我们这里还有其他经验丰富的拔罐师傅，给您再推荐别人？"

燕姐摆摆手："不不不，我就要他。"

随后，她坐到一侧沙发上，摆出"不喊人，我就在这里赖着"的架势。

这店能开这么久不是没理由的，服务员什么牛鬼蛇神没见过，知道燕姐不好惹，不想惹事，就进去通报了。

没过一会儿，店长就出来接她："这位客人怎么称呼？我姓陈，是这里的店长。”

“我姓燕，想和陈师傅打听点事情，不在大堂说，换个茶水间慢慢聊，您看行吗？不打听完这些事情，我是不会走的。这地方我也熟，如果您不愿意，我带几个兄弟一起上来坐坐，您看怎么样？”

现在欺负人有的是法子呢！又不偷不抢，也不砸东西，不打人，就拉一排伙计在人家店门口坐着，等闲都不敢上门。警察一来，他们就走。等过了风头，又乌泱乌泱一片，拉帮结派地来，半点办法都没有。店长深谙此道，心里苦笑，这次怕是惹上麻烦了。由于摸不清燕姐的底细，他也不敢轻举妄动，只能小心地将人领到茶水间，问：“燕小姐想打听什么事情？”

燕姐也不绕弯子，把燕桥的照片摆上，说道：“这是我姐姐，她十年前在这里出现过，现在失踪了。那时候有个相好的，在你们店拔过罐，我想请陈师傅帮帮忙，想一想关于她的事情。”

陈店长把照片拿起来，仔仔细细看了一遍，另一手撑着太阳穴，指尖啪嗒啪嗒敲击着，顿了顿，突然哦了一声，说：“我记得她。”

“真的？”

“啧，这事有些麻烦。”

“怎么说？”

陈店长不肯多说，他点了一根烟，猛抽一口，说：“你们不会是便衣警察吧？”

燕姐苦笑：“你看我像吗？我就是想找我姐，找了十年了，一直找不到人。”

“唉，就当做个善事。本来我是不想说的，你们知道的，这店就是不惹事才能开这么多年。算了，你姐的相好我知道是谁，是我当年的老客人了。那时候他隐约和我透露过做的都是得坐牢的生意，没过几天，就有贩毒团伙被抓了，在那以后就再也没见过我这熟客，我就想着，他可能是其中一员，也是卖毒品的。现在想想，心里慌啊，我这算不算知情不报，算不算包庇毒贩啊？我看到过你姐，也是和他在一起的，可怜咯，年纪轻轻的，遇到这种人。”

他说的肯定就是老大，不过陈店长肯定不知道，他的熟客现在还没被抓住，还藏匿在别处继续做着这些要命的生意呢。

燕姐喜出望外，问：“那你能多说说和我姐有关的事情吗？想起什么就说什么，多琐碎都行！我找她找疯了，哪都没线索，就靠陈师傅了！”

“十几年前的事，说真的没什么印象，我得想想……”他抽了几口烟，盯着天花板出神，指尖不住抚摸下巴上的胡茬，想了大约有五分钟，才接着说道，“要真说的话，其实我那个熟客对你姐挺好的。不过你姐不太说话，我那客人叫她走就走，叫她留就留，半点话都不多说。当时我还当她是性格文静，长得又漂亮，说不准是教养好的大家闺秀，偷偷溜出来跟他私奔的。现在想想，也不一定，没准是怕我那客人，大气都不敢喘一声。”

“怕？”

“当然了，你想想，他是毒贩，什么丧心病狂的事情做不出来，既然跟了他，怎么不怕？”他这话带了太多个人色彩，无法判断真伪。

燕姐问：“那你的客人有没有提过自己住在哪儿，或者有什么他常去的地方？我们想各个地方都打听一下，没准有我姐的消息。”

“印象比较深的就是，每次你姐来找这个熟客，他就从皮夹里掏钱，让她去老香面馆点卤猪头肉，还有两碗面，说是之后一起吃夜宵。你姐走了不到十分钟，他也穿衣服走了，应该是去吃夜宵了。”

“每次都是那家店吗？”

“对，那家店的味道确实还不错，现在开了不少分店呢。”

“这家店还开着？”

“开着，开了十几年呢，生意就这么做出来了，有不少分店。”

陈店长这里没其他消息了，燕姐也只能换个地方再打听。不过他所说的话里，有一句让她印象深刻，那就是，老大从皮夹里掏钱给燕桥。连普通的面钱都要由老大给，是指燕桥一直处于被包养的状态吗？她想逃跑，但是手头没有半分钱，所以无法离开吗？她这样委曲求全，是为了让燕姐能过上好日子吗？

这些背后的故事，越往深处挖，越透出一股凄凉的况味。

燕姐从陈店长那问来了第一家老香面馆的地址，两人马上赶过去。

说清来由以后，燕姐开门见山地问老板有关她姐的事情。老板是个看起来和她差不多大的女人，看了照片就有印象，说："我记得她，她和男朋友之前常来我这吃东西，那时候店里生意不好，他们是我的常客，一直有印象呢！可是后来，渐渐地也不来了，不知道怎么回事。"

燕姐问："那你知道他们住哪吗？"

"住哪里，我还真的不知道，不过……"

"不过什么？"

"我记得之前有一次下雨，这个女人打电话到我们店里，说她男朋友想吃卤猪头肉和拉面，让我送外卖过去。我问地址，她又不肯说详细，只说城北公园门口，她会在那里等我的外卖。我说直接送到她家门口，她说什么都不肯，后来直接挂了电话。我当时心里纳闷，你说送外卖，肯定是因为下雨不想来店里，可她出门等我外卖，那不就是要淋雨吗？这不是自相矛盾吗？"

"后来呢？"

"后来也没怎么样，送了外卖，我就走了。现在想想，可能是她不想让我知道她家在哪儿吧，真是个怪人。"

"之后还有再见面吗？"

老板想了想，惊讶地回答道："你要不问，我还真没想起来。那天的确是最后一次见面，之后我就再也没看到过他俩了。你说他们会不会出事了，你不是说你姐失踪了吗？"

燕姐无奈地笑了笑："我也不知道，所以在打听呢。"

“你去城北公园附近问问，她那时候既然是在这个公园等的外卖，家肯定在旁边，没准有消息。”

“好，谢谢你。”

“不客气，毕竟当年算是他俩支撑我开起的店，难得有那么爱吃我家东西的客人，心里高兴。”

“对了，还有一个问题，他俩看起来，感情好吗？”

老板笑了笑：“我觉得挺好的，男的一直给女的夹猪头肉、夹菜。女的一声不吭，但是也默默吃着，相处挺和谐的。”

“哦，这样呀。”燕姐总觉得心底某处塌陷了，从碎裂的底壳里不断滋生出莫名的情绪——万一，老大和燕桥的关系很好呢？那么，老大可能杀了她吗？

其中的秘密究竟是什么呢？

唐泽对燕桥的故事并不感兴趣，他只想借调查燕桥这条线找到老大，找到那个杀了他和言雪父母的人。当务之急，就是赶往燕桥生活过的城北公园，没准有人还记得她，记得这个十年前的女人。

十年啊……唐泽思绪翩跹，他原本以为人的记性很好，一旦刻骨铭心地爱过，数十年也无法忘怀，但是他错了，他爸在他妈死后不到两年就另寻新欢。可作为儿子，看着父亲天天沉浸在痛苦里也于心不忍，所以他什么都不说，不成为他爸的负担，也不待在这个家里。一切仇恨都由他背负，带着这些沉重的往事远走高飞。

能怪他爸吗？不能。他是个人，没必要被死人约束，一辈子不得解脱。可唐泽不行，他对他妈妈的感情深入骨髓，这辈子都注定被她束缚，唯有报仇才能解脱。

“又走神了，在想什么？”燕姐问他。

唐泽收敛了眼中的迷茫，缓缓地答：“只是不相信还有人能记得十年前发生的事情。”

“你是怕这次去找我姐，也会无功而返吗？”

他不置可否，但潜意识里的确是这样认为的。

燕姐温柔地笑笑：“不会的，只要我还记得她，那我姐的痕迹就存在于这个世界上。我会找到她的，无论生死。”

“嗯。”唐泽反倒被燕姐点醒了，唐爸爸不记得贺颜又怎样，他记得就好了。只要他还记得，她就不会消失。从这一点上看，他和燕姐是同一类人。

他们沿着城北公园附近的几条路询问，找了一整天，都没什么目击证人。

倒是有个在这里住了二三十年的老人告诉他们：“如果想要找租客，就去联系前面筒子楼的房东吧，她那里常常有外地租客过来租房，都是短期租客，随时都能走。”

燕姐诧异地问：“为什么您会给我们推荐那栋楼？”

老人只是摇摇头，笑道：“长期的租客，要是有这么漂亮的小姑娘，我肯定能记得。听你口音也是外地人吧？外地人不会长住在这里，这又不是什么好地方。”

原来只是他的个人判断，没有任何依据。

即便如此，燕姐也打算去联系这名房东。打了好久的电话，那边才有人接。在此期间，她已经抽完一根女士细管烟了。

电话里传来的是中年男音，他懒散地“喂”了一句，等燕姐接话。

“你好，你还记得燕桥这个房客吗？”

“燕桥？你是说燕桥？！”对方显得很激动，一扫之前无精打采的颓废样，听筒里传来细细碎碎的穿衣声，他好像很怕燕姐挂断电话，“我们见个面好吗？你有燕桥的消息是吗？”

燕姐和唐泽面面相觑，虽然不知道房东为何情绪激动，可他们明白，这是一条值得深挖的线，不能拒绝。于是她清了清嗓子，说道：“是的，我们见面再谈。在天阳会所见面行吗？我会和前台说等人，让他们带你过去。”

“好，我马上来。”

燕姐挂断电话，目光投向了公园对面的那间天阳会所。或许有什么即将破茧而出，不知是艳丽多彩的蝴蝶，还是凶残丑陋的怪物，也不知自己究竟能不能招架得住。

天阳会所两侧树木繁多，可以想象夏日炎炎绿树成荫的样子。如今风雪压低了枝丫，将那凋零的枝叶递到了店门前，来往的客人得弯腰才能避开。

他们定了房间，等了不过一刻钟，就有打扮妥帖的男人进来，应该就是那个房东。这男人剃了个平头，瞧着够精神，手里还带了一个半臂长的盒子，里面究竟有什么，昏暗的灯光下影影绰绰，看不真切。

燕姐不想要什么心计，直截了当地问：“你记得燕桥这个人吗？”

“记得，”房东这次冷静了下来，疑惑问，“你们是谁？”

“我是燕桥的妹妹，燕桥是我亲姐姐，”为了取得信任，燕姐拿出燕桥的照片，解释道，“她失踪十年了，我来找她，想知道她在哪里。”

“我也想找到她……”房东叹一口气，“早知道那男人不是什么好人，我也不会让她走。”

燕姐心里有些反感，房东和房客关系这样暧昧，为了抵消房租，姐姐是否做过什么见不得人的事情？她姐当年沦落到这种地步了吗？

房东察觉了异样，干咳一声，赶忙解释：“你别误会，我和你姐姐清清白白的。只是，我很喜欢她，对她一见钟情。要不是她那时候跟那个男人好上了，我也会展开追求攻势。”

“你有她的消息吗？”

“没有，我以为她会回来拿这些东西，但她没有回来。”

“什么东西？”

"这些，我带来了，"房东把手里的盒子交给燕姐，"她好像知道你会来找她，特意让我保管这些。她是信任我的，把重要的东西也托付给了我。"

原来是早就被燕桥打过招呼，所以房东对燕姐的身份深信不疑。燕姐接过那一盒沉甸甸的东西，心脏好像被人用手扼住了，无法呼吸。这算是遗物吗？还是说，她在拜托自己找到她？

燕姐强压住好奇心，问房东："能给我说说你记得的事情吗？她把这些东西交给你的时候，都说了些什么？"

房东的精神状态不算很好，昨夜应该是宿醉，身上还带有浓烈的酒味。他握住那张照片，痴迷地用手指刮动照片里燕桥的脸颊，低声呢喃："我那时候就住他们隔壁，她男人不在的时候，我也会借机给她送点水果。其实只要听听她的声音，我就很满足了。隔着那一道墙，什么都能听得一清二楚——她的低吟、叹气，或者是……我就只敢这样听着，不敢再近一步。我对她真的没有非分之想，也不会强迫她做什么，只是想多看看她，多听听她的声音。直到有一天，她的屋里传来了摔打的声音，动静很大，把我吓了一跳。我想冲出去帮忙，可是这是他们小两口的事情，我哪有资格？于是，等她男人走了以后，我偷偷用备用钥匙开了上锁的房门，发现她就蜷缩在角落里，抱着头。我问她怎么了，她不肯说，只把藏在柜子里的盒子塞给我，让我交给她妹妹，让我走。"

"后来呢？"燕姐问。

房东苦笑："那时候我很懦弱，不然就不会攥着钥匙，等打完了再偷偷摸摸进去。我不知道她妹妹是谁，隔天想去问，可是屋里没人了。没过几天，那个男人一身伤来找她，问我有关你姐姐的去向，可我不知道，什么都没说，还因此挨了几拳。我也在找她、找你，没想到十年后，你才来。"

"还有其他的吗？"

“没有了，”房东抿唇，有点不好意思地问，“这张照片，能不能留给我？”

燕姐没拒绝，反正她手机里有备用的照片。于是她丢下了这个失魂落魄的男人，抱着东西走了。

想来，老大对她姐关怀备至只是表面的，犹如水面上的泡泡，一戳就没影了。那个男人对她拳打脚踢，所以燕桥害怕地逃跑了。老大有没有抓住她呢？如果抓住了她，现在是不是把她杀了？

燕姐的心怦怦直跳，恨不得剥了这个男人的皮！

这个盒子里的东西不多，一本需要密码才能打开的笔记本，几张汇款的回执单，还有一枚发夹。

燕姐拿起那枚发夹，用毛线钩针编织的花瓣已经出现了小碎口，仿佛微微一扯就能散架。她的嘴角溢出一点儿无声的笑意，说：“我也有一枚一模一样的发夹，是我姐给我买的生日礼物，邮寄过来的，没想到她也存了一个。”

唐泽恍惚想起来，他之前也会匿名给言雪寄东西，趁着不需要特训的空闲买的，找了隔壁班的几个女警员，让她们挑，他就负责交钱。

对方笑笑，调侃他：“给女朋友买？”

唐泽一声不吭，只是摇摇头。他给妹妹买，虽然不能见到她，但该给的关怀还得给。可能潜意识里，唐泽就在为未来的重逢埋伏笔，他想让言雪知道他从未缺席过她的人生，言雪懂他，所以才会不介意那三年的缺席，毫无芥蒂地接纳他、拥抱他。唐泽都想好了，等他报完仇的那一天，他要亲自去接言雪，他们可以像小时候一样租一个房子，每天朝夕相处。如果言雪有了男朋友，务必让唐泽把关。这个社会，光是文质彬彬的公子哥可不行，至少要打赢他吧，太弱了怎么照顾言雪？唐泽又有点不想让言雪出嫁了，万一那些人对她不好，万一她被欺负了，怎么办？

屋内的闹钟敲了两下，他如梦初醒。了解了燕姐与燕桥的故事，总让他想到自己和言雪在一起的时光。这一切，总有一天会结束。他还有机会，和言雪和好如初，就像梦里见到的那样。

实际上，唐泽自己也知道——这一天或许永远都不会来。他想手刃凶手，他将会成为杀人犯。所以愿望只能是奢望，唐泽可能这辈子都没办法再过那种岁月静好的日子。

燕姐拿起笔记本，密码锁的位置有一些微乎其微的刮痕，零零散散的，像是被人撬开过一样。只要这个人想，实际上是完全可以打开它的，那么为何又尝试了一半就放弃呢？或许是还有顾虑，怕燕桥发现了，怪罪他吧。

可以想象动手的人是谁，估计是房东。他等了这么多年，所以心痒难耐，想窥视其中内容。然而下手的时候，却又犹豫了。万一燕桥回来，看到他损坏了笔记本，是否会认为她所托非人？燕桥肯定是出于信任，才把东西交给他的。这说明，他们即使没接触过多长时间，也互生情愫？没准是迫于那人的淫威，才避免和他碰面。

那个男人恐怕就是靠这些东西聊以自慰，才能度过那漫长的十年。

燕姐想了想自己的生日，尝试解锁，果然打开了。她微微咬唇，眼泪已经聚在了眼眶，眨了眨眼，那泪珠就顺着细密狭长的眼睫往下掉。啪嗒，啪嗒，一滴滴砸在笔记本上，碎成四分五裂的花。

“终于等到了这一天。”燕姐呢喃自语，在这一刻，任何真相都已经不重要了。她要找到燕桥，这是死志。

翻开笔记本的第一页，是一张像素极低的照片，隐约能看出背景是山与天。紫色的晚霞裹住远处泛白的山脉，光与影完美糅合在一块，只是这样看，都能感受到严寒冬日，那不住扫荡在脸上的凛冽的风。再往下翻，就是女人清隽的字迹，上面写着一些琐碎的事情，隔着字都能想象到燕桥的样子——一个恬静优雅的女人，坐在桌上，侧头思考。窗外春暖花开，她深吸一口气后，一笔一画写下每日的事情。

“阿燕，好久不见。我不能给你写信，所以就记在这本笔记本上。不知道你最近过得怎么样,好还是不好？想我吗？我一个人来了这里，没有文凭，所以工作很难。你要好好读书，学校是住宿的，我也比较放心。每个月的钱应该都收到了吧？应该都拿到了，我都有给你打电话。我不能回去看你，是因为我遇到了一个人，他很喜欢我，所以抽不开身。只要和他在一起，我就有钱……这算不算被包养？是不是你最讨厌的人？我可能是因为害怕你知道，所以心虚，不敢回去找你。”

“第一次遇到他的时候，我在 KTV 做卖酒的工作，那种地方鱼龙混杂，没什么人管。卖出去一瓶酒，就能有提成，为了赚钱，我得笑着面对那些客人，被欺负、被吃豆腐都是常事。直到有一天，我被那群人抓住了，他们是这一块的地头蛇，没警察管就敢乱来。要不是他出现，救了我，我可能会被强暴。阿燕，我真的好怕。我感激他，诚惶诚恐地跟着他去房间里换衣服，可是他也是一匹狼，也不算是好人。那天晚上，我想想这辈子这么痛苦了，还不如跟他，拿一点钱给你读书，你替姐姐读，读好了就有出路，我替你开心。”

“他说爱我，可我并不觉得那是爱。那些作家在书里也写，爱是互相疼爱。我不爱他，也不想疼他，所以他这是强占。但是日子就是这样过下去的，好也是，坏也是，只要活着，就能过日子。”

“我渐渐地让自己过得好起来，学会对他摆笑脸。时间长了，竟然也觉得还好。他没有亏待我，在某些事上还算温柔。我有钱拿，能养你，不用看那些形形色色的人的脸色，还算是过得不错。”

“这样的日子一直过下来，竟让我忘了很多东西。直到那个人的出现,他叫阿淮,是新人。高高瘦瘦的样子很好看,我对他一见钟情了。”

“有他在，我和阿淮是说不上话的。即使喜欢这个男人，我也不能做什么，我是他们口中老大的女人，再勾三搭四就是出轨。说得好像我是正房夫人似的，不过我想，我只是这个老大的情人之一吧，像他这种人，对我恐怕也不是爱，只是我需要钱，他需要温顺的女人满足生理上的需求，各取所需。”

“是阿淮主动来找我的，他背着老大和我聊天，谈家里的事。他说我和他的初恋女友很像，笑起来都很好看。我问他为什么要做这一行，他说迫于生计。是啊，如果不是迫于生计，谁会想过刀尖上滚的日子，那太难熬了。那天晚上，星星很多，在黑色的夜空里发白发亮，我想我一辈子都不会忘记。”

“在那以后，阿淮和我的接触就多了。他会约我出门吃烧烤，会背着老大对我笑。我想他这样不管不顾地接近我，必定是因为喜欢我。就这样过了一段时间，我们在一起了。阿燕，你知道吗？我从来没有见过比他还好的人，我喜欢他。他说他想带我逃出去，但是带我逃没有那么容易。他想杀了老大，或者是让老大被警察抓住。阿淮告诉我，他们是毒贩，他也是其中一员，但是为了我，他想离开这里，想洗心革面。有警察需要他的协助，只要他帮忙就能将功抵过，他想带我远走高飞。”

“阿燕，对不起。我可能为了他，会先躲一段时间。我想你肯定是最恨我的人，因为我不能再帮助你了。可是阿燕，我也有自己的人生，我想离开，想过平凡人的生活，想和他在一起。等事情消停了，我一定会来找你，阿燕，我保证。”

“阿燕，阿淮好像骗了我。他是卧底，是警察，从我这里套话，抓了不少人。老大打了我，却没杀我。他说我没有心，说他掏心掏肺对我好，结果就落得这个地步。我是不是真的很傻？这样的阿淮，我还是喜欢他。其实想想也知道，他如果是卧底，如果只是想要老大的行踪，让缉毒警察来抓人，那么任务完成以后，我就没有利用价值了，我会被抛下，很可能还会被老大杀了。他没有为我考虑，所以他一点都不爱我。”

“阿燕，他还是来找我了，明明这种时候，他不该来找我的，我已经是被放弃的那个人了，我明明是被他背叛的那个人……可他来找我，就说明之前并不是虚情假意，是这样吗？阿燕，我不明白了。他说他会救我，是他害得我变成这样……我问阿淮，我们能不能在一起。他不说话，这是什么意思？”

“阿燕，我知道消息的时候，老大已经杀了阿淮，他是想把我也杀了吗？我不知道。毕竟他杀了我最爱的人，应该也会杀了我吧。他恨我找了其他男人，他恨我背叛他。我如果不死，难以服众，这么多双眼睛盯着我呢！”

“阿燕，这是最后一些话了。我想，我可能要死了。我不会逃，逃也逃不到哪里去。阿淮死了，我的心也死了。我会找个机会死，总比让他折磨的好。阿燕，我对不起你，但是我也好难。阿燕，你不要来找我，也不要去找这里面写的人。这就是一个故事，看过，忘了也就忘了。我想，这世界上我最愧对的就是你，不知道你还有没有机会看到这些。”

笔记本里没有其他内容了，按照房东的说法，这应该是燕桥遭毒打以后，宣泄出来的产物。她或许只是想把故事写出来，根本不在意后果，也不在意能不能被燕姐看到。

至于里面的阿淮，唐泽想，或许就是言雪的父亲言淮。他曾经潜伏进这个组织，差一点就能歼灭这个贩毒团伙。

在此之后，燕姐找不到更多的线索了。她和唐泽回到了组织内，开始走一步步往上爬才能抓住老大的老路，都是老大酿成的这些祸事，他杀了燕桥，也杀了唐泽母亲。

此刻，谁都没有互揭伤疤，对那些伤痛与悲惨的过往心照不宣。唐泽有他不为人知的隐秘回忆，燕姐有她念念不忘的凄凉往事，都是同路人，何必互相为难。只是经历了那件事，燕姐再也没有笑过。或许是明白了自己肩负的使命，她必须振作起来，带着对燕桥的那份记忆活下去，直到杀死老大，奔赴无边地狱。

唐泽问燕姐："接下来的运货行动，你要参加吗？"

燕姐咧唇一笑："怎么不参加？不参加，怎么立功往上爬……"

"你也知道是错的。"

"问问你自己的心，你不想找到他吗？阿泽，我们是一路人，我们别无选择。"

唐泽不吭声，片刻，他翻开冰箱，拿了钉子前些天从老家那边带回来的粽子，打算热几个吃。离端午节还有很长一段时间，因为钉子想吃，就拜托老家的人做了几个梅菜馅的粽子。据钉子说，这样的粽子煮熟了，再刷上一层猪油，整个粽子变得油光水滑，氤氲热气，香气逼人。他顺道带回来给他们尝尝，滋味肯定能让人欲罢不能。

粽子被层层叠叠的报纸包裹着，需要一张张撕开，才能把粽子从中拎出来。

唐泽将报纸揉成团，正欲往垃圾桶里丢，突然，燕姐喊他："等等，那张报纸给我看看！"

唐泽不明就里，但还是将报纸递了过去。

燕姐像是发现了新大陆，心急火燎地将报纸摊开，指着一张照片，语无伦次地道："我……我……我姐。"

"什么？"唐泽皱眉，本能觉得燕姐是精神崩溃，臆想一些不切实际的事情。

"错不了，是我姐！你看她这眼睛，这嘴，我知道，是我姐！"

唐泽顺着她的手指往照片上看，街拍的模特旁边的确站着一个人，身穿制服，脸和燕桥很像。老大会放过燕桥？她早该死了，或者只是另外一个五官神似燕桥的女人？

唐泽找钉子问报纸的事，打听到了他老家的地址。唐泽在网上搜这张《磊山晚报》的报社，联系到了那里的总编，说明来意后，对方给了他一个号码，是街拍摄影师的联系方式。

原本死寂的海面，因这块巨石落下而变得波涛汹涌。这其中是否还有其他故事呢，还是说只是一个巧合而已？唐泽不寒而栗。

当晚，他们赶到磊山区，联系了摄影师。约的地方是一间装潢古香古色的小饭庄，对方约了一群朋友，正在喝酒，庆贺这些照片稿件过稿，并且和磊山报社签订长期合作协议。

“我想问一下，这张照片是在哪里拍的？”燕姐指着那张酷似燕桥的脸，一遍又一遍地问，问多了就像是情绪失控的人，音量加大，让人无法忽视。

摄影师喝了酒，有点蒙，他凑得很近，盯着照片上的建筑，说：“这照片是在磊山枫叶街拍的。那里路口有一家欧式的小酒吧，门口装修得很好看，一般想要街拍照片，都会去那拍。”

“那这个人呢？”燕姐死死盯着照片里的“燕桥”，她熬了一晚上没睡，双目赤红，比恶鬼还要凶狠。

摄影师酒醒了，有点怕，瑟缩地答：“好像是那里的店员，看她的制服就知道她是这家店的。”

燕姐如释重负，一下子瘫软在地。这样等了有半个小时，她才浑浑噩噩地站起来，对唐泽露出一抹意味不明的笑，道：“走，接我姐姐去。”

唐泽不好搭话，他总觉得燕姐的精神出现了一些问题。可此刻，他也知道不能再用言语刺激她，真的假的都好，只要有一个信念支撑她往下走，不要倒下就行。

他当即点点头，拦了一辆出租车，往磊山枫叶街赶。

这个冬天格外漫长，路灯静静伫立在路边，显得格外安逸，富有力量，温暖的光仿佛能融化那些纷纷扬扬的雪花。

唐泽和燕姐站在灯下，若有所思地望着不远处的小酒吧。到了凌晨，酒吧里的人陆陆续续地下班了，有人往他们这个方向走来，越走越近，五官也逐渐清晰……

是她，是照片上的那个女人。

就连唐泽也百分百确定了：燕桥没死。可她怎么会在这里？既然没死，为什么不来找燕姐？她知道老大在哪吗？唐泽心中有无数个问题想问，好在现在找到她了，一切都不算晚。

燕姐的眼泪夺眶而出，泪珠还没来得及享受这个冰天雪地的世界，就被凛冽的寒风吹散热度，凝结成碎霜。不一会儿，燕姐冲了上去，一下子拥住那个女人，大哭出声，喊她："姐！我终于找到你了，姐！"

那个女人愣了愣："你是？"

还是唐泽尚有理智，他问："你是燕桥吗？"

女人抿了抿嫣红的唇，不置可否，过了一会儿，答："我是燕桥。"

名字一样，人一样，唯独失去了记忆？燕姐蒙了，呢喃自语："姐，我是燕燕，你的亲妹妹，燕燕！"

"我……我好像不记得了。"燕桥抿唇，说道。

唐泽的眸光一凛，心说不好，现在找到了燕桥也没用，她根本就不记得事情。那么，老大的行踪是否也没人知晓了？

燕姐擦干眼泪，笑道："姐，没事！以后我们有的是机会叙旧，你会想起我的！你住哪？我能不能去看看？"

燕桥僵硬地笑着，连声说好。她的抗拒情绪不是伪装的，估计对燕姐是真的全无印象。她身上究竟发生了什么？怎么会没有记忆呢？

燕桥带他们回了家，那是一间单人公寓，她收拾出了客厅，给唐泽还有燕姐打地铺睡觉。

燕姐的心情很好，亲人久别重逢，没有什么比这个更让人感到愉悦的了。她把这里当作自己家，大半夜还开冰箱找东西吃。突然，她的目光落到了一侧的咖啡罐上，那是罐装的速溶咖啡，已经开封，喝了不少。

燕姐的表情突然冷了下来，她不动声色地拿出咖啡，冲泡了三杯，喊燕桥来喝。

“姐，我晚上有好多事情要和你聊，喝点咖啡，精神一点，我想和你好好叙旧！”燕姐笑意盈盈地看着她。

盛情难却，燕桥只能被逼着喝下了咖啡。

然而，燕桥才刚喝完，嘴角的咖啡渍都没擦掉，一柄刀尖锐利的匕首就逼上了脖颈。

燕姐眸光微动，冷笑着问她：“你究竟是谁？我姐对咖啡过敏，喝上一点就会呼吸不畅，引发哮喘，需要即刻送往医院。过敏几乎是无法根治的，只能尽量避免接触过敏源。你究竟是谁？拿走我姐的脸和身份，究竟想干什么？”

燕桥痛苦地望向唐泽，乞求这个男人帮她解围。然而唐泽没有半分同情心，只在一旁看戏，并没有插手的打算。她绝望了，只能不甘地闭上双眼，一声不吭。匕首逼入肌肤，几乎在眨眼的瞬间就割开皮肤，殷红的鲜血一点点被刀尖的压力逼出，滚落在衣襟上，触目惊心。

燕桥发出痛苦的呻吟，她知道燕姐没在开玩笑。这个女人心狠手辣，什么都做得出来，她想要自己的命，绝对不是说说而已。燕桥崩溃了，求饶道：“我是蒋西洲，这个身份是另一个女人给我的，她让我整容成燕桥的样子，说这个身份绝对安全，我们互换脸和身份，互换人生。”

“什么？！”燕姐诧异出声，“那个女人是谁？”

“她说她是燕桥，让我放心使用这个身份，可证件照上的人和她长得并不像。我，我有她的照片，就在这里！”她从裤袋里抽出手机，翻开一个女人喝茶的照片。

唐泽定睛望去，瞳眸骤然紧缩——他认识她！

是斐乐！居然是斐乐！

按照蒋西洲的话说，斐乐就是燕桥，这究竟是怎么回事？

燕姐也愣在原地，疯了一样地自言自语：“斐姐，我认识她……怎么会是她……”

唐泽这条线，倒是终于和言雪串上了。

由于线索都串到了一起，当晚，唐泽就和言雪联系了。

燕姐很配合缉毒工作，也想铲除这个贩毒组织，所以直接让她见唐泽背后的人，加深联系，还能当个卧底，黑吃黑。

燕姐看到张队长他们的那一刻，并不感到奇怪。她早猜到唐泽的身份，也默许他利用这个身份一步步往上爬。只是，她的心神全集中在那张照片上……

居然是斐姐啊。

她对斐姐的了解并不多，只知道这个女人在看到她的一瞬间，眼睛里有某团火焰燃烧，蕴含着久别重逢的欣喜，当时斐姐微微张开双臂，似乎想拥抱燕姐，之后又迅速垮下肩膀，装作疏离冷淡的样子。

燕姐知道，斐姐对她有恩，一直在庇护她。原先，她还想着，自己与这个女人素未谋面，怎么会投了她的眼缘？后来想想，也并不奇怪。可能是组织里就她们两个谋事的女人，起了惺惺相惜之感，这才勉力庇护自己。现在，燕姐只觉得可笑。她好像在帮警察去抓自己的姐姐，她明明只是想要一个真相……

不过，燕姐总觉得斐姐现在深陷泥潭，是心甘情愿往下坠的，如果不拉她一把，她很可能就会被黏稠的泥浆淹没。

不，绝对不能这样。燕姐给自己找了一个继续调查下去的借口——她想见她姐，也想救她姐，两不耽误。

而言雪看到唐泽的那一刻，整颗心都像是被闪电击中，一下子恢复了酥麻的跃动感。她浑身燥热，手心也出了不少汗。

片刻，结结巴巴地喊唐泽：“哥，出来！”

唐泽贪婪地望着许久未见的小姑娘，他的妹妹晒黑了一点，手臂皮肤虽然变得紧致有力，可从那隐隐有线条的肌肉上也能看出她是吃了不少苦，历练出来的。唐泽没来由地感到愧疚，跟她出门去，刚想开口道歉，就见言雪挥手给了他一个耳光，啪的一声落他脸上，火辣辣地疼。

唐泽没生气，第一反应就是想知道为什么挨了一巴掌。他还没说出口，就见言雪踮脚，勾住他的脖子把他整个人往下压，自己像是被折弯了的松树枝一样任其为所欲为。

言雪闭上眼，狠狠吻了上去。

言雪亲了唐泽，嘴对嘴，似嫌不够，还探出舌尖，勾住了他的舌头。

唐泽整个人僵住了，他无所适从，连推都不敢推。

没过两秒，言雪松开了他。她的眼眶潮红，嘴角还有一丝银亮的水渍，像是一只无力反抗却偏装凶恶的小奶猫，恶狠狠地威胁："下次再让我看见你和别的女人在一起，我绝对不会这样轻易放过你！"

唐泽愣了几秒，擦了擦单薄的唇，上面还有小姑娘的味道……

不放过他吗？是怎样不放过呢？

现在好像也不是想这个问题的时候，而这个吻，算什么？

他什么都懂，又什么都不敢懂。想逃，回头一看，却只见万丈深渊。

他的小姑娘，这么厉害，把他逼到绝路上了。

第十四章

当言雪得知斐乐和燕桥是同一个人时，也大吃一惊。

按照日记里的说法，渴望自由的燕桥抓住了逃生的机会，冲出囚牢，又怎么会折回来呢？老大绝对不可能放过背叛他的女人，为了安抚和他同生共死的兄弟，必将她杀了“祭旗”。

从这一点来看，就成了自相矛盾的事情。

假使老大抓到了燕桥，就一定会杀了她。那么，燕桥没死，就说明她没被抓到，逃了出去。这样一来，问题只剩下了一个——燕桥回来究竟是为了什么？她改头换面，不顾自己的生死与对她牵肠挂肚的家人，究竟是为了什么？

言雪翻了一遍日记，想到了里面最重要的人——她的爸爸，言淮。燕桥是爱上了言淮，所以才回来，为他报仇吗？那么，她的目标也是老大。她处心积虑这么多年，终于爬到了顶层，刚想下手，没想到却被言雪给搅和了，她怎能不恼。

燕桥是恨她的，她恨所有阻挠她的人。仇人，只有手刃才能解除那种痛楚。

这个女人，还真是爱得深沉。言雪趴在桌上，裸露在外的手臂紧贴冰冷的桌面，却丝毫感受不到寒冷。她想，她的爸爸究竟爱还是不爱燕桥？

言雪没有妈妈，一出生就没有。所以那时候的言淮无疑是孤独的，他应该也渴望有一个能日夜对他嘘寒问暖的女人陪伴他，这是人之常情。但再怎样，这个人都不可能是燕桥。他作为缉毒警察，在任务里动私情本就是大忌。言淮可以拯救燕桥，却绝对不能爱上她。所以那个时候，他才会回来，出于爱也好，出于愧疚也好，他都回来了。燕桥问他以后能不能在一起，言淮沉默了。他想或者不想，都不重要。他不能，此生此世都不能和这个女人在一起。

除非言淮辞职，不会受到良心上的拷问，那么，他才有可能成就爱情。爱真是能让人疯魔的东西，叫人生，叫人死，叫人生不如死。

窗外的风雪渐大，雪花被风一吹就粘在了薄薄的窗玻璃上，被室内炙热的灯光烘烤着，泛起晶莹的水光。

张队长把蒋西洲带到审讯室内，她顶着一张燕桥的脸，怎么看怎么怪。

言雪有很多问题要问，刚想开口，又心生惶恐。这一切都跟她的父亲有关，她要亲手开启尘封多年的匣子——里面的气味一定不是馥郁芬芳，经由岁月沉淀，或许是酸涩发臭，催人作呕。

她问："这个叫燕桥的女人，什么时候找上你的？"

"我之前在另外一个城市的酒吧工作，她一开始是店里的常客，只在晚上来。"蒋西洲老老实实地开口。

"有什么特征？"

"她只爱坐在酒吧最里面的位置，点酒，兑冰块和冰红茶，一个人喝。不过我总觉得她在看我，视线对上了两次。"

"所以，说她是来喝酒的，倒不如说是观察你？"

蒋西洲摇摇头，后怕地答："我不知道。"

言雪盯着她，眼神锐利，不许这个女人说一星半点的谎言，继续问道："你有什么需要交换人生的理由？"

"我……我喝醉酒，被人迷奸，还拍了视频。我真的生不如死，本来想自杀的，是她救了我。她想帮我，所以想和我互换人生。"

"你怎么不报警？"

“只要我报警，那段视频就会流传出去。人言可畏，我不想牺牲一生来应付流言蜚语。”

“你就这么答应了？你想想看，一个肯跟你交换人生的人，一定也有惨痛的过去。你承受不了自己的痛苦，就能承受别人的吗？”

“我只知道，我不这样做，我会死的……你什么都不懂，只会挖苦、指责！”她一闭上眼就是那样凄惨的景象，她想逃，可是浑身乏力，只能眼睁睁地看着悲剧发生。

言雪避开这个话题，问：“她整容成你的样子了？”

“对，我们约定好一起整容。她说我的五官和她很相似，不需要调整太多。以后她就是我，我就是她，一旦需要证件按手印的时候，就找对方出面。”

言雪抿唇，心想，又要找五官相似的人，又要找毫无求生欲的女人，是一件多难的事情。

不对，还有另外一种可能：燕桥只需要寻找和她五官相似的人，顺道再给她一件“小礼物”就好了。譬如迷奸的人是燕桥找来的，她要的不过是击溃蒋西洲的心理防线，让她一心寻死。因为斐乐这个身份已经不能用了，她无法回归正常的轨道生活，那么就必须另辟出路，再捏造一个身份。

这样一想，言雪不禁感到彻骨严寒。言雪问：“那么，她还有给你地址或者联系方式之类的吗？”

“地址没有，她是做事很谨慎的人。只留下了一个邮箱地址，说要是有急事，可以给她发送邮件。”

言雪微微一笑：“那么，能帮我们发一封邮件吗？”

蒋西洲没有异议，在发送邮件之前，言雪还要了她原先的照片，一看，果然与燕桥有五分相似，估计那些工作人员单凭证件照也会弄混，分不清谁是谁。她把照片拿去给媒体发表，希望能寻找到这名犯罪嫌疑人——谢毅已经伏法认罪，谢楼南也指证了她，所以燕桥谋杀他人是板上钉钉的事情。

蒋西洲的照片是藏在了手机内存卡内的，据说燕桥销毁了她们两人之前所有的照片，她还说："以后要正式开始一段人生的新旅途，你就是你，我就是我，不能对过去念念不忘。"

然而蒋西洲的心底深处还是有一丝对于未来的畏惧，所以她才藏下了这张照片，时刻看着，希望不要忘记自己原本的容貌。

言雪思考邮件内容，她看了一下燕桥的身份证，全都没有过期，如果过期了还能说是需要按手印，所以得喊她过来。那么，现在还能用什么借口呢？

算了，她破釜沉舟一次，直接写上："燕桥，我不想换身份了！我们换回来吧，我在磊山区的 Sil 酒吧工作，我等你。"

如果燕桥看到这封邮件，定然会大发雷霆吧？她好不容易下完了这盘棋，结果有人说不想干了。当然，燕桥可能也会迅速反应过来，她被缉毒警察盯上了。

所以，她到底是怎么想的？赴约还是不赴约，要杀了蒋西洲完全取代她吗？

三天后，邮件没有人回复。

言雪明白了，燕桥选择了另外一条路——即使她的死期不远，她也要在生命最后一刻绚烂燃烧。她要的不是换取一个可以生存下去的完美身份，她要的只是拖延时间，不被警方那么快找到。

这段时间，她会做什么呢？自然是达成自己的目的！也就是说，燕桥知道老大在哪里，她要去杀了他，就在此期间！

糟糕，他们快要拦不住了！

第十五章

燕姐抿了抿唇，犹豫地回答：“我想，我可能知道老大在哪。”

言雪挑眉，反问：“你知道？”

“嗯，”她依旧是犹豫不决的状态，或许还在犹豫要不要追踪燕桥，“我之前在一个地方遇到过老大，可以去那附近看看，我也是唯一一个见过他的人。”

燕姐这么说，大家原本沮丧的心情好转了一点。如果查到这种程度，还找不出这个始作俑者，估计所有人都会崩溃。

言雪他们打算明天动身，她吩咐了队里的一些同事，让他们盯紧了媒体那边的寻人信息，这样她才能毫无后顾之忧，全心全意地投入调查。

燕姐也被张队长安排了住处，最主要的想法是将她控制在视线之内。临走前，言雪对燕姐耳语道：“不管你有没有心思，都别接近唐泽。”

燕姐不解，皱眉：“为什么？”

“小心我欺负你。”言雪微微笑着，眼睛成了弯弯的月牙，嘴里的话却是冰冷的，每一个字都稍显生硬。

等燕姐对上言雪的目光时，这才诧异她浑身上下散发出的敌意，言雪是个很漂亮的小姑娘，可以说是艳丽，看一眼就不能忘的那种，也是最勾人的女人类型。怎么说呢，这个小姑娘，像是个不谙世事的小恶魔，既纯情，又妖冶，一身妖气。

言雪跟着唐泽回了出租屋，连聚餐都没去。按照言雪的话说，她许久没有和哥哥见面，得好生亲近亲近。

唐泽买了菜，打算煮一顿大餐补偿言雪。她瘦了，颔首时，下巴的线条都是笔直硬朗的，没有一丝一毫的软肉，瞧着让人心疼。

“想吃什么？”唐泽一边淘米一边问她，莹白色的淘米水从指间流逝，竟给他一种岁月静好的错觉。

言雪凑过来，站在他的身后，只隔了十厘米的距离，她停下来，小声道:“唐泽哥哥煮什么，我就吃什么。只要是你煮的，我都喜欢。”

她离他很近，呼出的炽热气息钻入薄薄的一层毛衣里，煨贴肌肤。唐泽不自觉挺胸抬头，收紧腰腹，刻意拉开了距离。他不想离她这么近，周身都充斥着小姑娘的馨香……她刚喝过牛奶，还有一股若隐若现的奶香，香香的、软软的，气泽绵长，又无孔不入，钻入他的口鼻与心底，悄然埋下根。

“为什么躲着我？”言雪用极低的声音说话，如若不注意，还以为她是在自言自语。

“没有。”唐泽生硬地回避，往前又踏了半步，结实的腹肌隔着并不柔滑的毛衣，抵上了冰冷的洗碗池。一侧的大理石台有水，渗进衣里，冻得他一个哆嗦。

“那为什么要退一步，再一步？”言雪不顺着唐泽给的台阶下，她想叫他难堪，想叫他正视她的这份心意，比亲情还要亲密的情愫，禁忌而又隐秘。

这算是卑鄙的手段吗？唐泽何时这样狼狈过！他无话可说，压制自己往前靠，浑身战栗，隐忍着复杂的情绪。唐泽甚至想求饶，却不知道言雪应该放过他什么。他在害怕什么吗？的确是在怕，怕言雪不要命一般对他敞开胸怀，诉说那些积攒多年的少女心事。

唐泽回应也好，不回应也罢，都无法跟她回到最初的模样。言雪这是要逼他去死，斩断他所有的退路。

终于，死期到了。

言雪抱住了他，依恋地将脸贴上这个男人宽阔的脊背，越搂越紧，贪婪地嗅他身上味道。真好，她终于如愿以偿，抱住了他。这不是一碰就碎的梦，这是最真切的现实。她的手可以肆意在这个男人身上游走，抚摸他精瘦的腰腹上每一块肌肤，触碰那些饱含故事的伤疤，也能无所顾忌地拥抱他，甚至是被他用宽大的手掌握住五指……就像现在这样。

唐泽握住她为所欲为的手，低声警告："言雪！"他连名带姓地喊她，声音严厉，话尾又带了一丝颤抖。他是奄奄一息的虎，被逼急了，也想临死之前再咬一口。

"唐泽哥哥，你不喜欢我吗？"言雪的嗓音依旧清甜，她微微一笑，隔了两秒，化作苦涩的笑容，"我在很小的时候，就一直跟着唐泽哥哥。初中有人欺负我，是你保护我，跟他打架，就算被学校处分也在所不惜；我没吃早饭，你会提着饭盒，送到我班上给我；写不完作业要被批评，也是你熬夜帮我一起赶……

"等到后来，我发现我的唐泽哥哥长这么高了，又阳光又好看，打篮球的时候，班上女生都盯着你一个人看。那时候，我就想着，这是我一个人的哥哥，我凭什么跟她们共享。久而久之，这种情愫在我心底悄然滋生，我再也抑制不住了……我会想拥抱你，吻你，独占你，就因为你是我一个人的唐泽哥哥……

"我不是什么好人，我也没有什么是非观。唐泽哥哥想做的就是对的，我会倾尽所有帮助你，但是，我也有我的条件——你只能和我在一起，只能喜欢我一个人。如果你爱上了别人，我想我会不顾一切地除掉她。唐泽哥哥，我宁愿你恨我，也不要你爱上其他人。"她说到最后，声音也带了一丝哭腔。不知是情之所至，还是悲恸心伤，她也卸下了全副武装，将整颗心都剖给唐泽看。

言雪知道他不能接受，从小把她当作亲妹妹疼爱的哥哥，怎能接受这样惊天动地的改变。他会唾弃她吗，还是离开她？

唐泽原先还在负隅顽抗，此刻却已经丢盔弃甲、卸枪投降。他叹了一口气，不知该说什么，隔了很久才问：“阿雪，你喜欢我什么？”

言雪被他这样一问，整个人都放松下来，她缠绵地磨蹭着唐泽后背，小声回答：“唐泽哥哥，我不知道。但是我就是很喜欢，找了你三年，一直念念不忘。”

“那么，你了解后果吗？”

“后果？”

“如果我和你相爱，我爸那里怎么说？张队长怎么看？我们一旦分开，就再也不能变成正常的兄妹，你有考虑过这些吗？阿雪。”

“我想过，叔叔那里，我不会再有联系；张队长那边的话，我也会辞职。我不会和唐泽哥哥分开的，我想和你结婚，想共度余生，想有一切亲密关系的那种恋爱，也想给你生孩子。这就是我说的爱，不是玩笑，也不是一时任性。”

“……”唐泽没想到她是真的做好了准备，他该怎么办呢？

接受言雪，爱上自己的妹妹？说完全没感觉，倒也不是。唐泽会担心她，会牵挂她……甚至是想念她。之前，这一切他都归因于把言雪当作亲妹妹的心态，可一旦撕开了这一层假象，竟让他觉得羞愧难当。原来这些情愫，都是隐藏在“兄妹之情”这一层外衣内，如果没了这层纤薄的布，建立在“男女之情”上，也能站得住脚。

唐泽对言雪，真的是单纯的兄妹之情吗？难道他这一生目光所及是她，情之所至是她，魂牵梦萦也只能是她吗？原来，真正卑鄙的人……是他啊。

“你不喜欢我吗，唐泽哥哥？”言雪低低地问，想知道结果，又怕被一刀处斩。

“阿雪，我这一辈子不可能爱上别人，如果对象是你，我得想想。”他说不出重话，要么选择爱她，要么孤独终老。他已经负了她，可不敢再负第二个人。

何况，唐泽扪心自问，他对她并不是毫无感觉。

美好的时光总是过得这么快，黎明伊始，他们就得起身去调查老大的行踪了。

燕姐是在一起运货成功的庆功宴里撞上老大的，地点是冶山区的河阳饭庄。白日里，那里会卖些早点打掩护，里头别有洞天，包厢隐秘，一般的食客也不能往里进，在外面喝点豆浆，吃点包子油条等早点行，别的没你什么事儿。

所以有些做地下行当的人就爱在这里聚餐，因为预先定了位置，服务员会领你去专门的房间，走的路上遇不到别人，一条道就只通一个包厢，安全又快捷。

他们偶遇老大的时候，他在门前吃早点，仿佛不知道今天还有庆功宴。有人认出了他，邀他一起进来吃饭，也就是这天，燕姐机缘巧合地遇到了老大，还做了最亲密的事。

老大如果没有目的，又怎么会突然出现在冶山区呢？关于他每个月都会去一个秘密地点的传闻，难道是真的？他去的地方就是冶山区吧？否则怎会有闲情雅致在河阳饭庄吃早点？他是不是住在附近，他究竟有什么目的？

无论如何，唐泽等人都得去一趟河阳饭庄。

许是没想到有大批的人登门，服务员给里头的人使了一个眼色，矮个子的伙计两下就冲到了后台，看似要遣散包厢里的贵客。

唐泽刚想去拦，就被服务员堵住了去路，他笑呵呵地问：“几位警官要吃点什么？”

眼力不错，还能看出他们是警察。言雪笑问：“你是怎么看出来的？”

“这位警官的站姿和别人不一样，这是站军姿吧？一眼就能瞧出来，别人可没这样的精神气儿。”他讨好地答，眼睛不住地往帘子后头瞄，见伙计出来了，这才松了一口气。

“今天的客人应该很大方吧？值得你这样去通风报信！是哪路的牛鬼蛇神，要不要我们帮你问问？”

言雪三言两语就戳中了服务员的软肋，他整个人哆嗦一下，苦笑：“我们可不知道客人的身份，我们就是摆酒席的，有人订桌子，我们就上菜，警察总不能为难平民老百姓吧？”

“别耍贫嘴，你好好答话，我就不追究这些事情。不然我们就申请搜查，你这可是个窝点，黑的白的都来过，我就不信查不出什么。”

服务员见有台阶下，也不插科打诨，忙道：“您来是想问什么事情？”

言雪抚了抚下巴，道：“我想查一个人，他的胸口文着蛇刺青，常在你这里吃早点。”

“这……”服务员欲言又止。

“别说不认识，你要敢说不认识，我也敢做一些事。自己掂量掂量后果，包庇这个人，能不能从中获得好处都两说。”

“行，我在对面的晋阳街204号见过他，他应该住在那楼上，不过每个月十五号他才会来，顺道在我这里吃早点。”

言雪松了一口气，拍拍服务员的肩：“行了，谢谢你了。以后少做些亏心事，你们这里可是被警方登记了的重点搜查地。”

“哎，好。”服务员苦着脸，继续进屋蒸包子去了。

他们查了这么久，这下都明白了。每个月的十五号，老大都会来冶山区一趟，就为了去那间屋子里看看。那间屋子里究竟藏着什么呢？

他们即使好奇，也不可以进去搜查，避免打草惊蛇。只能等到十五号那一天，老大出面以后，才能将其一网打尽。

燕桥如果想杀人，也必定会等到这天，独自来冶山区。

这一切，都将在十五号那天落下帷幕，还有五天。

张队长在那附近安插眼线，就等收网。而唐泽和言雪申请去前线缉拿老大，因他俩对此次任务贡献极大，上级特批他们参加抓捕工作。

虽然所有的事情都将尘埃落定，可言雪却总觉得有哪儿不对劲，内心不安，整颗心都怦怦乱跳，好像预感到了什么。她侧头，瞧了瞧唐泽的脸，说："唐泽哥哥，我有点怕。"

"怕什么？是任务的事吗？如果怕的话，我跟张队长说，让你留家里。"他本意就是如此，打打杀杀的，对一个女孩子来说肯定不合适。

"不是怕这个，就是有点慌。"

唐泽不动声色地攥紧五指，好半晌，才答："别担心，没事。"

"嗯。"

这五天的休息时间来之不易，言雪没了沉重的包袱，笑脸也多了些。

她跟唐泽絮絮叨叨一些未来的事情，说着说着，自己就笑了："……等以后，唐泽哥哥辞职了，我们开个店，或者开个小酒吧，我练过冲咖啡的技巧，可以在前台帮忙。"

唐泽也乐得跟她聊这些，可以舒缓压力，他问："那本钱哪里来？"

"可以借，先借过来垫着，唐叔叔那里也有生意，他会借给我们的。"言雪下意识地提到唐父，怕惹唐泽不开心了，连忙噤声。

哪知道他早就看淡这些，沉默了一会儿，答："好。"

言雪笑逐颜开，她的唐泽哥哥果然蜕变了，他不再怨恨父亲，甚至马上就要抓到杀母仇人，对报仇的事情也能放下了，这是好事。

她和他的未来，总算能步入正轨，有个圆满结局。言雪喝了一口奶茶，犹豫地说："我觉得我不能喊你唐泽哥哥。"

唐泽饶有兴致看她："怎么说？"

"我如果要和你结婚，喊哥哥很奇怪，我应该喊你老公，或者阿泽。"

唐泽一口苏打水险些喷出来，这妮子怎么又提这些不着调的事情了？

"还是说，在床上的时候，你喜欢听我喊哥哥，不想我改？"言雪忽然害羞了，脸颊微烫，“原来唐泽哥哥好这口！”

“别瞎说！”他拿她没辙，说的话也毫无威慑力。

“那就算我瞎说吧……那么，唐泽哥哥想听我喊老公，还是阿泽？”她不怀好意地笑，像是一只老谋深算的小狐狸。

唐泽哑口无言，他错开小姑娘期盼的目光，专注盯着玻璃杯里起泡的苏打水。

言雪却不依不饶，凑过去，不肯放过他：“说嘛，到底是怎样？”

她贪婪地盯着唐泽，企图看清他每一根细长的睫毛。别看唐泽一身伤疤，身体很阳刚壮实，脸却欠缺了某种粗粝的硬汉感，五官精致，鼻梁高挺，被光一打就透出一道白，是偏冷硬的清隽相貌。

很好看，她的唐泽哥哥真好看。言雪笑了笑，又说：“不说话，我就当你是想我喊老公了。”

“不行。”

“那阿泽？”

唐泽默不作声，这称呼总比老公强。

“阿泽，好阿泽，阿泽哥哥。”她故意恶心他，就是想吸引他的注意力。

唐泽无奈摇摇头：“你乖一点。”

“我很乖了，我要是不乖，会做很坏的事情。”

“坏事？”

“就好比，这样……”言雪狡黠一笑，踩着高脚凳的踏脚处，跌跌撞撞地吻了上去。

唐泽的唇被她封住，受到了惊吓，却不敢松开扑怀里的言雪。一放手，她就得摔到地上去。可是不放手又怎么行呢？

他搂着自己的小姑娘，还恬不知耻地吻着她。

言雪却觉得即使是摔一跤也不亏，她的唐泽哥哥明显心里还是有她的。于是，这只奶声奶气的小狐狸总算是亮开了爪子，不怀好意地搭上了眼前的男人。她伸出丁香小舌，一点一点描绘唐泽薄唇的轮廓，舔得湿漉漉的，全无技巧。

唐泽想躲，可言雪哪能让他逃开。她一点一点撬开唐泽的唇，在他的唇腔里肆意扫荡，与他的舌尖触探纠缠，搅和在了一块儿。

言雪觉得浑身燥热，可这热气儿来得莫名其妙。可能是包厢里的空调坏了，所以才会浑身出汗，脊背像是被千万根针扎了，酥酥麻麻的。即使是热，她也不想和唐泽分开。她雀跃、兴奋，也想尖叫，她侵占了唐泽，想为这样大胆的自己摇旗呐喊。

唐泽是个血气方刚的成年男人，被这样一挑逗，身体某处很诚实地出现了反应。他觉得难堪，这辈子没这样狼狈过。然而面对言雪，什么怒气都烟消云散。小姑娘的吻技很烂，把他的舌根都磨得生疼。唐泽在心里叹一口气，收回她的主导权，一点一点引导她，教她如何接吻。这种事情，还要他教吗？

唐泽也闹不清楚究竟是发生了什么……他觉得自己错了，错得离谱，可他没办法纠正，完全被言雪牵着鼻子走。算了，就当是唐泽出师不利，栽在了这丫头的手里。她想怎样就怎样吧，他顺着她，纵着她，就这样过日子，也不是不行。

想定了，唐泽把言雪整个人抱到腿上。他用满是厚茧的拇指轻擦言雪的嘴角，一闭眼，复又吻了上去。

言雪怔忪了一会儿，全明白了。现在是他主动了，所以她的唐泽哥哥，接受她了！

言雪一整天都在傻笑，她看着一本正经的唐泽，总会想到那缠绵的一夜——她的小哥哥在那天晚上失了态，霸道又蛮横地将她按到怀里狼吻。平日对事对人规规矩矩，可一旦肆意纵情，又是那样不知分寸，像个青涩的少年，饱含热血，做事莽撞。

可言雪一点都不讨厌那样的唐泽，她很喜欢，很喜欢。

唐泽的衣服都在任务里刮破了，言雪提出要带他去挑几件羽绒服。

到了店里，她很自然地拎起一件白色外套，搭在唐泽肩上："试试看这件。"

服务员很快上前推荐："美女真有眼光，这是最新款，给你男朋友这种身材正好。白色穿在胖的人身上显胖，像你男朋友这样高高瘦瘦的身材穿起来肯定好看。"

言雪很受用，趁着唐泽进更衣室，对服务员说："那你把其他新款也拿给我看看，我男朋友的尺码是 XL，你看着推荐一下。"

"好，你稍等一会儿。"

服务员从储藏室里又拿出了几件还未拆封的新款外套，一件件抖平整，说："美女，你和你男朋友谈多久了？看起来感情很好的样子。"

言雪反正也无事，就和她有一搭没一搭地闲聊："从小一起长大，青梅竹马。"她也没说假话，她和唐泽可不就是两小无猜的青梅竹马吗？

"真好，这么多年一直在一起，"对方像是想到了什么，叹一口气，"说实话，男人对青梅竹马的小姐妹总有一种奇异的亲密感。我和我现任男朋友在一起这么久，要是他那个青梅出了一点事，喊他帮忙，他也能立刻抛下我去帮她，就算是情人节都行。"

"你们这样都不分手吗？"言雪不太懂。

"他帮她是情分，从小一起长大的情分。我能看得出来他不爱她，不然他俩早在一起了，天时地利人和本就占全了。他们两个之间的默契，是长年累月建立起来的。我羡慕，也嫉妒，但我知道我拼不过她的，我男朋友前十几年的人生都有这个女人参与其中，这是我缺失的部分，再不甘也没办法。"

言雪突然意识到了什么，轻声问了句："依你的感觉，如果这个时候，你男朋友的青梅竹马提出要和他谈恋爱，没他不能活，他会答应吗？"

服务员迟疑地回答:“这个不好说……”她很为难，不用猜也能知道答案。

唐泽的出现拯救了她，没让言雪继续逼问这么难堪的答案。

“好看吗?”唐泽对买衣服这种事情不太上心，他总觉得打扮是女孩子需要做的事情,男人只要有吃的、有穿的、有住的就心满意足了。

“好看。”言雪心不在焉地说。

他们匆匆付了钱，离开了那家店。

言雪神情恍惚，觉得自己可笑又可怜。从前的她，只要得到唐泽的吻和怀抱就会满心欢喜，可现在的她太贪心了，吻不够，抱不够，她想他爱她，是真心实意地爱上一个女人，而不是不想辜负她，被逼无奈接受自己养大的小姑娘。言雪自负又自卑，她机关算尽，就想将唐泽束缚在自己身边，等到美梦成真，又发现这并不是她所想要的生活。除却那一具皮囊，她还要他的心。不止是对她关怀备至，还要他对她神魂颠倒。

唐泽不是傻子，很快就察觉到了言雪的异样。以他对她的了解，这妮子一旦一言不发，就一定是有心事。

“你在想什么?”唐泽侧身问她。他高大的身形被路灯的黑影笼罩，整个人隐藏在暗处，脸上表情晦暗难辨。

“我在想你呀!”言雪强扯出一抹笑，嬉皮笑脸地道。

“撒谎。”言雪算是他看着长大的,她在想什么,真当他不知道吗?唐泽之前不过是刻意装傻，不代表他真的傻。只要他想，应付十个言雪都不在话下。

“……”言雪沉默。

“在想什么?不能告诉我?”

“我在想，如果我和唐泽哥哥不是从小一起长大，你会不会喜欢我。”

唐泽没说话，他也不知道该怎么回答这个问题。如果他从小不认识言雪，那仇也是一个人报，或许这辈子都不会想要别人陪伴。他嫌自己经历太多，心底深处的故事太沉重太阴暗，不想祸害别人，也不想放过自己。

“不会。”本来一句甜言蜜语就能敷衍过去的事情，唐泽偏偏不做。他不想欺骗言雪，这辈子都不会骗她。

可这话说者无心，听者有意。听在言雪耳里，就不是这么一回事了。她理解成了是她占据了妹妹这个身份，才侥幸获得唐泽的心，假如她没有和他一起长大，和唐泽一起生活的是别人，他也会义无反顾地接纳另一个女人。

这样一想，言雪平白吃了一缸醋，她妒火中烧，忍了忍，一句话都没说。

两人相顾无言，就这样，沉默了一整个晚上。

言雪躺在床上，屋内静悄悄的，一丝月光映到地上，泛起银白色的光。她在暗处蜷曲身体，搂紧双臂。一闭眼，言雪就想到了小时候。那时候的唐泽还有幸福的家庭，他阳光大胆，一直以大哥哥的身份照顾她。唐泽知道言雪爱吃糖，即使是补牙期间被禁止吃糖，也忍不住纵容她，背着贺颜阿姨，将那些甜食偷偷塞给她。贺颜问起怎么有这么多糖纸的时候，也是他义无反顾地站出来背锅，说自己偷开了柜子，最后挨了一顿打。

言雪觉得难过,问他为什么拿糖。年幼的唐泽只是笑嘻嘻地回答：“你是我妹妹，你想要什么，我都会给你。即使是天上的星星，我也坐飞船摘下来给你。”

的确，他一直都履行这个承诺。言雪要他的人，唐泽也没有二话，立马答应她。

唐泽到底喜欢她，还是不喜欢她？是她一直在逼迫唐泽吗？言雪想不明白，索性起身，直接去唐泽屋里问他。

大冬天，客厅也没开暖气。言雪蹲在唐泽的房间门口冻得瑟瑟发抖，嘴里连连喊：“哥，开门，冷死了。”

唐泽被那奶猫儿似的叫唤吵醒，睁眼警惕地看了下时间，是凌晨两点。这丫头大半夜不睡觉，来他房里做什么？

他打开门,那只可怜兮兮的小奶猫就嗖的一下钻到了他的被窝里。言雪扯紧了被子，把半张脸也埋到被褥里，里面充斥着唐泽的体温，源源不断的暖意逐渐将她包裹，令她昏昏欲睡。

唐泽无奈，只能坐到床边，问她：“大晚上不睡觉，跑我房间来干什么？”

“晚上想着唐泽哥哥，一点都睡不着。”言雪说话一直不正经，让人很难相信她的话句句属实，再真诚的话语，经过她的嘴都变了调儿，好似带着潜台词，语意都晦涩不清。

“赶紧去睡觉！”她不吃软的，那就只能来硬的了。孤男寡女，大晚上共处一室算个什么事儿？唐泽觉得头疼，他总算是把言雪当作女人看待了。

“我想和唐泽哥哥睡！”言雪不像是在说笑，她躺下来，一侧身空出了位置，拍了拍，欢迎唐泽，“睡这里，就睡我旁边。”

唐泽深吸一口气，实在是拿她没办法。片刻，他站起身，往屋外走。既然自己屋里不能睡，他去客厅总行了吧？

还没走出半步，就被言雪抱住了手臂，她的胸膛尚有热度，紧紧煨贴着他的小臂，又烫又磨人。

这个丫头知道这是挑逗吗？对他还好，要是对其他人呢？做出这样的举动，别人会轻易放过她？一点都不自知！唐泽也不知道自己哪来的火气，突然揪住言雪的手腕，恶声恶气地道：“闹够了没有？”

言雪一愣，垂下眼睫，不语。

唐泽仓皇失措，他也不知道怎么就来了怒火，凶了言雪。在他眼里，言雪再怎么古灵精怪也只是一个二十岁出头的小姑娘，她分不清善恶，辨不清忠奸，毫无防备心，容易被骗、被欺负。对他这样还好，若是对别人，难保没有二心。

唐泽想说的话在嗓子眼里哑了半天，一个字都没憋出来。

言雪惨兮兮地笑了一声，失魂落魄地爬出被窝，委屈地说道："那我现在就回去睡了，唐泽哥哥，晚安。"

她原先还死皮赖脸地要跟他睡，怎么这么快就打退堂鼓了？她就不能再坚持一下？再多说两句，他没准就会答应了……等等，他都想了些什么？

唐泽，你绝对不能做卑鄙无耻的伪君子。

言雪小心翼翼爬出被窝，走路时也没发出一点声响，生怕讨了唐泽的嫌。她该知足的，有了他的身，还怕得不到他的心吗？

来日方长，言雪可以慢慢磨。她在心里为自己加油鼓劲，脚下没注意，被冰凉的地板冻得生疼，情不自禁地跺了跺脚。

唐泽看在眼里，只觉得头疼。他起身，将言雪拦腰抱了起来，丢进被窝里。

言雪震惊，一双水灵灵的大眼错愕地望向他。

唐泽尴尬，也不知自己怎么起了这种心思。他难堪地给她盖上被子，将错就错，说道："你不是说要一起睡？就这一次，下不为例，晚安。"

"一起睡？"言雪呢喃自语，反应过来，心底盛开了无数小花，泛起甜腻的泡泡，一颗心扑通扑通乱跳。

唐泽就在她的身旁，可以闻到他身上的薄荷味，令人心安。稍微一侧身，还能触碰到他滚烫的手臂，近在咫尺。言雪还有什么不满意的呢？她痴痴地笑，盯着唐泽好看的睡颜，满心欢喜地睡着了。

本来有唐泽陪伴，言雪这一晚做的梦都该是又香又甜的。可她做了噩梦，梦里有一条又深又长的甬道，她在那条路上不断追赶，不知道在追些什么。不一会儿，眼前出现了一缕光，有一个男人站在路口。对方光着膀子，浑身上下文满了刺青，深色的文身，紧密繁乱，像是纠缠不休的蛇，既诡谲又恐怖。那个男人缓缓回过头来，深邃的眼窝，高挺的鼻梁，正是唐泽。

言雪尖叫一声，想要说些什么，喉咙却无法出声，只能呼呼喘粗气。

唐泽看她一眼，眼神冷漠疏离。他往甬道深处走了进去，一步一步，一次都没有回头。

言雪从梦中惊醒，心脏跳动极快，很久都无法平复。

唐泽早醒了，热了牛奶和三明治，等言雪起床吃。

言雪爬了起来，连脸都没洗就去厨房找唐泽。她心急火燎地扑到男人怀中，刚睡醒，声音还没开，沙哑地道："唐泽哥哥，我做噩梦了。"

唐泽温柔地抚了抚小姑娘满是坚硬骨节的脊背，小声哄道："有我在，别怕。"

"我梦到你身上都是刺青，蛇的，老大的那种，你往很黑的地方走，再也没回头。"

唐泽浑身僵硬，微微一颤。隔了一会儿，他强忍住不适，哄骗小姑娘："别怕，我一直在，我也不会离开。"

"真的吗？"

"真的，尽我所能。"他说的话越来越轻，最终吞回了喉咙里，没发出任何声音。

言雪稍微安心了一点，她急忙去洗脸刷牙，和唐泽一起坐在厨房吃早饭，好似新婚燕尔的小夫妻一样，浓情蜜意，怎样都无法分开他们。

她还学会了索吻，指了指嘴唇，让唐泽亲她。

饶是唐泽厚脸皮，也做不出她这样的事情。唐泽避开视线，僵硬着身体不肯动弹。

该拿的福利又怎么能少呢？言雪自己为自己谋取幸福，她揪住唐泽的衣领，踮脚就吻过去。

厨房是瓷砖地，刚洗完碗会有水渍，地滑。唐泽怕她摔倒，操碎了心，只能扶着她的腰，将她揽到怀里，任她为所欲为。

言雪心眼“坏”，就吃准了唐泽的好脾气，更加肆无忌惮。她紧紧搂住唐泽窄瘦的腰身，贴上那一层结实有力的腹肌，嘴上动作也不停，舔咬碾磨，使出浑身解数撩拨他，让他欲罢不能。

唐泽也没想到自己亲手养大的小姑娘不是小白兔而是狼，此时贪得不得了，把他的嘴当糖吃，又舔又咬，磨得他牙根生疼。偏偏是她的毫无技巧，撩起了唐泽内心深处的一团火，将他烧得理智全无。唐泽忍不了了，索性将小姑娘翻身按到洗碗池那里。他低下头，将唇覆了上去。他像是一只素了多年的狼，被生肉的血腥味吸引，不顾危险冲杀上去，只想吃到那一块肉，哪怕舔一舔血都好，解解腹中饥渴。

言雪这算是自讨苦吃，她哪里知道这个年纪的男人经不起逗，一下嘴就有反应，等她明白过来的时候，已经太迟了。唇上被咬破了皮，淡淡的血腥味弥漫在口中，更激起了唐泽的侵占欲望。他扣住小姑娘的后脑勺，绞着她的舌尖吮吸，将她逼得节节败退，溃不成军。

过了很久，唐泽才放开气喘吁吁的言雪，拇指温柔地抚着她的唇，表示愧疚。

他哪有错？怪就怪言雪，总是情不自禁招惹他。可她心甘情愿呀，这是她喜欢的男人。她就爱吻他抱他，强占他。要是这时候有别的人来拦她的路，言雪大概会遇神杀神，遇佛杀佛吧。

两个人独处的时光只剩下了短暂的两三天，很快就要到十五号的决战了。

明明复仇计划快要完成，唐泽马上可以释怀，逃出他妈妈被杀的阴影。他们两个也自由了，能够拥有自己的人生，可言雪却仍旧神经紧绷。她总觉得哪里不对劲，哪里会出现问题，一颗心怦怦乱跳，慌里慌张，怎么都无法平静。

尾声

时光飞逝，很快就到了六天后，十五号的战斗早成为过去时，终将被人遗忘在脑后。那是一场噩梦，是言雪这辈子都不想回忆起的事情。

言雪一闭上眼，耳鸣就很严重，嗡嗡嗡地作响，稍不注意，那股尖锐的电流音就会横穿过脑。

她想到了很多人，很多事。

记忆里，唐泽没有忘却仇恨，他高举着枪，对准了老大的额头……

一旦开枪，他就是死路一条——不服从组织，开枪射杀放弃抵抗的毒枭，这是私人情绪作祟，是故意杀人。司法不允许以公谋私，谁都不行。

他将会毁灭自己，踏上一条通往黑暗深处的不归路！

……

到处都是触目惊心的血、震耳欲聋的枪声，一切都回不去了，定格在三天前的晚上。

室内很静，一侧还有透明度极高的鱼缸，几尾金鱼在密集的水草内穿行，鱼尾荡漾出浅浅的波纹，好似悬浮在半空之中。窗户敞开，似乎能听到乌鸦在外啼叫，音调怪异绵长。

言雪再度睁开眼，望向眼前这个女人——她就是言雪苦苦追寻的斐乐，也就是燕桥。她不施粉黛，即使褪去了那些浮躁的妆容，依旧美得惊心动魄，岁月不曾亏待过她，一直偏爱她、怜惜她，不忍在这人的脸上留下任何痕迹。

言雪哑着声音开口，有气无力地问："那个房间是怎么回事？你究竟做了什么事情？"

燕桥没有任何抗拒的想法，她不想为自己脱罪，她的心愿已了。于是，这个女人决定和盘托出，咬字很僵硬清晰，行尸走肉一般，机械地运作自己的唇舌："把那些东西交给那个人以后，我还做了一件事情。"

"那个人是谁？是房东吗？"言雪问这些话的时候，频频看向一侧的张队长。张队长面露担忧，他很怕疲惫多日的言雪在问完话后倒下。

言雪微微一笑，无声地安抚他。

"是他。"

"然后呢？"

燕桥轻笑，也不知是在笑什么，她继续说道："我知道他房间的位置，我早知道我会有被囚禁的这一天，所以事先勾引了他，和他约好隔几天就来救我。我会隔墙敲几声，代表家里没人，让他过来的意思。那个男人很害怕被报复，蹑手蹑脚地开门，接过我递给他的东西，给我松绑。我说，这些东西只要交给我妹妹就好了，至于我的行踪，不要过问。如果我没回去找他，那么我肯定是被杀了。"

"于是？"

"他很害怕，但是不得不说好。估计他是不想蹚这浑水，怕引火烧身。"

言雪抿唇，问："你既然已经逃出去了，为什么还要回来？"

"你先别急，还有一个故事，我没有说呢！"

"你继续说，说完了，我再详细问。"

"为了和阿淮在一起，我想了一个狠招，瞒着阿淮也瞒着老大。老大不会放过我的，为了之后和阿淮逃跑，我制订了一些计划。我找上了那个叫斐乐的女人，她是个身世凄惨的女人，为了让她信任我，我诱骗她跟我换身份。”

“换身份？像你和蒋西洲这样？”

“一样，又不一样。”她嘴角上扬的样子透着一股狠戾，有些魅惑，又有些可怕。

“什么意思？”言雪本能地觉得不太妙。

“我给她钱，安排她去整容，随意整个七分像就好了。整容耗时有些长，耽误了好几个月。原本我是想让她死，骗老大，这是我的尸体，这样我就能逃出来，和阿淮长相厮守。可是我没想到，阿淮也骗了我，所以计划改变了……我逃跑以后，把这个女人骗过来，亲手将她推下山崖，制造出被老大追杀，不慎坠崖的假象。我知道这个男人有多狠，占有欲有多强，活要见人，死要见尸，他一定会去找我的尸体，看到那张和我如此相似的脸，他不得不信。可惜呀，这个时候的我，早就带着一笔钱，修整了容貌，美美地用着那个叫斐乐的女人的身份，改名换姓，重塑人生。唯一不够完美的是，她的身份证刚换，只有十年有效，所以我不能频繁地换工作，干一行就要多干几年，这样不用更新证件。在此期间，我必须找到下一个替代品，来延长我的生命。”

“所以，你回到老大的身边，不只是为了复仇，还是因为无路可走？”

燕桥嘲讽地道：“没错，当初最想逃离这个地方的是我，结果心甘情愿回去的也是我。不用身份的地方，也只有这些地下行当了，最危险也最安全。我是爱着那个叫阿淮的男人，可这爱里也夹杂着恨。说起恨，我想我更恨老大，是他毁了我这一生，还想置我于死地。所以，我给自己一个复仇的理由，心安理得地待在这里。我还需要一个帮手，所以我找上了谢毅。我是个坏女人，我自己知道，我想让我坏得更彻底一点，看着谢毅一点点蜕变，变成另外一个我，我居然觉得很解气，也很同情他。”

“你同情他？”

“是啊，很可笑吧？我利用着他，可我也真的同情他。在他身上，我能看到我当初的样子，也能看到我现在的样子。我和他是同类，所以不会再感受到孤独，我需要他的陪伴。可是后来，我发现，我和他根本不一样。”

“继续说。”言雪由于情绪激动，说话声音加重，不受控制地咳嗽出声。在张队长的帮助下，她匆忙喝了一口水，还有些水渍通过指缝咳出来，染湿领口。

“你怎么了？”燕桥停止之前的话题，转而问言雪。她没有幸灾乐祸，也并不是在关怀言雪，只是出于好奇，下意识这样一问，口吻像是陈述句。

由于剧烈咳嗽，言雪的喉咙刀割一般疼痛，犹如里头软肉被逐一凌迟，四分五裂。她摇摇头，说:“只是感冒了，你继续说吧，我听着。”

“他比我有血有肉，他看到血还是会怕。我有些后悔把这样的懦夫拉到地狱里，可我已经没有退路了，只能让他爱上我，以爱为名，为我做事。现在这样也好，他解脱了，我也解脱了，老大更是活不了了，一切都结束了。”

“还有一个问题，你说老大是恨你的，那么，他的房间里，为什么藏着那些……”

燕桥的表情变了，她皱眉，似有些痛苦，摇摇头，回答言雪:“我不知道，但我是存了心要杀他的。这一天本来没有来得这样快，要不是你们将我逼上了绝路，我也不会下手杀他。我想是因为愧疚，愧疚总会变成爱。可那是愧疚，不是爱，即使披上爱的遮羞布，也无法为其正名。”

“那你要见一见燕姐吗？你应该有很多话想对她说吧？”

燕桥不说话，她的眼睛瞥向一侧，在那块玻璃后头，站着她最亲的人。

她笑靥如花，说道：“不见了，我的燕燕很好，很勇敢。”

言雪受不了她的笑，凭什么她坠入地狱，得到救赎的却是将她推入深渊的人。

她不敢再睡，一睡就会回想起三天前，在那个十五号晚上发生的所有事情……

三天前，冶山区，中午十二点四十八分。

抓捕行动定在今天，他们在晋阳街204号附近部署警力，就等人上钩以后，一网打尽。

言雪和唐泽就藏身在这附近的一间小吃店里，他们不能露面，也不能离得太远。言雪将标配的警枪藏在厚重的羽绒服里，没有上膛也不怕不慎撞击而走火。她戴了口罩，为了防止被燕桥认出来。戴口罩是时下女孩最常见的做法，一旦出门没化妆，就爱戴口罩挡脸，所以并不会惹人注意。

言雪点了一碗福州鱼丸，由于昨晚没吃多少饭，又是一觉睡到中午，此时的她早就饥肠辘辘，看着热气腾腾的鱼丸，已经忍不住口齿生津，大口咬了下去："烫，烫！哥，帮我吹吹！"

在唐泽的一番调教下，言雪学乖了，不要贫嘴喊老公，也不逗他喊阿泽，规规矩矩地喊回了哥哥。

唐泽无奈，凑过去吹了吹，说："你吃，我盯着。"

"嗯，别担心，现在虎视眈眈地盯着反而奇怪，还不如吃好喝好顺其自然。"

言雪的话总有自己的几分道理，唐泽想了想也是，也有样学样地点了一碗水饺吃进肚里。

过了几个小时，张队长那儿来了提示，他们表示已经有人进了屋子，先进去的是个男人，估计是老大；另一个是个女人，尾随老大而来，可能是燕桥。

螳螂捕蝉黄雀在后，现在是唐泽他们出手的时刻了。

警方包围了这栋小楼，遣散附近的居民。

此时，月已高悬，偶有呼啸的风声。夜色暗淡，房屋鳞次栉比地排列着，一股阴冷的气息油然而生。唐泽从怀中掏出枪，没上膛，握在掌心里。金属外壳尚有余温，那是被他的怀抱所温暖的。

没敢进去太多人，所以冲锋陷阵的人就唐泽和言雪二人。其他警员在楼下待命，一出现不对劲的地方，立马上楼。

楼下门是虚掩的，隔着那道缝隙无法看清里头的事物，只有虚晃的几个影儿。他们的速度要足够快，才有可能赶在燕桥伤人之前救下老大。

第一层楼是全暗的，没有点灯，也许是不必要，也有可能是老大不想点。总而言之，唐泽摸黑上了楼。

二楼有两个房间，一间房门大开，无人，里头黑漆漆的；另一间的房门紧闭着，门板底下并不是与地面严丝合缝地贴合，而是漏出一道光，示意里头有人密语。

唐泽想开门冲进去，可又有些紧张。这个房间就像是一只密封的蛹，孵化了多日，迫不得已地打开它，却不知蝴蝶已经成形，而且还是一开启就得面临死亡。他也没有勇气推开这道门，马上就要抓到老大了，那个杀死他母亲和言雪父亲的男人。

无论如何，这一刻还是得来临的。

唐泽的一颗心怦怦直跳，他深吸一口气，换上弹夹，将枪上膛。砰的一声击中门锁，借力撞开门板。

咣当——

“不许动，警察！”唐泽执枪，高声喊道。

而此刻的场景，却让他惊掉了下巴。

房间内设了烛光晚餐，银色的烛台上插着几根白蜡烛，火光跃动，几乎熄灭。天花板上还有水晶吊灯，散发着暖色的光芒，温暖人心。

桌前坐着一个女人，看着那张酷似蒋西洲的脸，就能知道她是燕桥。她穿着得体的收腰晚宴长裙，见一侧褪下的衣服就知道，这是老大亲手为她换上的。燕桥的脖子上有一个针孔，血液挤出一两滴，滚落至光滑迷人的肩上，还没有来得及擦。应该是被下了麻醉药，否则不会浑身无力，连睁眼都困难。

他没有杀她，只是让她换上漂亮的晚礼服，坐在一侧陪他吃吃饭、说说话。

这个男人，究竟在想什么？

唐泽不知该说什么，言雪也冲进房间，将枪对准了那个男人的脑袋。他应该就是老大，长得不算俊秀，平头，穿着白色的衬衫，纽扣解开，露出胸膛上的刺青，是蛇。

这就是他们恨了许多年的男人，居然长得这么普通。这种失望感凭空而来，说不清也道不明。言雪总觉得恶人就该有恶人的样子，否则都怕恨错了对象。

老大迟迟不肯出声，唐泽只能僵持着，环顾四周。

在房间左边的角落里，似乎有一个玻璃长柜。他探头去看，这才发现，这是一座水晶棺材。里面躺着一具尸体，准确来说，是一具蜡像，因为她肌肤的光泽度和常人不同，会反射亮光，看起来很冰冷。

而那张脸……分明是燕桥，也就是真正的斐乐。

只是，她潜伏在老大身边这么久，怎么这次却被抓包，就这样被认出来了？

老大给自己倒了一杯红酒，笑着说道：“你们是不是很奇怪，怎么这里还有一具尸体？”

唐泽不接话，皱眉，无声地看着他。

老大并不奢望唐泽会回应，只是自言自语地道：“我认识她这么久，一个人给我的感觉不会变。我当时发现尸体时，就后悔自己逼死了最爱的人，最近察觉她还活着，我该高兴，而不是再杀她一次。”

这就好解释了，老大每个月来这里，只是为了祭奠死去的燕桥而已。

片刻，唐泽出声：“几年前，你杀了我妈贺颜，所以今天，轮到我来杀你。”

老大嘲讽地笑了一声，侧头望向燕桥，道：“十几年前，我差点死在你手里。今天，还是死在你手里。燕桥，你怎么这么能耐？”

燕桥没有回答，她只是看着这个男人，看着这一场闹剧，觉得人生真够滑稽荒唐。

唐泽抿唇，三步并两步冲上前，手肘用力，臂弯就此制住了老大的脖颈，一招锁喉，继而直接将黑沉沉的枪口对准了这个男人的额头。

这一招使得太快，言雪根本来不及反应，她错愕、震惊，也无奈。唐泽绝对不能开枪，否则就是公报私仇，他会接受处分，他将是杀人犯！

老大应该交给警方制裁，即使罪大恶极被判死刑，绝对轮不到他行刑！

“哥，你想做什么？”言雪语无伦次，慌忙中，她将枪对准了唐泽，喊道，“哥，你放下枪，我喊张队长上来，让他抓捕他们！”

唐泽不说话，他坚持至今，不过是为了亲手杀了老大。

没用的，太迟了，他不会放弃这一次机会，也不会临阵脱逃。

言雪那一日的梦总算是成真了，她看到身上带着刺青的唐泽，往黑暗的前方，越走越远……

她的唐泽哥哥，最终还是舍弃了她。

随后，唐泽的食指缓缓扣动了扳机……

番外一

唐泽的伤还没好，在病床上休养了两个星期，才堪堪能下地。

言雪最近也夜不能寐，她总会想起那天，那个晚上，如果她的手速不够快……

十五号那个晚上，在抓捕行动中，唐泽持枪对准了老大，他的食指缓缓扣动扳机，说时迟那时快，言雪也随之开枪，击中了唐泽的小腿，迫使他失去了行动力。

唐泽的那一枪，虽说开了，却打偏了。

幸亏言雪的反应够快，给他保驾护航，没让他酿成大错。

等张队长带人赶上来的时候，老大已经被言雪制伏了。

没人多说什么，她也没有说什么。没有人能毁去言雪的幸福，即使是唐泽，也不行。

他们的未来还很长，这一枪并不是尽头。

只是一低头，言雪就看到倒在血泊里的唐泽，她觉得是他活该，可看到这个男人咬唇痛苦的样子，又觉得心疼。

唐泽和言雪成功抓捕了老大和燕桥，他们有功，队里也给他们颁了奖。

然而没过一个月，他俩就纷纷辞职了，已经没有了必须要干这一行的执念，索性离开，不要再回忆起来。

那一枪是言雪与唐泽的秘密，他们绝口不提过往，生活仍在继续。

趁着唐泽腿还不利索，言雪总会吃点他的豆腐。

嘴角有饭粒，言雪会直接捧着他的脸，吻上去："留唇边要当点心吗？"

唐泽没她那么厚脸皮，下意识地用拇指触摸唇瓣，不再接之前的话题。

言雪坐在床边，有一搭没一搭地跟唐泽闲扯："我在柜子里搜出了双人被套，可以放下很大的一床被褥。"

"嗯。"

"所以，明天开始，就算我和唐泽哥哥一起睡，也不会着凉。"

唐泽被汤呛到了，不住咳嗽，反问："什么？"

"我说，我想和唐泽哥哥一起睡。"

"为什么？"

"精神上都这么喜欢你了，不睡你的肉体感觉对你不够尊敬，"她嘻嘻一笑，"这是网上看来的话，不是我想出来的。难道唐泽哥哥不想和我睡吗？明明抱过，亲过，却不想负责吗？"

"太快。"他的声音弱似蚊虫，明明执行任务时挺硬气的一个男人，在儿女情长上却没有言雪那么大胆。

"你不喜欢吗？"言雪笑得不怀好意，"唐泽哥哥，对我一点'兴趣'都没有吗？"

她的话模棱两可，不知是此"兴趣"还是彼"性趣"。

"我需要考虑很多事情，你不一样，你太冲动了……"唐泽不知道怎么说，他总觉得言雪这丫头考虑事情不够全面，因为一点喜欢，就能飞蛾扑火一样，不管不顾地往他这团火堆飞奔，即使毁灭也在所不惜。

"冲动？"

"你很好，可以遇到更好的人，我不一定适合你。"唐泽觉得自己不过是占了时间上的好处，他和言雪相处时间长，所以博得了她的好感——在言雪年幼无依的时候，是他一直守着她。这叫亲情，不叫爱情。他怕她傻，分不清楚，害了自己一辈子。

唐泽可以吻她，抱她，爱护她，但这些可以建立在哥哥或者朋友这一身份上，不敢再多进一步。

言雪只是微微一笑，一双眼亮得像是天上星，她说："我知道你的顾虑，但是我并不是一时冲动。我喜欢唐泽哥哥很久很久了，我想和唐泽哥哥一直在一起，结婚、同居，甚至是抚养孩子，这些都是兄妹或者朋友无法做到的。所以，很明显，我是喜欢你的。"

唐泽哑口无言，或许她说的是实话，也有可能只是搪塞他的假话。只是一想到之前那个一边哭一边朝他开枪的小姑娘，他又怎么舍得不顺从她呢？唐泽的这颗心，早就被她俘虏了。

他笑，掐着小姑娘的腰，逼她靠近："给你最后一次机会，不要后悔！"

"我绝对不会后悔！"她说得足够坚定，像即将英勇就义似的，皱紧了眉头。

唐泽哑然失笑，将她扣到怀里，深深吻住了她的唇。

既然要确定这段关系，那么他也不能再犹豫不决。在路口徘徊不去，对每个方向的来人都是一大伤害，他自认还没有那么卑鄙。既然已经决定接纳言雪，那么他就如她所愿，不再有任何顾虑，全心全意地贡献他一颗心。

言雪没料到唐泽突然来袭，她的唇一抵上男人的唇瓣，那股强烈的男性气息就将她团团包裹住。一时间，倒也闻不出味道，只是那股气息极具侵占性质，逼得她无路可退，心生怯意。

她没见过这样的唐泽，意料之中，又在想象之外。言雪的一颗心怦怦乱跳，兵荒马乱。她离他太近了，近在咫尺。一睁眼，就能清晰地看见唐泽细长的眼睫，他的瞳色偏黑，深色的虹膜似无底洞，稍一聚焦，就能将她卷入其中，淹没在深不可测的海底。可言雪又不想退缩，不想和他渐行渐远。她又羞又怕，小女儿情态毕露无遗。手心紧握住一侧的被子，攥了又松，松了又攥，指缝里满是热汗，被唐泽欺压着一点又一点往前靠近，伏在他的身上，离他肌理线条流畅硬朗的胸膛只有一件薄衣的距离。

唐泽太烫了，浑身似火烧一样，这样一整块烧红了的炭火揣入怀中，怎能叫人不惊不怕。

言雪唇上的温热还在，她下意识地探出舌，舔了舔。她怕是梦，便浅尝辄止。

唐泽却不肯轻易放过她，既然进了他的门，便是他的人。他单身了这么多年，还没仔细尝过恋爱的滋味，原来爱上一个人，心里只塞得下对方。

从前他没有这种感触，虽说心里最亲的人是言雪，可那种感情和现在是截然不同的情愫，那时他能思念她，却不能触碰她。现在不同了，他能将一腔热血化为柔情，尽数宣泄在她身上，亦能在严寒雪夜，与爱人取暖，肆意拥她入怀。

比起以前会差吗？不差分毫。

言雪小心翼翼地照着他唇廓画圈，还没来得及缩回舌头，就被“兽性大发”的唐泽轻咬住，慢慢哺入口中。他扣住小姑娘的后脑勺与腰，将她死死锢在了腰上，以一种跨坐的姿势。他吮吸她的舌，将津液尽数吞入腹中。

言雪想喘气，可唐泽太贪，连退路都没留给她，缠着她不放。舌根被吮得刺疼，带了些难言的快感。唐泽一点又一点，勾着她，与他沉沦，醉生梦死。

不知是为何，言雪觉得热，小腹胀胀的，有某种情愫呼之欲出。脊背也犹如被人用指摸骨，顺着凹凸的脊椎骨，一寸一寸推拿上去，浑身酥麻，喘不过气来。

她很难受，渴求他，又畏惧，想逃，却贪图更多。

唐泽的手不知何时已经触上了她细长软滑的脖颈，他用粗粝的拇指在那犹如天鹅白颈的后脖子上摩挲，感受那软肉在掌心发烫的触觉。隔了一会儿，他终于抑制不住，低下头，吻上言雪的脖颈，一丝丝，一缕缕，任何角落都不曾放过。

……

言雪一觉醒来，只觉得浑身散架了一般，哪都酸疼难耐。

罪魁祸首还躺在一侧熟睡，他的手搭在她的腰上，举止亲密。

言雪也没明白，怎么昨天突然就做了那档子事。可她转念一想，心里又有些高兴，唐泽又没喝酒，这事是他心甘情愿的，不是酒后乱性。

“怎么这么早醒了？”唐泽拍了拍言雪的背，把她再次拢到怀里。

小姑娘的腰很瘦，抚上去就一层皮包骨，他还是想把她养胖一点，乖乖巧巧的模样惹人爱。今后反正都归他养了，不怕胖不回来。他又不嫌弃她，该吃吃该喝喝，不要有任何顾虑。

言雪倒没像唐泽一样想这么多，她小心翼翼地趴到男人的身上，问：“唐泽哥哥，你知道昨晚发生了什么吧？”

唐泽狭长的眼睛一眯，抿唇，心想：她这话是什么意思，怕他吃干抹净不负责吗？

片刻，他回答：“你户口本还在吗？”

“哎？在的。”

“有空和我去一趟民政局吧。”

言雪一时有些摸不着头脑，很快，她也反应过来了：“这么快？”

“反正也要住在一起，早点办也没什么。”

“那我们要去别的地方结婚吗？”

“不用，就这里，把张队长还有那些兄弟都请来。”

这下轮到言雪紧张了，她结结巴巴地问道：“都请来？让他们知道，没问题吗？”

“你是觉得很丢脸？”

“不，不，不是这个问题，而是……”她欲言又止。

唐泽心里门儿清，他揉了揉言雪的头发，小声说：“我做事不会藏着掖着，既然要结婚，就是光明正大的喜事。我要娶你，别人都得祝福，就是这样简单的事。”

言雪点了点头，她向来胆大，此刻也绝不能怯场。

不就是婚礼吗？到时候要是有人敢砸场子，她就带着唐泽哥哥私奔！

言雪幻想着唐泽穿西装的样子，痴痴地笑了两声。

唐泽是个行动派，说要结婚，一周内就办了结婚证。因为双方父母都不在，所以没办什么大排场的婚礼，礼金嫁妆统统没有，干干净净，一清二白，要是给人知道，估计还得闹笑话。

长辈就请了张队长，坐主桌。

他们办的是中式婚礼，在农家乐里摆的酒席，宴上都是一些山里的吃食，胜在新奇新鲜。农家灶里烧出来的菜很香，那是用柴火一点一点炖出来的浓汤，滋补养生。吃过这一餐的人，没一个不说唐泽酒宴办得漂亮的。

敬酒时，言雪穿的是中式旗袍，火红的绸缎绣着一只金光闪闪的凤凰，衬得她人比花娇艳。

张队长喝了酒，给言雪塞了个红包，对他们的关系也直笑不语。等了很久，才开口说了一堆吉利话：“要是你爸知道你和阿泽在一起，肯定高兴。阿泽这个人我放心，他是我看着操练过来的，有耐心，有毅力，对人好就是一辈子。别看你们之前哥啊妹啊喊着，要是有缘分，这些都没什么，不要变成心里的疙瘩。我年龄也这么大了，别的什么都没有，就空有一些人生经验。这人啊，一辈子过得平安舒心就行，不比富贵，不比家世，没有大灾大难，膝下有儿女孝顺就行了。”

旁边的兄弟们起哄：“说了这么多，唐哥不亲一个啊？亲一个，亲一个！”

“亲一个，亲一个！”

唐泽无奈，只能凑到言雪耳边，说：“他们要我们亲一个。”

言雪脸颊发烫，点了点头：“那亲一下。”

唐泽呼出的气息带了酒气，很烫，有点熏人，连言雪都要醉了。

言雪紧闭双眼，不好意思地踮脚凑了上去。

哪知道唐泽不按照常理出牌，直接将新娘公主抱抱了起来，还没来得及让她反应，直接嘴对嘴吻了上去。

这一吻能吻到天荒地老，再怎么求饶，言雪都逃不了。

他们在农家乐租了很多间房，过来参加婚礼的宾客喝了酒，不方便开车下山，就直接在房里住下。

农家乐的老板也是个好人，知道他们办婚宴，特地准备了一间豪华的婚房，被褥都是全新的，据说是老板之前准备给儿子大婚时候用的，今天先给了他们，日后再买一床。被子上铺满了花生红枣，在老人口里寓意就是早生贵子。

言雪一个人坐在床边静静等着，到了半夜，唐泽被灌得醉醺醺的，总算是回了婚房。

她半点没有为人妻子的自知，傻呆呆地看着这个浑身酒气的男人，仍由他自己脱衣，自己倒水。

唐泽太累了，没洗澡就倒在床上，和言雪并排入睡。

领了结婚证，也举行了婚礼。言雪突然松了一口气，问：“唐泽哥哥在以前有想过这样的事情吗？”

唐泽迷迷糊糊地问：“哪样？”

“和我结婚。”

他自嘲地一笑，说道：“我要是知道有这么一天，我会先揍自己一顿。”

言雪莞尔，回答道："我不一样，我早就幻想过这一天。"

"嗯？"

"小时候，和唐泽哥哥扮家家酒，我当新娘子，盖上被单的时候，就在心里祈祷——我以后的新郎一定要像唐泽哥哥那样，又好看，又温柔，对我好，还会做饭。所以，当我掀开被单，第一眼看到的是你，那一刻有惊喜，也有难以言喻的兴奋，我想让唐泽哥哥当我的新郎。"

"你那么小就打着这种算盘？"

"我一直没把唐泽哥哥当真正的哥哥来看，可以说，是你很笨，我不过是借着这层身份接近你。"

"接近我以后呢？"

言雪娇气地说："那当然就是做坏事了，一口一口吃掉你！"

"那么，如你所愿。"唐泽翻身，将她搂到了怀里。

他们是新婚燕尔，正是情浓的时刻，别说是暧昧的举止了，就是言语间有一丝甜蜜，都能撩拨到唐泽。

不过，言雪说得也没错。在她很小很小的时候，一回头，看到的就是唐泽。言雪那时候孤立无援，是他伸出手，一步步将她从地狱里领了出来。

那一刻，言雪心想：如果能和这个人一辈子待在一起就好了。

现在，美梦成真，如她所愿。

番外二

言雪和唐泽纷纷辞职，回到黄山区。他们没有太多的本钱，只能开一间小的杂货铺。在唐泽表舅沈薄的帮助下，他们进了一些意大利本土的红酒与烟草，客人贪图新鲜，都想来试试看欧洲进口货，生意也渐渐做大了。

隔年，言雪就生了个女儿，取名唐糖。

唐糖的性子不知道是随谁，文静乖巧，胆子也小，一点都不像满肚子坏水的言雪，也不像做事果敢的唐泽。

在她七岁那年，第一天上小学就被几个混混堵在了巷口。那几个小流氓本来也不会对七岁的孩子怎么样，只是手头紧，唐糖的家境在镇上是出了名的好，开了许多分店，这才起了绑架的心思。

何况，唐糖她那老爸看起来身材偏瘦，没半点力气，定然是怂包一个。被他们哥儿几个随随便便吓唬一下，不得乖乖交钱啊？

他们也没想那么多，捂住小孩的嘴，就想把她抱走。还没来得及动手，不知从哪蹿出一个人影，迅速将号啕大哭的唐糖夺到怀里哄了起来，原来是唐泽。

今天是唐糖第一天上小学，不用言雪说，他也知道要跟过去看看，哪想到他的担忧都成了事实，他的宝贝女儿还真被人欺负了，竟然还想绑架她女儿。

“唐糖，不哭，爸爸在这里，乖。”唐泽无视了这群人，只知道连声哄劝怀里的小丫头。怎么这么能哭，和她妈一个德行，唐泽嫌弃之余，又无奈地笑了。

那几个小混混心里有气，将他们堵到巷子深处，掏出水果刀，道："唐老板怎么也在这里？我还想打电话给你呢！"

见唐糖哭得更厉害了，唐泽不动声色地皱眉，厉声喝道："刀子收回去，别吓坏孩子。"

原本唐糖被救走，这几个人就觉颜面扫地了，哪知道还能被这样一个怂包威胁，顿时气不打一处来。

"我这可是刀子，你要不想被我阉了，最好闭上嘴！给点钱让哥几个花花，我就放你一马！"小混混现在清醒了，也不想把事情闹大，随便讨点零花钱，就先饶他一次。反正来日方长，他们也打算把唐泽当作长期的提款机，不能压榨得太过分了。

"我说最后一次，声音轻点，别吓到孩子。"唐泽火气上涌，若是没唐糖在，他可能早上去收拾这群小子了。可现在有唐糖，他不能轻举妄动，会给孩子留下阴影。

"你再嚣张，我宰了你！"小混混没料到唐泽这么不知变通，疾步走过来，企图揪住唐泽的衣领。

唐泽动了怒，蹲下身子，放下唐糖。

他抚着小丫头的头，温声细语道："唐糖把耳朵捂上，背对爸爸。你数二十个数，和以前那样，数完了我就带你回家。"

唐糖害怕极了，她揪了揪爸爸的衣服。

"乖，转过身，捂住耳朵。"

唐糖咬紧下唇，一副要哭不哭的样子。她没办法，只能照做，转身，捂住耳朵。

"一、二……"很快，传来孩子稚嫩的数数声。

唐泽揉了揉手腕，好久没运动，不知能不能在二十秒之内制伏歹徒。

"别一个一个上了，速度，全部都来。"他不耐烦地喊，口气很大。

小流氓们哪里受过这种折辱，顿时气不打一处来，手里握住水果刀，呐喊一声冲了上来。这厮这么嚣张，不砍下他一只手，让他们怎么在镇上混？这么多兄弟看着呢！

哪知道那凛冽的刀刃还没触上唐泽的手臂，就被他扣住腕骨，指尖翻动，直接折了过去。

眨眼间，一个小流氓手肘脱臼，水果刀也应声落地。小流氓哀号连连，跪倒在地。这是真的疼，好好的手被人搞脱臼了，不疼就怪了。他满头大汗，看着唐泽犹如见地狱恶鬼，其余的人都是壮壮声势，见最能打的那个刀子都没沾上就被撂倒了，哪还敢真作对。待会儿叫来警察，这才是吃不了兜着走。

他们面面相觑，一窝蜂地跑了。

唐泽听着唐糖还在那数数，刚数到“十”，还有闲扯的时间。

他踩着地上那个男人的手，轻碾了碾，冷笑道：“我出来混的时候，你们还在娘胎里没生出来呢。”

“哥……哥是哪条道上的？”

唐泽逗他玩：“蜥蜴听过吗？”

那是前几年有名的贩毒团伙，毒枭一个不剩，都被唐泽他们抓了，连老巢都被端了。小流氓当然听过他们的名声，被这样一吓唬，还以为唐泽是那个团伙里逃出来的，顿时吓得不轻。

“是我有眼不识泰山，您放过我这次，我做牛做马报答您！”他不傻，该软就软。

“现在早就是良民了，别说什么报答不报答的。以后我女儿上学，你们盯着点，不用我说，你们也懂的吧？”

“行，行！”不就是护送小孩嘛，这可是小事一桩。

唐泽把还在数数的唐糖抱到怀里，一步步走出巷子。

唐糖搂着爸爸的脖子，撒娇：“爸爸赢了？”

“赢了。”

“这次花了十几秒，没有以前厉害了。”

“你张伯伯很久没让爸爸帮忙，没抓坏人，生疏了。”

唐糖不怕她爸打不过小混混，只是小孩子本能地害怕打斗场景，看看电视剧行，真实上演警匪片，又觉得提心吊胆，这才忍不住哭出了声。

“我今天能不能不去上学了？”唐糖得寸进尺地问。

唐泽无奈，他宠媳妇，也宠女儿，只要是她俩提出的事情，他就无法拒绝。

“你不怕妈妈骂你？”

“不怕，她才舍不得。”唐糖蹭了蹭唐泽的脖子，乖乖巧巧地趴在他怀里睡着了。

第一天上小学，唐泽就带着女儿翘课，可真是能耐了。

得知此事的言雪也只是笑笑，当晚又去整顿了一番混混们，一个都没放过。敢动她女儿，不仔细瞧瞧自己有几斤几两吗？

等到了晚上，唐糖去屋里睡觉了，唐泽提起：“给唐糖生个弟弟吧，家里有男孩子，才能保护小女孩。”

言雪还来不及咀嚼这话里的深层含义，就被男人高大的身躯堵在了沙发靠垫上。

他频频落下吻，分明是自己想和她亲近，却借了儿子的由头。

言雪闭上眼，动情地回吻，抵死缠绵。

每天早上一睁眼就能看到这个男人，晚上也能在他怀中入睡。真好，她和他共度风雨，品尝人间百味。

言雪的这一生，可以与爱的人厮守，与爱的人双双白首。

遇到爱情不易，幸好她遇到了唐泽，这个人就是言雪的归宿。